講談社文庫

# レーテーの大河

斉藤詠一

講談社

目次

# レーテーの大河

僕は決して忘れないよ、と彼は言った。
僕は決して忘れないよ、と私は言った。

福永武彦『忘却の河』

# 序章

昭和二十年（一九四五年）

八月十日　金曜日

視界の端に、光を感じた。夜明けだろうか。

最上雄介（もがみゆうすけ）は、顔を上げて東の空を見た。まだ朝日が射す気配はない。

しばらく空を見つめているうちに、北のほう、垂れこめた雲の下面が赤い光を帯びて瞬（また）くのがわかった。何かを照り返しているのだ。

暁の光ではない。

少し遅れて響いてきた雷のような音が、その正体を教えてくれた。

――まずいな。

最上は立ち上がった。彼が長身を屈めていたのは、駅に停まった列車の、端から二両目に連結された無蓋(むがい)貨車である。その荷台で、積み込んだ資材がきちんと固定されているか確認していたのだ。

線路に飛び降りる。列車は、プラットホームからはみ出して停まっていた。

駅舎へ向かい、列車の脇を早足で歩いていく。ずらりとつながった貨車。夜明け前の暗い中でも、屋根のない無蓋貨車に満載された荷物が見てとれる。箱型をした有蓋貨車の車内にも、やはり荷物が詰め込まれているのはわかっていた。

少し先で、線路脇からホームに上がる。ホームには笠のついた電球がいくつか灯(とも)っていた。編成の中ほどに連結された、独特な形をした車両が明かりに照らされている。それは貨車でも客車でもなかった。

車体には迷彩塗装が施され、屋根には回転式の砲塔が鎮座している。側面の分厚い鋼板に穿(うが)たれた小窓は、小銃を突き出して射撃するための銃眼(じゅうがん)だ。それは、ヒサ形火砲車と呼称される車両だった。鉄道を襲撃するゲリラに対抗するため造られた装甲列車から切り離し、この列車に連結されたものだ。

この列車は、単なる貨物列車ではないのだった。

嵩(かさ)の低いホームに腹ばいになり、火砲車の台車を点検していた兵隊が、最上に気づくと立ち上がって敬礼を送ってきた。どこかぎこちないのは、最近「根こそぎ動員」で召集された新兵だからだろう。

歩きながら答礼する最上の襟に光っているのは、帝国陸軍中尉の階級章だ。

この、貨車や火砲車、さらには客車までの各種車両を雑多に連結した混合列車は、帝国陸軍鉄道第二〇連隊が運行する臨時軍用列車だった。そしてその列車が走ってきたのは満鉄——南満州鉄道の線路であり、ここは満州国北部、哈爾浜からさらに北の小駅であった。

満鉄四等規格と呼ばれる煉瓦造りの小さな駅舎に近づくと、駅前広場から大勢のざわめきが聞こえてきた。暗くてよく見えないが、ホームからうかがえる一角だけでも、大荷物を抱えた人間が老若男女問わず百人以上はいる。幼子の手を引いたり、背負ったりしている女性の姿も目についた。

人々からは、切羽詰まった気配が感じられた。列車に乗りたがっているものの、駅舎の入口に並ぶ小銃を持った兵士たちに押しとどめられているようだ。

それを見て、最上は嫌な予感が現実になったことを悟った。

気づけばホーム上にはもう一人、駅前に険しい視線を送っている士官がいた。最上と同じ、中尉の階級章をつけている。その男に最上は話しかけた。

「石原、どうなってる」

石原信彦中尉が、最上を振り返った。もともと細めの顔は、ここ数日の疲れからかさらにげっそりと痩せ、病人のようだ。もっとも、それは自分も同じだろうと最上は思った。

石原も最上も、まだ二十代半ば。米英との開戦後に士官学校を卒業し、ともに中国大陸を任地としてきた。それぞれ抗日ゲリラとの小競り合いは何度か経験しているが、本格的な戦闘が間近に迫る経験は、実はこれが初めてなのだった。

「北から逃げてきた住民たちだ。数はどんどん増えている」

石原は、厳しい表情で答えた。目の下の隈がさらに濃くなっている。

「それはわかってる。何か新しい情報は」

「はっきり言って、最悪だ。ソ連軍はすべての国境線を突破して押し寄せている。虎頭要塞では、周辺の地方人を収容して抗戦中と聞いた」

帝国陸軍では、軍人ではない民間人のことを地方人と呼ぶ。

「他では」

「海拉爾では要塞守備隊だけを残して一一九師団が後退したそうだ。連絡がつく部隊はまだましなほうで、消息不明の部隊も多いらしい」

「海拉爾の地方人はどうなったんだ」

「どうにもならんよ。海拉爾だけじゃない。どの町も、お手上げだ。どこまで本当かは知らんが、ソ連軍は地方人を虐殺しているという話もある」

十三年前の昭和七年、この土地を大日本帝国の経済発展の礎とする思惑のもと、五族協和・王道楽土の理想を掲げて建国された満州国。今では約二百万人の日本人が暮らすこの国は、東、北、西の三方を仮想敵国であるソ連とモンゴルに接している。四千キロ以上に及ぶ長大な国境線を守るのは、大日本帝国陸軍の中でも最大最強、泣く子も黙ると謳われた関東軍だが、かつて七十万を擁したその兵力は、米英との開戦後に主力を太平洋戦線へ抽出され、今や在留邦人からの根こそぎ動員で補充された新兵が多くを占めていた。装備も練度も不足し、戦闘能力は一部を除き極端に低下しているのが実情だ。

そして八月九日、国境の全方面から電撃的な侵攻を開始したソ連軍機械化部隊の前に、関東軍は各地で総崩れとなり、玉砕する部隊、あるいは住民を見捨てて退却する部隊が相次いでいた。

大混乱の中で命令を受けた最上たちは、鉄道第二〇連隊の稼働する車両を繋げられるだけ繋げ、駐留していた哈爾浜から北上してきたのだ。

ここはそれほど大きな町ではないが、在留邦人が多く、郊外には集団入植地もあった。入植地までの軽便鉄道も敷かれている。

臨時列車が北上してきた目的は、この町に駐屯する補給部隊が備蓄していた武器弾薬の回収だと最上は聞かされていた。ここから北では、侵攻してくるソ連軍の足を止めようと、関東軍守備隊が劣勢を強いられながらも決死の戦闘を行っているはずである。彼らに武器弾薬を届けることになるのだろうと思っていたのだ。なんとしても任務を果たし、住民たちが逃げる時間を稼がねばならない。

　そのことをあらためて話すと、石原は意外そうな顔をした。

「貴様、聞いていないのか。そうか、後ろの貨車にいたんだったな」

「後ろ？」

　妙なことを言う。先ほどまで最上が点検していた貨車は、北へ向かってきた列車の、機関車の次の次に連結されていた車両だ。編成全体からすれば前のほうの貨車というべきではないか。

「今、編成の前部に貨車を増結している。その作業が終わったらすぐに、南へ――大連へ向かうそうだ。ついさっき、命令があった」

「……どういうことだ」

　最上は、今まで編成の後部と思っていたほうに目を向けた。たしかに、数両の貨車が連結されようとしている。貨車を押してくるのは、後進運転の蒸気機関車だ。

　機関車の正面は、南へと向けられている。この駅まで列車を牽いてきた機関車は到着後に切り離されたが、さらに北へ向かうための機関車交換だと思っていた。

「積み込んだ資材は、どうするんだ。北で戦闘中の守備隊が必要としているはずじゃないか」

「……ここから北に、もう守備隊はいないよ。ほとんどは南へ転進済みで、残った部隊は玉砕しただろう」

そんな馬鹿な、と呟いた最上に、石原は首を振りながら答えた。

「言ったろう、状況は最悪だって」

「なら、反撃のための資材を南へ運ぶってことか。それにしても、大連までとは下がり過ぎじゃないのか」

大連へは、南へ千キロ。途中にはいくつもの町があり、それぞれに部隊が集結しているはずだ。武器弾薬はそこで再分配すればよいのではないか？　大連まで行ってしまえば、その先はもう海だ。

「俺が思うに、反撃のためではないだろう」石原は意外なことを口にした。

驚いた最上は、駅前に目を向けた。

「あの連中はどうなる……。置いていくなんて言わないよな」

視線を逸らした石原に、最上は傍(かたわ)らの列車を手で示した。

「おいおい、こいつは何のためにあるっていうんだ」

列車には、客車も連結している。荷物を積み込んだ貨車にも、隙間がないわけではない。

石原は言った。「貴様の気持ちはわかるが、全員を乗せることは難しい。かといって一部の者だけを乗せていっても、かえって混乱を招くだろう」

「待てよ。せめて女子どもだけでも乗せていくべきじゃないのか」

「……時間がないんだ。荷物の輸送が、最優先される。先に積み込んだのは武器弾薬じゃない。特務機関の重要資材だ。これから増結する貨車に積んでいるのも、そうだ。O機関というのを、聞いたことはないか」

「O機関？」

「関東軍情報部の下で、民衆への宣伝工作を行っていたらしい。詳しいことは俺も知らんが」

「宣伝工作……？　そんな部隊の資材だけで、貨車何両分にもなるのか」

「だから俺は知らんよ」

「話にならん。中隊長のところに行く」

憤った最上は大股で歩き出すと、編成最後部――今では最前部に連結されている客車に向かった。石原がやや困った様子で後を追ってくる。

中隊長ほか幹部が指揮車として使っているその車両は、かつて超特急『あじあ』号の専用客車だった、テンイ8形・展望一等座席車だ。戦局の悪化による『あじあ』号運休後、保管されていたのを徴用(ちょうよう)したものである。超特急の流麗な編成に組み込まれていた、明るい緑色に塗られた客車。それが、台車を覆(おお)っていたスカートを外されて迷彩色の装甲車両と一緒につながれた様子は、身をやつした貴婦人のようで痛ましくもあった。

この車両が徴用されたのは、流線形のラインを描く車端部に設けられた、展望室からの眺望を楽しむためではない。展望室の広い空間を利用して作戦会議を行ったり、一等個室を高官専用として宛がったりするためだ。

テンイ8形の展望室側の車端に、先ほど石原が話していた貨車が連結されるところだった。ホームからステップに足をかけ、車内に入る。ちょうど貨車が連結され、振動が伝わってきた。

乗り込んだデッキから、トイレや洗面所のある通路を抜けていく。客室につながる扉をノックした。

「最上中尉、石原中尉、入ります」

「入れ」という返事が聞こえ、扉を開ける。

扉の向こうにも通路は続いており、両側には個室の扉が並んでいた。通路の先の客室からはほとんどの座席が撤去され、片方の窓側に地図を広げるためのテーブルが据えつけられている。とはいえ、落ち着いた色調の化粧板や、飾りのついた照明などの内装は残されており、数年前までこの車内にあった豪華な旅の雰囲気をしのばせた。

その奥、車体の端の展望室には以前であればソファーセットが置かれていたはずだが、今はカーテンが吊り下げられて様子は見えない。

室内にいる人物は、見たところ一人だけだった。カーテンの手前、テーブルの周囲に並べられた椅子の一つに座り、地図を睨んでいる。敬礼する最上と石原に、中隊長である少佐は答礼しつつ訊ねた。

「どうした。まもなく出発だぞ」

「そのことですが」

最上は直立不動のまま言った。「駅前に、避難民が押し寄せております」

「ああ。知っている」

「彼らを、乗せていくことはできませんでしょうか」

「無理だ」少佐は即答した。

「なぜですか。ソ連軍は地方人を虐殺しているというではありませんか」

軍隊において、命令の意図を問い返すなど、通常はあり得ない。士官学校出の職業軍人たる最上には、十分わかっていることだった。それでもなお、訊くべきだと思ったのだ。

少佐は答えた。

「作戦行動中の軍用列車に、地方人を乗せるわけにはいかん」

「虎頭要塞では地方人を収容していると聞きました」

「要塞守備のためには、人手が必要だ。だが、この列車は違う。積み込んだ資材を急ぎ運ばねばならん。地方人を乗せている時間的な余裕はない」

「しかし……」

その時、隣で黙っていた石原が話に割り込んだ。

「本官も、最上中尉と同じ意見であります。全員は乗せられなくとも、見殺しにするわけにもいかないかと思料（しりょう）いたします」

最上は、石原の顔を見た。石原が、いいから、というように口を小さく動かす。

最上たち二人の顔を交互に見つめた少佐は、しばらく黙り込んだ。少佐があらためて口を開きかけたところで突然、カーテンの向こうから別の声が響いた。

「ならん。出発せよ」

その声を聞いた少佐は急に背筋を伸ばすと、表情を引き締めて最上たちに告げた。

「意見具申は却下だ。〇四二五（まるよんふたご）に出発する。これは決定事項である。なお、爾後（じご）も配置はそのままとする。車掌車で列車後方を警戒せよ」

この駅に到着するまでの最上と石原の配置は、機関車の次位に連結されていた車掌車だった。列車の前方を警戒するためである。少佐の命令は、南へ向かう際には編成最後尾となる車掌車に引き続き乗務し、後方を警戒せよということだ。十分な警戒のためには他の兵も乗せたいところだが、もともと哈爾浜を出発する時、必要最低限の人員で運行するよう指示されていた。

○四二五——つまり午前四時二十五分に出発とすれば、あと十分もない。

たとえ不満を抱いていたとしても、命令には絶対服従という点において、最上たちもまた帝国軍人であった。

「……了解しました」

立ち去りかけた二人に、少佐が声をかけた。

「増結した貨車の積荷について、点検の必要はない。いいな」

少佐がそれに続けて「どうにもならんのだ」と小さく呟くのが、扉を閉める時に聞こえたような気がした。

そう。どうにもならない。最上の頭の中、冷静な部分も言っていた。だが、この戦況を現出させ、守るべき人々を見捨てて逃げ出そうとしているのは、かつてその人々から無敵関東軍と謳われた自分たちなのだ。こうした状況に陥る前に、手の打ちようはいくらでもあったはずだ。

関東軍は何年も前に策定された作戦計画のみを金科玉条（きんかぎょくじょう）のように奉（たてまつ）り、ソ連軍の電撃的な侵攻に対応できなかった。避難民をどうするかという問題も、検討していなかった。そもそも、ソ連軍侵攻の具体的想定すらしていなかったのだ。自らに都合のよいことだけを信じ、他の可能性を否定する。それは国家国民を守るための組織として、あってはならぬことではないか。

そんなことを考えながら、最上は石原とともに指揮車を降りた。

ホーム上を少し歩いたところで、最上は石原に小声で話しかけた。

「あの声は、誰だったんだ」

カーテンの向こうから聞こえた声のことだ。指揮権を持っているはずの中隊長に命ずるかのような声。

「さっき話した、O機関の関係者じゃないか。荷物だけでなく、人も一緒に乗り込んできたのかもしれん」

「俺たちには顔を見せないし、荷物も確認させないってことか」

「特務機関だからな」

「なんだか気に入らんよ。大いに気に入らん」

駅舎の脇から、また駅前広場の状況が垣間見えた。群衆の数は、先ほどよりも増えているようだ。

だが、どうにもならないんだ。先ほどと同じ言葉を頭の中で繰り返し、目を背けてその前を通り過ぎる。

ホームの端まで来た時、線路脇に蠢(うごめ)く何人かの人影に最上は気づいた。

「誰かっ！」

ホームの上から、鋭い口調で呼びかける。

小さな人影はびくりと震える様子を見せた後、動きを止めた。

最上が腰の拳銃に手をかけようとしたところで、石原がその手をそっと摑んできた。「よく見ろよ」

どういうことだと訊き返しつつも、言われた通りに目を凝らす。

「子ども……？」

男の子が二人、女の子が一人。三人とも、見たところ国民学校の三、四年生くらいか。身なりは悪くないが、目一杯ふくらんだリュックサックを背負い、取るものも取りあえず逃げてきたような格好だ。線路脇を歩いてきて、ホームに上がるところで最上たちとばったり出くわしてしまったのだろう。

最上は警戒を緩め、声をかけた。

「こらこら、ここからホームに上がってはいけないよ」

口にしながら、苦い気持ちになる。

「お父さんお母さんのところに戻りなさい」石原が隣で言った。

「でも、お父さんたちとはぐれてしまって……」

勝ち気そうな顔の男の子が答えた。もう一人の男の子は、必死で泣くのを我慢している様子だ。

最上と石原は顔を見合わせると、薄暗い線路脇へとホームから降りていった。しゃがみ込んで、目線を子どもたちに合わせる。

「避難してきたのか」

「はい」

男の子が答えた。「開拓村に住んでいたんですけど、敵が来るというので、村じゅうみんなで汽車に乗ってきました。お父さんが運転して」

「お父さんが？」

「志郎くんのお父さんは、軽便鉄道の機関士なんです」

隣で、女の子が答えた。この駅と開拓村を結んでいるという軽便鉄道のことか。志郎という らしい男の子が、誇らしげな顔をした。

「それで、お父さんや村の人たちは、駅前にいるのかい」

最上の問いかけに、また女の子が答える。利発そうな子だ。

「はい。でも、村の人たちだけじゃなくて、このあたりに住んでいた日本人はみんな逃げてきたみたいです。あんなに人がいたら、お父さんたちを見つけるのはむずかしいと思います」

「ふむ……」

思案する最上たちに、女の子は続けた。「お父さんとお母さんは、逃げだす人のための汽車を満鉄か関東軍が出してくれるはずだって言ってました」

「………」

答えられずにいる最上をまっすぐに見つめ、女の子は言った。

「この汽車がそうなんですよね。だから、三人で相談して、先にホームに入ってお父さんたちを待とうと思ったんです。切符を買わないでホームに入るのはいけないことだって知ってますけど……」

最上は、石原の顔を見た。どうする、と目を交わし合う。

その時、再び北の空が赤く光った。遠雷のような音も響いてくる。先ほどよりもはっきりとした音だ。それはつまり。

焦る最上の頭の中に、考えが浮かんだ。立ち上がり、「石原」と呼びかける。子どもたちに背を向けた。

隣に立った石原の目を見て、彼も同じことを考えていたのだと最上にはわかった。

小声で言う。

「車掌車に乗るのは、俺たちだけだよな」

先ほど中隊長には、引き続き車掌車に乗務して列車後方を警戒せよと命じられた。

「ああ」

「隙間はあったはずだ」

「……子どもを三人ほど、潜り込ませるくらいは」

最上は石原と頷き合った。子どもたちに向き直り、再び腰を屈める。

「おじさんたちと一緒に、この汽車に乗ろう」

「お父さんとお母さんは？」泣くのを我慢していた男の子が言った。まだ目に涙をためている。

「大丈夫。この後も汽車は来るんだ。終点でまた一緒になれるさ」

最上は、男の子の頭をごしごしと撫でた。

それから子どもたちを連れて車掌車へ向かいつつ、最上はふと疑念を抱いた。

この子たちを列車に乗せれば、いくらかは安全なところへ連れていける。だが、他の者はどうするのだ。俺は、たった三人を救うことで、他の者を救えぬことへの免罪符を手にしたいだけなのかもしれない。

これは所詮、偽善なのではないか。

それに、今から自分がしようとしているのは、この子たちと両親を引き離すことなのだ。親を失うであろう子どもたちの人生に、俺は責任を持てるのか？　結局は、一時の感情で子どもたちを不幸にしてしまうのではないか。

案外、中隊長の言うことが正しいようにも思えてくる。

この列車に乗ることが、本当に安全といえるのか。軍用列車に、攻撃される危険性はつきまとう。いっそここに残り、やってくるソ連軍の捕虜になったほうが命の危険は少ないのではないか。

いくらソ連軍とて、地方人を皆殺しにはするまい。しばらく不便はしても、いずれは解放されて日本へ帰れるだろう。この子たちの両親が駅前の群衆の中にいることは確かなのだ。置いていったほうが、たとえ苦労はしても両親と一緒に過ごせるのではないか——。

また雷鳴のような音が聞こえた。すぐに、蒸気機関車が汽笛を吹き鳴らす。笛の音が、長く尾を引いた。

「急げ！」

石原はもう、子どもたちを連れて編成の後部へ走っていた。

最後部の車掌車に乗り込む。ホームではなく線路の高さから乗るため、大人でも這い上がる必要があるが、子どもにはとても無理なので一人ずつ抱き上げた。

三人目の男の子を乗せたところで振り向けば、東の空は今度こそ明るくなり始めていた。あの方向に、日本がある。

最上は、この先のはるかな道のりを思った。自分たちもこの子たちも、そして駅前にいる人々も、日本へ帰れる保証はない。未来のことなど、誰にもわからないのだ。ならばやはり、少しでも多くの人間を救う努力をすべきだろう——。

遠い砲声をかき消すようにもう一度汽笛が鳴った時、昭和二十年八月十日の朝日が昇り、銀色の光がレールの上を走っていった。

# 第一章

昭和三十八年（一九六三年）

八月十日　土曜日

暑い。焼けるようだ。

天城（あまぎ）耕平（こうへい）は腰のベルトに括りつけた手拭いを外し、首筋に流れる汗を拭った。ランニングからむき出しの肩は、ひどく熱をはらんでいる。

大きな建物が落とす影に入り、ひと息つく。歩いてきたアスファルトの路面では、降り注ぐ白い光の中で陽炎が揺れていた。

「くそっ、どっがさ水道ねえべが」

耕平の前を歩いていた先輩が、訛（なま）った口調で愚痴をこぼした。

「制限中ですから、そこらの水道は止められてますよ」

数年前から、毎年のように東京は水不足に見舞われていた。カラ梅雨続きということもあるが、爆発的に増加する人口に対し、水道の整備が追いついていないのが主な原因だった。この夏、水道局は公園などの公共水道の大部分を止めるとともに、一般家庭にも三〇パーセントの給水制限を行っている。

耕平の指摘に、先輩は「ああ、んだな。早ぐ帰るべ」と苛立った声を返してきた。「はい」と声を出して答えるだけでも、口の中が乾いてしまいそうだ。それからは二人とも無言のまま、駐車場に停めたトラックまで歩いていった。

耕平たちに影を落とす巨大な建物――スタジアムは、見上げれば青空の半分を覆い隠している。緩やかなアーチ状のカーブを描き、大きく頭上に張り出しているのは、工事中の観客席だ。

国立霞ケ丘(かすみがおか)競技場。かつての明治神宮外苑競技場を取り壊した後、昭和三十三年に竣工したスタジアムだ。見上げる先のバックスタンドは、竣工時には十五メートルの高さだったものが、拡充工事により倍の三十一メートルまで嵩上げされることになっている。最上部には、南サイドスタンドにあった聖火台が移設されるという。

この競技場は、来年――昭和三十九年に開催される東京オリンピックのメインスタジアムになることが決まっていた。そのための突貫工事が、昼夜を問わず進められているのだ。

その現場へ、耕平たちは勤務先である木場の合板工場から、競技場の内装に使う資材を納品に来たところだった。

資材をトラックから下ろして競技場の建物に運び込むのは、さすがに耕平と先輩の二人だけではどうにもならない。その際に手伝ってくれた人夫たちは既に元の仕事に戻り、遠くで猫車——一輪の手押し車を押していた。ランニングシャツにニッカーボッカー、地下足袋という装いで、どす黒く日焼けした彼らが運んでいるのは、重そうなセメント袋だ。彼らを仕切る現場監督の怒号も聞こえてくる。

「ドカチン仕事も大変だね。今日も半ドンどごろが、これがら通しでやるんだど」

耕平と同じように、人夫たちに視線を送っていた先輩が言った。「連中、四次だが五次だがの下請げだべ。相当ピンハネされで、怪我しでもろぐに補償もねえどさ」

「出稼ぎの人が多いみたいですね」

「今どぎ、百姓だげで食ってぐのも厳しいべ。みんな東京さ集まってくるんだね」

そう言う先輩も東北の農家の四男坊で、居場所がなくなり東京へ出てきたという話を以前に聞いていた。

いわゆる高度経済成長にともない、地方と東京の労働条件の差は広がりつつある。労働力は金のもらえる都会へ出てしまい、農村に残るのは母ちゃん、爺ちゃん、婆ちゃんしかいないことを指す、「三ちゃん農業」という言葉が流行語にもなっていた。

「この現場はどんだが知らねけど、あぶね仕事で死人も大勢出でるみでだな。うちの工場だって人のことは言わいね。おめ、加工してで指だの首だの飛ばされでも、会社がらの香典なんて雀の涙だはんでな。親泣がせたくねぇんだば気ぃつけろ」

「はい」

耕平はただ頷いた。補償金や弔慰金(ちょういきん)が支払われるべき親族など誰もいないということは、先輩には話していない。

ようやく、駐車場に停めたトラックにたどり着いた。いすゞ・エルフの運転席は直射日光にさらされていたため蒸し風呂のようで、しばらくの間ドアを開けっぱなしにする他なかった。

運転席に座った先輩が、片手で扇子を動かしつつ、もう片方の手でよれよれになった煙草の箱を取り出した。一本抜き出して火をつけた後、箱を助手席の耕平へ手渡してくる。『しんせい』だった。

「パチンコで取ってきだ」

「ありがとうございます」

一緒に渡してくれた、米軍払い下げの店で買ったというジッポーで火をつける。ジッポーの蓋を閉めると、小気味よい金属音が響いた。

「オリンピックなぁ」

先輩が煙を吐き出しながら言った。煙はすぐに、開けっぱなしにしたドアから逃げていく。

「前も東京でやる話あったって、おめの歳だば知らねやな」

「知ってますよ。昭和十五年でしたよね」

その頃、東京にいたわけではないが、親が話していたのをなんとなく覚えている。

「あん時は、オリンピックやるって盛り上がってだ気もすっけど、中国で戦争しちゅうのに、そんなごどやっちゅう場合だがって白けでるとごろもあった。そのうち戦争激しぐなって、中止だど。アメリカど戦争おっぱじめだ頃には、もう誰もオリンピックのことだの忘れでだ」

先輩は、もう一度大きく煙を吐いた。風はいつしか止んでおり、運転席の中に煙が充満していく。

——昭和十五年東京オリンピック。それが幻となった原因は中国との戦争であり、その戦争はやがて世界中を相手にした大戦争に発展していった。そしてその大戦が、耕平の運命を変えた。

戦争がなければと、耕平は時々思うことがある。

今も自分は満州におり、両親や幼馴染みたちと暮らしていたのだろうか。生まれ育った、コーリャン畑に囲まれた平和な村で。

いや、やはり幻となってしまった満州国自体が、あの戦争へ至った歴史のうねりによって生み出された存在だったのだ。だから戦争がなければ、自分はここに存在しないはずである。食い詰めた両親が満蒙開拓団の一員として満州へ渡ることはなく、そこで自分を生み育てることもなかっただろう。

それではと、意味のない仮定を続けることもある。もし戦争があそこまでひどくならずに終わり、満州国自体が存続していたのなら。

だがその妄想も、結局は空しいものだった。穏やかに思えた満州での日々も、所詮は他者の犠牲の上に成り立っていた偽りの平和でしかなかったのだ。開拓団に提供された土地が、もとは中国人たちのものだったとは後になって知った。彼らが、自分たち日本人をどう思っていたかも。五族協和など、お題目に過ぎなかった。満州での日々が穏やかに続くことは、あり得なかっただろう。

――俺がここでこうしていることは、必然でしかない。

そういえば今日は八月十日だ。

耕平は、ちょうど十八年前の夏に思いを馳せた。

昭和二十年八月九日の早朝。ソ連軍侵攻の報せを受けた開拓団の村は大混乱に陥った。国境に近い村は既に占領され、住民は虐殺されたという噂が駆け巡っていた。頼りの関東軍はどこかで防戦に回っているのか、村に姿を現すことはなかった。大慌てで身の回りのものだけを手にし、当時十歳の耕平は、町の駅へ向かう軽便鉄道に両親と乗り込んだ。

軽便鉄道の小さな客車は開拓村のほとんどの者を詰め込み、屋根の上まで人があふれていた。ガソリン機関車を運転するのは、同い年で仲のよい小野寺志郎の父親だ。客車の中では志郎の家族と、やはり同い年の藤代早紀子の家族も一緒になり、少し安心したものだ。

非力なガソリン機関車は、通常ではあり得ぬ重さの客車を喘ぎ喘ぎ牽いていった。今にもソ連軍に追いつかれるのではないかと、誰もが心配していた。町の駅にさえ行けば、満鉄か関東軍が避難民のための汽車を出してくれるはずだと誰かが言い、その言葉を皆が信じた。

翌日の夜明け前、ようやくたどり着いた町の駅には、既に大勢が押し寄せていた。町に住んでいた日本人だった。開拓村の者も含めた皆は、駅を警備する兵士たちに指示されるがまま、おとなしく駅前広場で待機したが、いつまで経っても先の見通しは告げられなかった。やがて哈爾浜のほうから列車が到着したものの、これは軍用列車で民間人は乗れないらしいという話が漏れ聞こえてきた。

困惑した群衆は、徐々に統制を失っていった。言い合いや殴り合いが起き始め、耕平の親たちは子どもを連れて人混みから逃れようとしたが、夜明け前の闇の中、その行動は逆に皆がばらばらになる結果をもたらしてしまった。

耕平と早紀子、志郎はそれぞれの親とはぐれ、駅前広場からはじき出される形になった。耕平は、どうしようと泣きじゃくった。駅に停まっている汽車がもうじき出ちゃう。置いていかれちゃうと。その汽車に乗ることはできないという話など、子どもたちには伝わっていなかったのだ。

その時、頭の良い早紀子が、先に駅に入って待ってたらどうかな、と言った。ここにいたら置いていかれちゃうかもしれないけど、駅の中で待ってれば、みんな順番に改札から入ってくるんだから、お父さんやお母さんがきたらわかるはず、と。

今にして思えば実に子どもらしい考えだが、耕平も志郎も賛成した。すばしっこい志郎が様子を見に行き、駅からいったん離れれば線路沿いにホームに上がれそうだという知らせを持ち帰ると、すぐに三人は行動に出た。そして、ホームに上がろうとしたところで二人の若い軍人に出会い、彼らによって列車に乗せられたというわけだ。

耕平たち三人を密かに便乗させた軍用列車は、滅びゆく満州国を全速力で南へ向かった。途中で何度か空襲警報による足止めを食らいつつも、二日後には遼東（リャオトン）半島の端、大連に到着した。

満州国が最期を迎えようとしていることは、もう誰の目にも明らかだった。時に銃声すら響く混乱の中、大連駅で二人の軍人は耕平たちを満鉄の職員に引き渡した。

職員は、明日をも知れぬ身でありながら、少しでも多くの日本人を逃がそうという使命感に燃えていた。その職員の取り計らいにより、三人の子どもは大連港で古い貨客船に乗せてもらうことができたのだ。

船は人々を詰め込めるだけ詰め込むと、護衛する艦艇もないまま黄海を南下し、一路日本本土を目指した。まことに幸運だったのは、アメリカの潜水艦が跋扈（ばっこ）する本土近海に差し掛かる前に、八月十五日の正午を迎えていたことだった。

そうして、船は攻撃を受けることなく東シナ海を横切り、無事日本本土へたどり着いたのである。

二人の若い軍人や、満鉄職員がその後どうなったのかは、もはや知る由もない。

彼らとの出会いは、幸運だったのか不運だったのか。ただ一つ言えるのは、もし出会っていなければ、自分たちは絶望の中でソ連軍を迎えたであろうということだ。

むろん、満州で同じような状況に陥った日本人は大勢おり、その全員が殺されたわけではない。戦後しばらくして、満州から引き揚（あ）げてきた者も多い。だが一方で、数え切れぬほどの悲劇が起きていたこともわかっている。ソ連軍、あるいはそれまで抑圧されてきた満州や中国の人々による暴行、略奪。親を失い、現地の人々の養子になった子どもも多いという。

そして、あの駅前に残された中で、帰ってきた者がいるという話はただの一度も聞かなかった。

家族とともに満州の土になったほうが幸せだったと思うことは、しばしばあった。それほどまでに、その後の日々は暗く、陰惨だった。三人には、戦争が終わったことで明るい気持ちを抱く余裕など、まるでなかったのだ。

昭和二十年八月。わずか十歳にして突然放り込まれた理不尽な世界を、耕平たちは三人で必死に生き抜いてきた――。

エルフのエンジンが始動し、耕平は回想から引き戻された。

先輩は短くなった煙草を窓から投げ捨て、ハンドルを握り直した。耕平も、同じように煙草をはじき飛ばす。

駐車場を出て少し走り、片側三車線の広い青山通りに入ると、隣の車線をすさまじいスピードで真っ赤なスポーツカーが追い越していった。開け放たれたサイドウィンドウから、カーラジオの曲が一瞬漏れ聞こえてくる。ザ・ピーナッツの『恋のバカンス』だった。

「スカイラインスポーツか。ちっ、どごの金持ぢだべなあ」

苦々しげな先輩の口調には、どこかしら羨望が混ざっている。

たしか、一台二百万円近くするのだったか。自分たちの給料ではとても手が届くものではない。それでも、先輩はやっかみを口にする一方でその車を走らせる自分を夢見ているようだった。

実際、テレビや洗濯機、冷蔵庫といったいわゆる三種の神器は、ほんの数年のうちに、庶民の間に爆発的に普及した。これからはもっと贅沢な品物も買えるようになるのかもしれない。政治家のいう「所得倍増計画」なるものは、本当に実現するのではないか。あの悪夢の時代から二十年も経たぬうちに、日本は奇跡を起こしつつあるように思えた。

耕平は、スポーツカーでドライブする自分を想像した。その空想の中で、助手席にはある女性が座っていた。

九月十九日　木曜日

台地の端が浸食されてできた谷戸（やと）には、ここ数年のうちにいくつもの住宅が建っていた。住宅の間に、やはりここ数年のうちに面積を減らした田んぼが点在している。早場米の産地として知られるこのあたりでは、今の時期ほとんどの田んぼで稲刈りが終わっており、茶色く乾いた土のところどころに青い二番穂が見えた。

そんなのどかさの残る風景に、汽笛が長く響いた。

立ち昇った一条の煙の下から、重量感のある、それでいてリズミカルな走行音が近づいてくる。

やがて松林の間から、音の主が姿を現した。三両の貨車を後ろに連ねた、蒸気機関車だ。

機関車の先頭と運転席横に取りつけられた、砲金製の『９６７７』というナンバープレートは、この車両が国鉄９６００形蒸気機関車の七十七号機だと示している。だが運転席のプレートの斜め上に追加して描かれた桜のマークは、所属先が陸上自衛隊であることの証明だった。

陸上自衛隊第一〇一建設隊。

災害で被害を受けた鉄道の復旧や、有事における鉄道輸送を目的として昭和三十五年に設置された、自衛隊で唯一の鉄道部隊である。

その部隊が国鉄から払い下げを受けた蒸気機関車９６７７号で訓練を行っていることは、千葉県の国鉄津田沼（つだぬま）駅から延びる演習線だった。かつて帝国陸軍鉄道連隊が敷設した「演習線路習志野（ならしの）線」の一部を再利用した路線だ。

９６７７号が牽く三両の貨車は、やはり国鉄から払い下げられたものだ。屋根のない無蓋貨車、屋根のある有蓋貨車と続いている。最後尾の三両目は、有蓋貨車と似た箱型の車体だが、車体の両端には窓ガラスのない展望室のような開放式デッキが設けられていた。

側面に『ヨ２１００』と記されたその車両は、戦前に製造されたヨ２０００形と呼ばれる車掌車である。

車内は、国鉄で用いられていた頃の執務机や椅子がすべて撤去され、代わりに簡易なベンチシートが両側の壁沿いに取りつけられている。元は石油ランプだった照明は電灯に交換されていたが、冷暖房設備がないのは以前のままだ。車体側面の窓を開けていても、ひどく蒸し暑かった。額に汗をにじませつつ座っているのは、当然ながら国鉄の車掌ではなく自衛隊員である。

数名の隊員たちと並んで狭いシートに長身を押し込んだ最上雄介三等陸佐は、十八年前、大陸で軍用列車に乗っていた頃のことを思い出していた。

昭和二十年八月、鉄道第二〇連隊の一員として満州に駐留していた最上雄介帝国陸軍中尉は、ソ連軍の侵攻が始まると石原信彦中尉ら一部の者とともに特別列車の運行要員に選ばれ、哈爾浜北方で資材を回収、大連へ向かった。大連では詳細を知らされることもないまま、回収した資材の船積みを行い、さらにはその船へ軍服を脱いで乗り込むよう命じられた。特別列車への避難民の乗車を頑なに拒んだ上層部が、なぜそんな命令を下したのかはわからない。

そして大勢の民間人を乗せ、護衛艦艇もつけずに本土を目指した貨客船は、最上の心配をよそに敵潜水艦の攻撃を受けることもなく、洋上で八月十五日の終戦を迎えたのである。

満州に残った戦友は、侵攻してきたソ連軍との戦闘で死ぬか、生き残ってもシベリアに送られたという。彼らが日本へ帰還できたのはそれから数年後であり、異郷の土となった者も多かった。船が門司(もじ)港に着いた後、その場で除隊を命じられ、帰郷できた最上たちは運がよかったといえる。

結局、あの資材が何だったのか、門司からどこへ運ばれていったのかは未だに謎のままだ。

その後の混乱の時代を、最上は他の多くの人々と同様、苦労して過ごした。やがて昭和二十五年に警察予備隊が発足すると志願し、保安隊、自衛隊と組織の名が変わる中で経歴を重ねた。かつて襟元で階級を示していた星の印は、自衛隊においては桜になっている。桜一つに二本線――三等陸佐だ。以前の鉄道連隊の経験を活かし、今では第一〇一建設隊の運転隊長を務めていた。

「隊長、あと三分で津田沼に着きます」

最上の隣に座る、長谷川(はせがわ)という二等陸曹が腕時計を見ながら話しかけてきた。

「ああ」

「例の機関車、着いている頃です。ご対面というわけですね」

　この日、最上たちは９６７７号による運転訓練を実施していた。津田沼訓練場を出発後、六・五キロと短い演習線の終点である高津軌道敷設訓練場まで往復してきたところだ。

　その間に、国鉄から新たに払い下げられた装備品――電気機関車が津田沼訓練場へ回送されてくることになっていたのだ。

　もっとも、新規装備とはいえ製造されたのは戦時中で、払い下げの理由も国鉄で余剰になったものを押しつけられたと聞いている。

　事前に国鉄で電気機関車の運転訓練を受けてきた長谷川は、残念そうに言った。

「あまり期待されないほうがいいですよ」

　ちょうどその時、列車は台地の端を巻くカーブを曲がり切り、千葉方面からの総武本線の線路と並走し始めた。９６７７号が短い汽笛を鳴らす。まもなく、国鉄津田沼駅に隣接する津田沼訓練場だ。予定では訓練場には戻らずに駅の構内を通り過ぎ、先にある津田沼電車区で停車することになっていた。

「そうは言っても我が隊の機関車は、この蒸気機関車(キューロク)だけだからな。これからは電気機関車もあったほうが、何かと役に立つだろう」

　鉄道の近代化が進み、電車やディーゼルカーの時代になりつつある中、第一〇一建設隊はあえて古臭い蒸気機関車を主力としてきた。敵の攻撃で架線が破断した場合でも運行が可能なためだ。

しかし、第一〇一建設隊が想定している「有事における鉄道輸送」は、何も敵の攻撃下での走行だけではない。後方で国民生活に必要な物資・食糧の輸送を行うことや、有事以外にも国鉄のストライキの時に自衛隊独自の輸送手段を確保することが考えられていた。

そのような際、蒸気機関車より取り扱い易く、小回りの利く電気機関車は役に立つはずだ。

また昨今、モータリゼーションにともない国内の道路網は急速に整備されてきており、鉄道よりも自動車輸送のほうがはるかに廉価で効率的という指摘が絶えない。中でも旧式の９６００形蒸気機関車は維持費がかさみ、会計検査院から特に無駄遣い呼ばわりされていた。そのため第一〇一建設隊は近々廃止されるのではという声も聞こえてきている。維持費が比較的安く済む電気機関車の導入は、指摘への有効な対応策にもなるだろう。

そうした諸々を考えると電気機関車には歓迎すべき点が多いのだが、これが突然降りてきた話であるのもたしかだ。

上官に理由を確認しても、明確な返答はなかった。背景はよくわからないものの、基本的には良い話なのだからと、最上は自らを納得させていた。

いつの間にか、列車のスピードは落ちていた。津田沼駅構内のポイントを通り過ぎる振動が伝わってくる。やがて制動がかかり、列車は津田沼電車区の外れにある留置線に停止した。しゅうう、と9677号が溜め込んだ蒸気を放出する音が響く。

最上は、長谷川ほか数名の部下を連れて車掌車から降りた。作業服を着た国鉄職員が近づいてくる。津田沼駅や電車区で働いている職員とは大抵知り合いだが、見かけない顔だ。

挨拶すると、飯尾（いいお）と名乗ったその国鉄職員は電気機関車を回送してきた機関士だとわかった。飯尾は不愛想に「こちらへ」と言っただけで、少し先にある小さな車庫へ向かいさっさと歩き始めた。

最上と長谷川はその後を追いながら、顔を見合わせた。この飯尾という男も、時々遭遇する反自衛隊感情の強い人物なのだろうか。津田沼に勤務する国鉄職員とは良好な関係を築けているものの、労組の力が強い国鉄全体では、自衛隊への反感を抱いている者も少なからず存在する。

しばらくの間、会話もなく、飯尾と最上たちは線路の上を歩き続けた。砂利（バラスト）を踏む音と、少し離れたところを走る総武本線の電車の音だけが響く。

線路は、古い車庫の中に続いていた。開いた扉から、薄暗い庫内が見える。小さな電気機関車が、一両だけぽつんと停まっていた。

車庫に入り、機関車に近づく。

凸型をした茶色の車体。真ん中の運転席を挟み、前後に機器類を収めたボンネットがある。運転席の屋根の上には、パンタグラフが一つだけ載っていた。

車体の前後端と運転席脇に取りつけられたナンバープレートには、『ＥＤ２９　１1』と刻まれている。

「ED29なんて機関車、この話がくるまでは聞いたこともなかったな」

最上の呟きに、飯尾はちらりと視線を送ってきたが、何も言わなかった。

その様子に気づいていないらしい長谷川が、説明を始める。

「東芝の戦時標準型と呼ばれているもので、国鉄や各地の私鉄に、型番違いで結構な数が納入されています。先日、私が国鉄で運転訓練を受けたのはＥＤ28でした」

「豊橋の機関区まで行ってきたんだったな」

「ええ。まあ、設計はいかにも戦時中らしく簡易なものですよ。もうちょっといい機関車（カマ）をくれれば……」と言ったところで、長谷川は口をつぐんだ。飯尾のむっとした表情に気づいたようだ。

それまで黙っていた飯尾が、口を開いた。

「もともとは、外地での貨物輸送用に設計されたものです。その後、戦況の悪化で機関車を新規開発する余裕がなくなったため、設計を変えないまま国内用として量産されたんです。国内で使うには車体幅が若干広いですが、やむを得ません」

どこかしら、機関車を擁護するような口調だ。

「……ああ、せっかくいただいたものを申し訳ない。今使っている9677に比べれば、最新鋭機みたいなものですよ」

最上が詫び、長谷川もすみませんと頭を下げた。

「こいつは、浜松機関区で構内の列車入換用に使われていました。まだまだ使えるのに、急に譲渡って話になりましてね。……大事にしてやってください」

飯尾は機関車を見上げて言った後、最上たちに顔を向けた。「変な使い方はしないでくださいよ。こいつを引き取るのに、なんだか妙な手続きをされたようですが」

「妙な……？　何のことでしょう」

「ご存知ないんですか。国鉄の書類上では、十一月付で廃車、解体となる扱いになってるんですよ」

解体扱いとはどういうことだと最上が訝しんでいるところに、背後から近づいてくる足音があった。

「ああ、それなら」

声が聞こえた。振り向くと、銀縁の眼鏡をかけ、ねずみ色の背広を着た男が立っていた。

「ちょっとした行き違いがありましてね。申し訳ない」

微笑みを浮かべてそう言った人物を、最上はよく知っていた。その男こそ帝国陸軍時代の戦友、石原信彦であった。

かつての細面は今ではふっくらとし、良くいえば貫禄が出ている。

戦後、最上と石原はそれぞれの故郷に帰った。しばらくして石原から役人になったという便りが届いたが、その配属先が警察予備隊本部だったということは、最上と同様に軍隊の水が忘れられなかったのかもしれない。

警察予備隊が保安隊を経て自衛隊になり、津田沼の第一〇一建設隊に最上が配属されてからは、六本木の防衛庁に勤務する石原とは何度か会っていた。

最上は数年前に結婚し、子どもも生まれていたが、独身で仕事一筋の生活を送っている石原は今や防衛庁陸上幕僚監部の施設課長にまで出世していた。そして今回、国鉄からこの機関車を譲渡してもらう案件について、課長自ら担当しているのだった。

飯尾に挨拶をした後、石原は最上のほうを向いて言った。

「遅くなってすまない」

久しぶりだなと答えた最上は、そのやりとりを不思議そうな顔で見ていた長谷川たちに、戦友であることを説明した。

「戦友か……あれからもう二十年近く経ったわけだ」

感慨深げに呟いた石原に、最上は言った。

「俺は相変わらず現場で煤にまみれているが、貴様はすっかり背広が板についたな」

「よせよ」

「忙しいんだろう」

「実際、そうだな。今日は大場先生が本庁に来られたので、その対応で遅くなった」

――大場先生、か。

最上は、以前に石原と会った時にもその名を聞かされていた。与党の大物政治家、大場滋。最近はオリンピックの関連事業にも熱心らしくニュースで見かける機会が多いが、そもそもは国防族と呼ばれる、防衛庁、自衛隊とつながりが深い一派の議員だ。それゆえに、防衛庁の官僚である石原は頭が上がらないのだろう。

大場はかなりの親米派で、アメリカ製兵器を現場の声を無視して強引に導入したという話も聞こえてきていた。自衛隊はその成立過程からして、組織構造や装備など米軍に近いものにはなっているが、まったく同一というわけではない。日本の国情に応じ、異なる部分が出てくるのは当然のことだ。

にもかかわらず、与党内でそれなりの地位にある大場の鶴の一声により、日本で運用するには疑問符がつくいくつかの兵器を購入することが決まっていた。あくまで噂に過ぎないが、それら兵器のメーカーとのつながりを指摘する声も一部にはある。現場を預かる最上としては、正直なところあまり快くは思っていない政治家だった。

「与党の大物を案内する立場になったとは、出世したもんだな。また何かありがたい新装備のご提案でもあったのか」

最上は、精一杯の皮肉を込めて言った。

「そういうわけじゃない」

石原が苦笑して答える。「まあ、現場でそんな意見があるのは知ってるよ」

「その意見を、センセイに伝えたりはしないのか」

「いや……。それは、俺の職掌ではない。少なくとも俺が知る限りでは、大場先生はそんな人ではないと思うよ。国防についてきちんと考えてくれている方だ」

「官僚の模範的回答だな」

さらなる皮肉に、石原は微笑みで返してきた。

最上は重ねて言った。

「上を目指す官僚としては、政治家にもの申すことはできないか」

「そういう青臭い行動をとる奴はね、ろくな目に遭わないんだよ」

笑みを崩さずに答える石原の顔を見て、最上はそれ以上この話題を続けることをやめた。

死線をともにくぐり抜け、今後の日本のため頑張ろうと誓い合った戦友であっても、二十年という時が経ち立場も変われば分かり合えない部分も出てくるわけか。

仕方ない。人は誰しも、変わっていくものだ。

最上がそう思った時、長谷川が申し出てきた。

「隊長、これより機関車の受領点検を行います」

「頼む」

長谷川と数名の部下がＥＤ29電気機関車の周囲に取りつき、点検に入った。国鉄職員の飯尾は、その様子をにらみつけるかのごとく見守っている。

遠くでヒグラシの声が聞こえた。車庫の中に吹き込む風には、少しの冷たさが混ざっている。この時期の夕暮れは、もう秋の予感をはらんでいた。

「ちょっと、表へ出ないか」

石原が誘ってきた。頷き、連れ立って歩き出す。

車庫から出たところで、石原は小さな声で言った。「あの飯尾という国鉄職員、無愛想だったろう」

「ああ」

「機関車を回送してくる準備で前にも会ったんだが、俺にもあんな感じだった。戦争中も機関士だったそうでね。運転していた列車が空襲を受けて、客が大勢死んだらしい。それで、軍隊を嫌っているのかもしれないな」

「米軍だけじゃなく、俺たちもってわけか」

「帝国陸海軍は、彼らを守り切れなかった。そもそも戦争がなければ、客を死なせることはなく、彼の愛した鉄道も壊されはしなかった。戦争や軍隊に関わるものすべてを憎んでいるんだろう。……その気持ちを俺たちは理解した上で、二度と同じことを起こさぬようにしなきゃならん」

急に官僚的とは程遠い態度を見せた石原に、最上は戸惑った。何も答えられぬまま、歩き続ける。

線路をいくつか跨ぎ、敷地の端に立った。どこからか魚を焼く匂いが漂ってくる。沈みゆく太陽が、西の空をオレンジ色に染めていた。

「ここは御国を何百里、離れて遠き満州の」

石原が小さく口ずさむ。その続きの歌詞を、最上は呟いた。

「赤い夕日にてらされて、か」

「ああ。大陸の夕日は、もっと大きかったような気がするな」

石原はそう言って煙草に火をつけた。一本勧めてくる。オリンピック寄付金付きということで専売公社が売り出し中の『オリンピアス』だ。

最上が滅多に買わない『富士』よりもさらに十円高いものだが、味の違いはあまりよくわからなかった。

煙を吐きながら、最上は言った。

「満州といえば……あの子どもたちのこと、覚えてるか」

なんとなく、その話をすべきだと思った。立場が変わり、もしかしたら考え方すら変わりつつある友と、思いを同じくしていた頃の記憶を確かめ合いたかったのかもしれない。

石原は少し間を置いてから、「ああ、忘れるものか」と夕日に視線を遣ったまま答えた。

「俺たちがしたことは、正しかったと思うか」

重ねて問うと、石原は怪訝な顔で見返してきた。最上は続けた。

「余計なことをしたんじゃないか、と時々思うんだ。あんなことをしたせいで親と生き別れにさせてしまった、むしろ親と一緒にいさせてあげたほうがよかったのかもしれない、とね」

言いながら、考える。いや、俺がこの話をしているのは……本当は、罪を共有し、背負ったものを軽くしたいというきわめて利己的な理由なのではないか。

「それはないだろう」

石原が断言したのは、意外だった。

「なぜ言い切れる」

「実は、俺も気になって調べたことがあるんだ。あの地域の日本人がその後どうなったか。もちろん、すべての情報が残されているわけじゃないが、あの駅周辺の町や開拓村から帰国した者の記録は見当たらなかった」

「そうか……」

昭和二十年八月九日。ソ連軍侵攻と長崎原爆投下の報を受けた東京の大本営は、終戦工作の最中だったこともあり、満州の関東軍へ有効な命令をすぐに発出できなかった。翌十日、ようやく発出された大陸命第一三七八号で対ソ全面作戦の発動が命じられたものの、その内容は「朝鮮の保衛」であり、さらにこれに基づく参謀総長の指示は「総司令部の適時転移」であった。つまり満州の防衛を放棄し、退却せよと命じたのだ。満州に取り残されることになる民間人をどうするかは、考慮されなかった。侵攻してきたソ連軍のすべてが民間人を非人道的に扱ったというわけではないが、中には統制の取れていない部隊もあったのは事実だ。

戦争とはそういうものだと言ってしまえばそれまでだが、戦争によって奪い取った領土と領民には何をしてもよいという帝国主義的な発想が、皮肉なことに共産革命の指導者たるスターリンの軍隊には色濃くあった。

「俺たちは」

石原は言った。「あの時、地方人――民間人を見捨てた。あの駅だけじゃない。満州にいた日本人すべてを、関東軍は見捨てたも同然だった。非戦闘員に対してはソ連軍が紳士的にふるまってくれると、根拠もなく期待していたんだ」

——根拠のない期待。

最上には、その言葉がひどく重く響いた。思えば、あの戦争自体がそんなことの繰り返しだった。こうなるはず、という期待だけをもとに後方の参謀たちが構築した作戦には、こうならなかった場合、という観点がなかった。そして実際に「こうならなかった場合」に直面した時、誰も有効策を打ち出せぬまま、最前線の将兵はばたばたと斃(たお)れていった。

「ソ連軍は民間人を殺すことはないだろうし、占領した後も早期に解放すると踏んでいた……。とはいえ、後からなら何とでも言える。虎頭要塞の話は、知っているだろう」石原は言った。

「ああ……」

あの時、駅前の人々を列車に乗せるよう中隊長を説得するため例に出したのが、満州東部国境にある虎頭要塞の話だった。ソ連軍の侵攻から避難してきた民間人を迎え入れた虎頭要塞はその後、ソ連第一極東方面軍に包囲され、籠城した千八百名の中で最終的に生き残ったのはわずか五十名だったという。

「俺も、あの時は要塞に収容した民間人は安全だと思っていた。だが結果は知っての通りだ。俺たちが中隊長を説得できて、駅前の人たちを列車に乗せていけたとしても、それならそれでまた違う運命が待っていただろう。たとえば、列車が遅れたせいで敵に追いつかれたかもしれない。考えても仕方のないことだ。その時は、何が正解かなんてわからないものさ。ともかく、俺たちはできるだけのことをした。少なくとも三人の命を救ったんだ」

石原は、最上をじっと見つめて言った。力づけようとしてくれているのだろうか。

「あの子たちがどうなったのかは、知っているのか」

「……さあな」

石原は再び西のほうに顔を向けた。眼鏡のレンズが、夕日を反射して白く光った。

「俺たちと同じ船に乗ったはずだから、日本に帰ってくることはできただろうが……どこかで無事に生きていてほしいもんだ」

最上の言葉に、石原はただ無言で頷いていた。

十月十五日　火曜日

危うく、回転する旋盤(せんばん)に触れてしまうところだった。

い出した。

天城耕平は、以前に先輩から聞いた、会社からの香典など期待するなという話を思い出した。

給料日ということもあり、工場中にどこかしら浮ついた雰囲気が漂っている。だが、それがミスしかけた理由ではないことは、よくわかっていた。

終業のチャイムが鳴った後、嬉々として歓楽街へ繰り出す先輩や同僚たちの誘いを断り、耕平はアパートの部屋に帰った。

時計を見ると、予定の時間はまだ先だ。貸本屋で借りてきた劇画を読んで時間を潰そうとしたが、内容はまるで頭に入ってこない。腹は減っているものの、我慢した。そのうちに本を閉じた耕平は白いワイシャツに着替え、一着しか持っていない安物の綿のジャケットを羽織ると、あらためてアパートを出た。少し歩いた先の大通りに向かう。都電に乗るためだ。

東京の至るところを走っていた都電は、一年後のオリンピックを控え、一部の路線から廃止が始まっていた。交通渋滞の元凶たる古臭い交通機関は、奇跡の復興を遂げた近代都市東京にはふさわしくないということらしい。

大通りの真ん中の「安全地帯」と呼ばれる停留所で電車を待っていると、はたして車を優先して街をつくり直すのが正しいことなのか、わからなくなる。停留所のすぐ両側をかなりのスピードで車が走り抜けていく。風圧を感じるだけでなく、排ガスで息苦しい。明らかに過積載のダンプカーが地響きを立てて行き過ぎた後には、荷台からこぼれ落ちた砂埃で目が痛くなる始末だ。一緒に電車を待っていた客が皆、目をしばたたかせた。中には咳き込む者もいる。

やがて車の流れの中、肩身を狭そうにしながら都電の車両がやってきた。煙草の吸殻が散乱する停留所から乗り込む。客の乗降が終わると、車掌は「チンチン」と鐘を鳴らし、運転手に合図を送った。

座席は一杯だったので、つり革に摑まった。清掃したばかりなのか、黒光りする木の床からはワックスの臭いが立ち昇っている。

流れる車窓の景色を、ぼんやりと眺めた。街中には、少しずつ「オリンピック」の文字が目立ち始めていた。

『東京オリンピック開催迄あと361日　皆の力で成功させよう』という看板が目に入ってきた。国や都が貼り出したポスターだけではなく、徐々に民間のものも増えてきている。

『オリンピック工事促進　町ぐるみ協力』

『オリンピックをカラーテレビで見よう』

一般市民の感情としては今一つ盛り上がりに欠けているが、経済界はこの国家的行事が一大商機であることに気づき始めたようだ。

都電を二回乗り継いで行った先は、国鉄の有楽町駅だった。

ガード下の薄暗い改札口には、煙草の臭いがこもっていた。日本劇場のポスターが貼られた柱の前に立つ。銀座の方向に目を遣るが、待ち人の姿が現れないのは当たり前だ。なけなしの貯金をはたいて買った腕時計、セイコースポーツマチック・ファイブは約束の時間までまだ三十分以上あることを示していた。

ふいに、ある考えが頭をもたげてきた。

――行ってみようか。

待ち合わせの相手は、普段より早めに仕事を終えてから駅に来ることになっていた。この時間はまだ店にいるはずだが、何も駅で待っていなくても、迎えに行けばよいではないか。

店の場所と名前は、以前に聞いていた。正直なところ興味もある。少し憚られもしたが、好奇心の命ずるまま耕平は駅から歩き出した。

駅前は、ひと昔前のことを思えば信じ難いほどに明るい。明滅するネオンサインが、様々な色をビルの壁面に投げかけていた。

有楽町から銀座に近づくにつれ、道行く人々の服装が変わってきたのを耕平は意識した。自分の一張羅が、なんだかひどくみすぼらしく思えてしまう。それでも、せっかくここまで来たのだからと、引き返しはしなかった。

その店に行くのは初めてだったが、看板を見ながら歩いているとすぐに見つかった。大通りから入った道を、もう一度曲がったところだった。

『キャバレー・ローズ』

下町の繁華街のキャバレーには、何度か上司や先輩に連れられて行ったことはある。だが、さすがに銀座の店ともなると少し勝手が違うようだった。

外装に、けばけばしさはない。店の前に立つ客引きの男はタキシードで正装し、道行く人に声をかけもせず静かに佇(たたず)んでいた。客引きというよりはホテルのドアボーイの印象だ。

それに、男が声をかけるまでもなく、店に入っていく客は絶えなかった。それなりに繁盛しているらしい。

店のすぐ前で待つのも気が引け、隣のビルの前の電柱にもたれかかって待つ。相手は、今日の仕事は九時で上がらせてもらうと言っていた。この種の店で九時など、まだこれからという時間であることは耕平にも想像はつく。いっそ休ませてもらえばよいのにとも思うが、なかなかそうもいかないようだ。

店に出入りする人々を見ているうちに、以前に耕平が連れていかれた店との客層の違いに気づいた。

耕平が行ったことのある店の客は多くが工員や勤め人で、仕事でささくれた気持ちを刹那的な快楽で慰めてもらうような、どこか荒んだ雰囲気が漂っていたものだ。

しかし、この店に出入りしている上等な服をまとった客——勤め人でもかなりの高給取りか、耕平には想像もつかない職業の人々か——には、つらい現実を忘れたいという切実な雰囲気はあまりない。どちらかといえばレジャーを楽しむような余裕が感じられた。

自分には手の届かないものを、延々と見せつけられている気分になってくる。何度も左腕に嵌めたセイコーに目を遣った。八時四十七分を示す針から再び店の扉へ視線を戻したとき、タキシードを着た客引きの男と目が合った。

男は周囲に人がいないことを確かめた後、庇の下から声をかけてきた。

「誰か待ってんのかい」

客ではないと見抜かれているのだろう。なれなれしい口調だった。

耕平はもたれていた電柱から離れてその客引きに近づきながら、はい、と答えた。

「この店で働いている人を待っています」

「誰？」

「藤代早紀子というんですが」

「うーん、女の子の本名は、ほとんど知らないからなあ」

「半年ほど前に勤め始めたはずなんです。背は僕と同じくらい、髪は長めで、ちょっと茶色がかっていて……」

「ああ、わかった」

客引きの男は、耕平の説明を途中でさえぎった。「ユキちゃんだな」

早紀子は、そんな源氏名で働いているらしい。早紀子の顔とユキちゃんという名が、頭の中でうまく合致しなかった。

「そうか、今日は早く上がるって言ってたのはあんたと待ち合わせってことか」

客引きは、耕平の頭からつま先までをじろじろと見定めてから言った。「彼女、今やこの店でトップクラスの売れっ子だからな。普通はこんな時間に上がるなんて言ったら店長にいい顔されないんだけど、認められちまうくらいだ」

そう言われてもぴんと来ず、「はあ」といささか間の抜けた返事をすると、男は訝しげな表情を浮かべた。

「もしかしてユキちゃん、あんたのコレかよ」と小指を立てる。

「いえ、そういうわけでは……。友人です」

「ふうん、友人ね。まあ、こんなこと言うのもなんだけどさ、男と女にはつり合いってもんがあるからな」

心なしか、客引きは同情するような、憐れむような目をしていた。

それから男は唐突に言った。

「あんた、彼女に、こんなところで働くのはやめてほしいなんて思ってるんじゃないか？」

いきなりの指摘は、図星を突いていた。

そんなことを言う資格が自分にないのも、わかってはいる。男に言った通り、自分は別に彼女の恋人というわけではないのだ。

「顔に出てるよ。でもさ」男は続けた。「これはだめな仕事で、これはいい仕事、なんてことはないんじゃねえの。あんた、何の仕事してんの」

「僕ですか。……工場で働いてます」

工場と口にする時、ついためらってしまった。

「ほら、そこだよ。世の中には、彼氏に工場勤めだけはしてくれるな、なんて女だっているかもしれないぜ。そんな風に言われたらどう思うさ」

男は、また耕平の痛いところを突いてきた。「まあ、あんただけじゃねえけどさ、みんな結局は仕事にいい悪いがあると思ってんだよな。好き嫌いとか、やりたいやりたくないはあるだろうが、仕事自体にいい悪いはねえと俺は思うよ。誰かが必要としてるから、その仕事があるんだ」

さすがは銀座、客引きも妙に小難しいことを言う、と耕平は思った。もっとも、言われてみればたしかにそんな気もする。

その時、店の中から誰か出てくる気配がした。理屈っぽい客引きの男が、ちょっとあっちへ行っててくれ、という手ぶりをする。耕平がおとなしく従い、もといた電柱のあたりに戻ると、店の扉が開いた。

客引きがさっと扉の脇に立ち、背筋を伸ばして礼をする。

店から出てきたのは、小太りの男だった。上等そうな黒い革の鞄を持ち、背広もいかにも高級品だが、ネクタイはだらしなく緩められている。革靴が、街灯を照り返して光っていた。

小太りの男の後から、何人かのホステスが姿を現した。ありがとうございました、またいらしてね、と嬌声が響く。

にやにやとした笑みでそれに応えた男の、脂の浮いた丸い顔。自分より少し年上くらいか、と耕平は思った。

男が、一人のホステスの耳元で何かささやいていた。今にも触れそうな近さだ。胸元のあいたドレスを着たホステスは、嫌な顔ひとつせずに応じている。彼女の視線が、耕平のそれと交差した。

かすかに茶色がかった長い髪。

その女性は、早紀子だった。

職業的な笑みを浮かべた早紀子の瞳からは、何も読み取ることができない。

いつの間にか姿を消していた客引きが、通りを流していたタクシーを連れてきた。

小太りの男は、いかにも上機嫌な様子でタクシーの車内に鞄を放り込み、自らも座席に身を沈めた。走り出したタクシーが角を曲がるまで、ホステスたちと客引きの男は礼をして見送っていた。

タクシーの姿が見えなくなり、女性たちが店内へ戻っていく。その間際、早紀子は耕平へ微笑みかけると、ちょっと待っててと目だけで伝えてきた。

それから、十五分ほど待った。

客引きの男はもう話しかけてくることもなく、耕平はまた電柱にもたれてぼんやりとビルの隙間の夜空を見上げていた。

とんとん、と肩を叩かれる。

振り向くと、すぐそこに早紀子の笑顔があった。

「早紀ちゃん」

「お待たせ」

化粧を落とし、先ほどまでのドレスとはまるで異なる地味なブラウスを着ている。それは自分が知っているいつもの早紀子だった。浮かべた笑みは、あの客に向けたものとは違って見えた。そう思いたいだけかもしれないが。

「久しぶりね」

その顔は、どぎまぎするほど近くにある。以前ならこれほど近づいてくることはなかった。こうした仕事についたからだろうか。

「お、おう……。てっきりあそこから出てくるものかと」

耕平が客引きの立つ扉を示すと、「従業員の出入口は別にあるの。お客さんの夢を壊すわけにいかないでしょ」と早紀子は笑みを大きくして言った。

「行きましょ」と歩き出す早紀子の後を追うように、その場を離れる。客引きの男が、小さく口を動かしていた。うまくやれよ、と言っているようにも見えた。

銀座通りに出ると、この時間でも人の流れは多かった。裏通りよりも短い間隔で並ぶ街灯が、早紀子の姿を一段と明るく照らす。

耕平とともに満州から奇跡的な帰国を果たした藤代早紀子は、二十八歳の今では色香漂う大人の女性になっていた。

水色のブラウスの胸元で、銀のネックレスが光る。左の手首には、小ぶりな腕時計を嵌めていた。洋服やアクセサリーには詳しくない耕平にも、それらがただ高価なだけでなく、持ち主のセンスを表現し、その魅力を十分に引き立てる品であることはわかった。

耕平は自らの格好を恥ずかしく思ったが、早紀子は何も気にするそぶりを見せない。腕を組みこそしないが、まるで恋人のような近さで隣に寄り添って歩いていた。

のだろう。

その距離は通りを行き交う恋人たちのものとあまり変わらないが、大した意味はない

「だいぶ待ったでしょ。今日休めればよかったんだけど、ごめんね。店長が、早退でいいから出てくれって言うから」早紀子は申し訳なさそうに言った。

「待つのは別に大丈夫。それにしても人気なんだな」

耕平は、先ほどの客引きの話を思い出した。

「そこまでじゃないけど……さっきのお客さんには気に入られちゃってて。今日お店に顔を出すって連絡があったみたいで、店長に頼まれたの」

早紀子にやたらとべたべたしていた、小太りの男の顔が浮かんだ。たしかに他のホステスと比べると、早紀子に対する態度だけが違っていたような気がする。

耕平は、何気ない風を装って言った。

「なんだか、金回りの良さそうな奴だったな」

「わりとよく来てくれるお客さんでね、銀行にお勤めなんだって。お金を運ぶお仕事をしてるとか」

「金を運ぶ？　肉体労働をしてるようには見えなかったな」

「そういうのとは違うんじゃない？　人を使うほうなんでしょ。エリートっていうのかしら。いいお給料もらってるんでしょうね。わたしたちにもお小遣い弾んでくれる

し、その点ではありがたいわよ」

「ふうん……」

耕平がどう言葉を返せばよいのか迷っているうちに、二人は新橋駅の近くまで歩いてきていた。

今日の目的地は、このあたりにある、以前にも何度か行った中華料理屋だった。

店の扉をくぐりながらふと、傍(はた)からはいわゆるデートというものに見えるのだろうかと思った。もっとも早紀子のほうでは、そんな意識は微塵(みじん)も持ち合わせていないだろう。

それに、店の中にはもう一人の人物が待っていた。

「よう」

人いきれの向こうで、四人掛けの卓に座っていたスーツ姿の男が片手を上げてくる。油の匂いと煙草の煙、聞き取れない無数のざわめきが充満する店内を、耕平たちは他のテーブルの間を縫うように歩いていった。

「志郎くん、久しぶり」

早紀子が、ごく自然に小野寺志郎の隣に座る。耕平は向かいの席に着いた。

耕平と早紀子、志郎。子どもの頃に満州から引き揚げてきた三人は、今でも時々集まる習慣を続けていた。それぞれに親を失った三人にとって、お互いが家族のようなものなのだ。

耕平がジャケットを脱ぐと、志郎が言った。

「何ヵ月ぶりかな。耕平、なんだか腕が太くなったな」

「ほんとだ。外は暗くて気づかなかった。何かで鍛えてるの」

「まさか。工場の仕事で荷物運んでるうちに、いつの間にか筋肉がついたのかな」

「そうなんだ。オリンピックにでも出るのかと思った」

冗談であっても早紀子の口からオリンピックという単語が飛び出したことに耕平は少し驚いたが、それについて言及はしなかった。

ビールで乾杯し、料理をつまむと、すぐに昔のように話は盛り上がった。

ひとしきり笑い合ったあたりで、餃子を箸でつまんだ早紀子が「なんか、懐かしいね」と呟き、遠くを見るような目つきをした。

中国に関するものを見て昔を思い出すことは、耕平にもしばしばあった。そんな時、頭の中にまず浮かび上がるのは、なだらかな丘に果てもなく広がるコーリャン畑だ。大陸の、乾いた風の匂いが鼻の奥によみがえる。

そこを、ガソリン機関車が牽く小さな客車がのんびりと走る。志郎の父親が機関士を務めていた軽便鉄道だ。志郎と一緒に、耕平や早紀子も運転席に乗せてもらったものだった。時には、ハンドルやブレーキ弁を握らせてもらったこともある。志郎などはすっかり教え込まれ、一人でも運転できるだろうと言われていた。

懐かしい、温かな日々。

しかし、再びあの土地を訪れたいとは思わない。日々の最後、まるで帳尻を合わせるようにやってきた、あまりにも悲惨な出来事の記憶ゆえに。

同じことを考えていたのだろうか、志郎がぽつりと言った。

「……ひどい話だよな。あの時、関東軍は俺たちを見捨てた」

三人で会えば、どこかで必ず出る話だ。

「でも、あの軍人さんたちのおかげで、少なくともわたしたちは助かった」

早紀子はそう言って、志郎のグラスにビールを注ぎ足した。

たしかにあの日、出会った二人の軍人が車掌車の隙間に乗せてくれなければ、自分たちは悲惨な出来事を思い出すどころか、その出来事の一部になっていたはずだ。結局、三人の家族の消息は誰ひとりとしてわかっていない。

「関東軍は、ソ連軍がまさか民間人を殺したり、シベリアに連れて行ったりするなんて考えてなかったんだろう。それに、中国人に襲われるほど恨まれていたなんて、あの頃の俺たちは思っていなかった」耕平は言った。

日本の生命線と呼ばれた満州。ソ連に対する防波堤として、また資源供給地帯として、さらには人口の流出先として期待されたその開拓地へ、大勢の日本人が海を越えていった。

だが大地のすべてが豊饒(ほうじょう)なわけではなく、開拓の不可能な深い森や沼、山岳地帯も多かった。農地として使える土地に前から住んでいた中国人や朝鮮人たちを、日本人は五族協和の名のもとに押しのけ住み着いたのだ。

耕平たちの開拓村にも、先住者がいた。彼らは村に働きにきており、その子どもたちと遊んだ記憶もある。誰も、日本人の入植者に対する本当の気持ちを語ることはなかった。その瞳に浮かんでいたものの意味は、今となってはわからない。

「たしかに、そんな風には思ってなかった」

志郎の呟きに、しばらく黙って話を聞いていた早紀子が答えた。

「知ってはいたけど、意味がわからなかったのよ。当時、ほとんどの人は気にしていなかったんじゃないかしら。だからといって、いいことだったとは言わないけど」

その代償が、自分たちの家族なのだ。

戦後十八年を経て何の便りもなければ、彼らはもはやこの世にはおらず、大陸の露と消えたものと考えるしかなかった。

十八年の間、つらいことは数え切れぬほどあった。苦難は、満州から本土に至る逃避行で終わったわけではなかった。戦後の混乱期の、誰ひとり頼る者のいない荒んだ街。十歳の子どもだけで生きていくにはあまりにも過酷な環境を、三人はお互いを支えに乗り切ったのだ。三人の誰が欠けても、あの日々を生き抜くことはできなかっただろう。

大連からの船が門司に着いた後、三人は親の出身地である東京を目指すことにした。三人の家族が所属していたのは、東京の失業者を対象に組織された東京満蒙開拓団だったのだ。それぞれの親戚が、東京にいるのは知っていた。満州生まれの三人はもちろん会ったことはないが、その親戚を頼ろうとしたのである。広大な東京で見も知らぬ相手をどうやって捜すかなど考えもしなかったが、十歳の子どもにそれを求めるのも酷な話ではあった。

東京へ向かう列車に乗った時から、三人の生きるための闘いは本格的に始まった。門司へ着くまでの船では避難のどさくさの中で運賃の支払いは求められなかったが、その先はとにかく金を手に入れなければならなかった。とはいえ子どもが簡単に金を稼げるはずもなく、そうなれば混乱の世の中で、してはならぬと教えられたことをするしか方法はなかった。

無賃乗車を繰り返し、他人の食べ物を掠(かす)め取りつつたどり着いた東京。当然ながら誰の親戚も見つかることなく、かすかな記憶の中にあった下町の名を出せば、問うた相手はみな首を振った。その街は、度重なる空襲によって灰燼(かいじん)に帰していた。

三人は雨露を凌(しの)げて食べ物にありつける場所を探し歩き、やがて上野駅の地下に落ち着いた。皆にノガミと呼ばれていた上野では、大勢の戦災孤児が地下道の冷たいコンクリートを寝床に、煙草(モク)の吸殻拾いや靴磨き、新聞売りなどの仕事で食いつないでいた。時には物乞いをし、盗みを働くこともためらわなかった。飢えや病気による死は、常に隣にあった。

　戦災孤児を収容する施設は限られており、国は親類による保護を求めたが、耕平たちのように頼るべき親類がいない子どもも多かった。また引き取られた場合であっても、戦後の混乱の中ではまともに養育される保証はなかった。かつては優しかった親戚に、自分たちだけでも精一杯なのになぜお前まで食べさせなければならないのだ、と罵詈雑言(ばりぞうごん)を浴びせられ、結局路上に戻ってくる子どもも大勢いた。

　その頃、街には失業者があふれ、さらに外地から数百万の引揚者が帰ってきていた。駅で暮らす子どもたちを助ける余裕は、大人の誰にもなかった。

　敗戦の翌年、昭和二十一年の春になっても、「駅の子」と呼ばれる孤児たちは徐々に復興していく世の中をよそに、明日をも知れぬ暮らしを続けていた。

　大人たちが駅の子らに向ける視線は厳しさを増す一方だったが、子どもたちからすればこれほど理不尽な話もない。何しろ、彼らをその暮らしに追いやったのは、当の大人たちなのだ。

　家族は、大人が勝手に始めた戦争で奪われた。そしてその大人たちは、ほんの少し前まで自分たちが教えていたことを、掌を返したように否定し、平和だの復興だのと浮かれていた。

やがてGHQの指示を受けた厚生省により、浮浪児狩りが始まった。駅の子は新たな社会にふさわしくない、治安を乱す存在とみなされ、強制収容の対象となったのだ。彼らは地下道から追い立てられ、一匹、二匹と数えられてトラックの荷台に放り込まれた。

耕平たち三人も、そうして孤児院に送られることになった。孤児院の中には子どもたちを犯罪者扱いし、脱走防止のため鉄格子に閉じ込めるところもあると噂に聞いていたが、幸い三人が送られた孤児院ではそのようなことはなかった。

そこは、ある篤志家（とくしか）が運営する民間の施設だった。収容された耕平たちは、大人から愛情を受けることがあまりにも久しぶりであるため、初めのうちはそれが信じられないほどだった。

その施設が耕平たちの新しい家になり、昭和二十三年、三人は学制改革で義務教育となった新制中学校に入学した。バレーボールのクラブに入った早紀子が溌溂（はつらつ）とプレーする姿を見る度に、耕平も嬉しくなったものだ。

三年が経つ頃、早紀子の遠い親戚を施設の職員が見つけてきてくれ、卒業後は引き取られてその親戚が営む洋食屋で働くことになった。耕平と志郎も、卒業と同時に施設を出て働き始めた。もっとも、順調に進路が決まったわけではない。施設の出身ということは、それだけでもかなりのハンデを背負わされるのだ。高校へ進学する選択肢は初めからなく、耕平は小さな町工場に、志郎も小さな会社になんとか就職した。

十九歳の時、耕平は一度だけ警察の世話になった。資金繰りがうまくいかなくなった町工場が倒産し、日雇いの仕事を転々としていたところ、上野駅で暮らしていた頃逆らえなかった先輩の佐竹という男にスリの片棒を担がされることになったのだ。

佐竹から呼び出された先は、勝手知ったる上野駅だった。なぜ駅なのかと嫌な予感はしていたが、佐竹の仲間だという見知らぬ男にプラットホームで待つように言われ、やがて渡されたのはただの財布一つだった。それを別の男のところまで持っていくだけという仕事を、何度かやらされた。

「乗っ込み」の手伝いをさせられたのだった。客が列車に乗降する際のどさくさに紛れて抜き取りを行い、複数名のチームプレーで獲物を順繰りに渡していくという、スリの手法の一つである。

実のところ、呼び出された時点で耕平は何をさせられるか想像はついていた。後で山分けされた金の取り分が、いくらか少ないことにも気づいていた。それでもなお、その仕事を何度となく引き受けたのは、佐竹が怖ろしいこともあったが何より生きるためだった。身寄りのない青年にとって、混乱期を脱しつつある社会の中で定職につくのはきわめて困難なことであり、生活のためには目の前の機会にすがるしかなかったのだ。

そしてある日、いつものように財布を別の男のところへ持っていく途中で、耕平は鉄道公安官に呼び止められ、両腕に手錠がかけられた。

財布の中身は既に抜き取られており、佐竹やその仲間は姿をくらましていた。この日、集中的なスリの摘発があるという情報をつかんでいた佐竹により、耕平は囮（おとり）にされたのだった。

鉄道公安官は佐竹たちの行方を追ったが結局捕まえることはできず、貧乏くじを引かされた形になった耕平はその後、未成年ゆえ家庭裁判所に送られ、保護観察処分を言い渡された。

自分を騙（だま）した佐竹の、前歯の欠けた顔は今も悪い夢に見ることがある。喧嘩の際に折られたらしい。その時には相手の歯も三本折ってやったと得意げに言っていた。どうせ嘘だろうと、志郎は怒っていたものだ。耕平が捕まった時は、志郎にも早紀子にもひどく心配をかけた。憤慨した志郎は佐竹を必ず見つけ出すと息巻いたが、耕平はそれを宥（なだ）めた。

志郎には、決して耕平や早紀子には見せようとしない側面があった。それを、かつて駅で暮らしていた頃に耕平は見てしまったことがある。仲間の裏切りによって友人が警察に売られた時、密告者の少年を呼び出した志郎は、彼を徹底的に殴り飛ばしたのだ。志郎は、相手を何度も殴っていた。相手が倒れた後も馬乗りになって、何度も何度も。

怒りに駆られた志郎は、何をするかわからない。自分のために怒ってくれるのは嬉しいが、そのせいで彼が捕まるようなことがあってはならないと耕平は思っていた。そして今でも、志郎には表に見せない顔がある。彼の勤務先はヤクザが隠れ蓑として設立した会社であることに、耕平は薄々気づいていた。志郎がその会社で何をしているのかは知らないし、彼も自分から口にすることはない。

だが志郎が身につけた、普通の会社員には手が出ないような高級そうなスーツや腕時計を見れば、それが何の対価であるかは察しがついた。

耕平のほうは、十年の間にいくつかの職を転々とし、今は木場の合板工場で働いている。決して大きな工場ではないし、未だに見習いの立場だ。

とはいえ、徐々に暮らしが安定しつつあるのは感じていた。自分だけではない。世の中は、少なくとも目に見える範囲では豊かになってきたようにも思える。

工場の先輩によれば、それはオリンピックのおかげだそうだ。以前は大して興味を示さず、むしろ文句を言っていた先輩だが、最近は少し変わってきて、オリンピックのおかげで飯が食えるとまで言い始めていた。

その意見に、耕平は複雑な思いを抱いている。オリンピックこそが、早紀子とこうした形で会っている遠因でもあるからだ。

早紀子は中学を卒業した後で親戚と暮らし始め、その老夫婦が経営する、明治から続く洋食屋で十年以上を勤めた。

しかし原宿にあった洋食屋はオリンピックに向けた道路拡張工事のため立ち退きを迫られ、廃業してしまったのだ。立ち退きには、いろいろと強引な手段が使われたとも聞いている。老夫婦は気力をなくしてしまったのか、他の場所で店を再開することはなかった。

そうして職を失った早紀子は、老夫婦の負担にならぬようにと一人暮らしを始め、今は銀座のキャバレーで働いているというわけだ。

先ほど客引きに指摘された通りで、早紀子がそんな場所で働くことに正直なところ抵抗はある。でも、彼女は生きるためにその道を選んだのだ。耕平が今さら口を出せるものではない。

ただ、彼女に今の仕事を斡旋(あっせん)したのが志郎らしいということだけは気になっている。志郎の勤めている会社、そしてその背後にある組織が、こうした職業につく女性の周旋料を重要な資金源としているのは知っていた。

志郎も早紀子も、多くを語りはしない。そのことで最近の耕平は二人に小さな不満を感じていた。こんな風に思うのは、おそらく初めてのことだ。

「早紀子、醬油取って」

志郎はいつの間にか彼女のことを、早紀ちゃんではなく呼び捨てにするようになっていた。

隣の卓から醬油差しを持ってきた早紀子が、志郎の小皿に醬油を注いだ。「耕平くんも要るよね」と耕平の小皿にも注いでくる。

志郎たちが先ほどから話しているのは、志郎が早紀子から先日借りたという雑誌『文藝』についてのことだった。

もともと早紀子は結構な読書家だったが、志郎もこれでいて案外と本を読んでいるらしい。

ごく自然な様子で語り合う二人と、自分との間に、ほんのちょっと距離があるように感じてしまう。

些細な、あまりに些細なことだ。その程度でこうした気持ちになるのは器量の小ささを証明するようで情けないが、耕平は少し前から自らの感情に気づいていた。

——俺は、嫉妬している。

早紀子は、もしかして志郎に何か特別な思いを抱いているのではないか。自分が、早紀子に対し抱いているのと同じように。

家族同然に過ごしてきた自分たち三人の間に、そうした要素を持ち込むべきではないと耕平は思っていた。

そうなれば、三人はばらばらになってしまう。今度こそ本当に一人ぼっちになってしまうのだ。

そもそも、すべてを捨てる覚悟で彼女に思いを打ち明けたとしても、それが受け入れられ、同じように思いを返してくれることはたぶんないだろう。こんな気持ちは、いずれなくなる。そして、一切合切を墓場に持っていってしまえばよいのだ。耕平は、何度となく繰り返したように、心の中の海に自らの思いを沈めた。

その海に小さなさざ波が立つのを感じつつ、目の前で餃子をほおばる早紀子に笑みを返す。

早紀子の表情が、かすかに曇った。彼女の視線は耕平の脇をすり抜けている。視線を追って振り向くと、カウンターの隅に置かれた十四インチの白黒テレビがニュース番組を映し出していた。

店内のざわめき越しに、アナウンサーの声が聞こえる。何やらオリンピックに関するニュースのようだ。東京のどことは聞き取れなかったが、オリンピックのために道路を拡張する工事が行われているという。最近は特に珍しくもないニュースである。

その伝え方は、道路拡張によって便利になる面だけを強調するものだった。工事によって移転を余儀なくされる人々の存在にも、どれだけ補償がされるかにも触れていない。かなり無理な開発が行われていることは、わずかながら工事現場とも接点がある耕平には漏れ聞こえていたし、何より目の前の早紀子は身をもって知っている。

それでもテレビやラジオが繰り返す報道のためか、街の空気が少しずつ変わり始めているのを耕平は感じていた。

熱狂的な祭りの雰囲気が、人々の間で醸成され始めている。反対や疑問を呈する声はまだ多いが、それがいつか波にのまれるように消えてしまうことを耕平は予感していた。今にして思えば、似たようなことは二十数年前にもあったからだ。

――いや、まさかね。

そこまで考えて、耕平は否定した。戦争とオリンピックは違う。自分だって、オリンピックを楽しみにしている面はある。

テレビの画面が切り替わった。またオリンピック関連の工事現場らしいが、今度は何かの式典の様子で、偉そうな人物が並ぶ前に紅白のテープが張られている。

『――衆議院議員の大場滋氏によってテープカットが行われました。大場議員はオリンピック関連事業推進の中心人物であり――』

それを見て、耕平は言った。

「あの大場って政治家、戦争中は中国にいたんだってな」

工場の休憩室でたまたま手に取った週刊誌に、大場を批判する記事が載っていたのを思い出したのだ。

「あっちでやったことで、戦犯の疑惑があるとか。アメリカに取り入ってうやむやにしたって書いてあったけど、そんなことできたのかね」

今後も取材を続けると記事には書かれていたが、そういえばその後、続報は掲載されていない。

ふと見ると、テーブルの向こうでは志郎が顔をしかめていた。

「どうした」

「なんでもない。ちょっと変な味がしたような気がしてな」

「そう？　大丈夫だと思うけど。さ、どんどん食べましょ」

場をとりなすように、早紀子が笑った。

耕平の背後のテレビからは、まだアナウンサーの声が聞こえてくる。

『東京オリンピックまでいよいよあと一年となり、街では期待する声が――』

一年後か。来年の今ごろ、自分はどこでどのようにしてオリンピックを見ているのだろう。

十一月十三日　水曜日

国鉄上野駅には、1番から17番までの発着番線がある。

そのうち1番から10番線は駅の西側、上野の山に近い高架線上のプラットホームで、11番から17番線は東側の地上、櫛（くし）の歯のような形をした行き止まり式――頭端式（とうたんしき）のホームだった。

夜の十時を過ぎてもなお、高架ホームの通勤電車はもちろん、地上ホームでも東北本線などの中・長距離列車がひっきりなしに発着し、大きな荷物を抱えた旅行客や、コートを羽織ったサラリーマン、BG（ビジネスガール）が行き交っている。その間を流れに逆らう魚のようにすり抜けるのは、手旗を持った駅員だ。時おり人波が左右に分かれると、「ターレ」という一人乗りの運搬車が、荷物を積んだ台車を後ろに長く連ねて走っていく。

旅行や帰省の客が交わす方言混じりの会話や、駅弁の箱を抱えた売り子の声を、「うえのぉー、うえのぉー」と独特の抑揚（よくよう）をつけた構内アナウンスがかき消した。

地上ホームに面した中央改札では、昭和二十六年に描かれた大きな壁画の下、駅員の入ったラッチと呼ばれる箱が並び、それぞれ独特のリズムで鳴らす切符鋏（ばさみ）の音が重奏を響かせている。ラッチの上にずらりと吊り下げられているのは、列車名や発車時刻、発車番線が書かれた札だ。列車が発車する度に、担当の係が脚立に乗って札を入れ替えている。日付が変わるまであと一時間半。それでも列車を示す札の列に隙間はなく、人の流れにも絶える気配はない。

中央改札から入って右側、地上ホームを見通せる「うどん・そばコーナー」近く。出汁の香りと、蒸気機関車から漂ってくる煙の臭いが混淆する中、壁に寄りかかった牧省吾は熱心に新聞を読むふりをしていた。紙面に躍る大きな活字は、四日前に発生した二つの大事故についてのものだ。誰が名づけたのか「血塗られた土曜日」と呼ばれるようになったその日——昭和三十八年十一月九日、福岡県にある三井三池炭鉱での爆発事故と、神奈川県の東海道本線鶴見駅付近での脱線衝突事故が同日中に発生し、あわせて六百人以上が犠牲になっていた。

鶴見での事故については、牧は嫌になるほどよく知っていた。今さら新聞を読み返すつもりもない。新聞を手にしているのは、あくまで体裁を繕うためだ。

牧はハンチング帽のつばをわずかに持ち上げると、地上ホームのほうから歩いてきた女に視線を据えた。

地味な紺色のコートを着て、化粧っ気もないが、そこはかとない色気のある女だ。少し硬い表情を浮かべているだけで、おかしな点はない。

にもかかわらず目を留めたのは、女の周囲に漂う、薄幸そうな雰囲気——それは時に犯罪を呼び込んでしまう——を感じ取ったからだ。

具体的にどのあたりがと問われても答えられないが、この女は何らかの事件に巻き込まれるのでは、という直感である。とはいえ、それだけでは声をかける理由になるはずもない。

少し視線を外している間に、女の姿は人波に消えた。中央改札をくぐって出ていったのか、あるいは高架ホームへつながる階段を上っていったのか。

汽笛がひとつ鳴り、地上ホームの11番線から東北本線の列車が滑り出していった。客車のテールランプが、赤い光跡を残して遠ざかる。青森行き普通４１１列車、定刻22時45分出発。

今日はここまでか。空振りだったたな。

この日、牧は夕方からずっと上野駅の構内を流しつつ、スリの警戒を続けていた。牧は、国鉄上野鉄道公安室所属の「鉄道公安職員」である。一般的には「鉄道公安官」と呼ばれることも多い。スリたちから「公安」をもじって「アンコ」とも呼ばれる彼らの仕事は、スリ対策だけではない。日本全国に二万キロの鉄道網を張り巡らせた国鉄の敷地内では、恐喝、傷害など様々な犯罪、事件が発生する。それら敷地内での犯罪行為に対して現行犯逮捕も可能な司法警察職員が、鉄道公安職員なのだ。

沿線や駅のパトロールを行う「一般警備」の際には制服・制帽に身を包み、締めた帯革に無線機と手錠をぶら下げる。その姿は、事情を知らない者にはほぼ警察官に見える。

また鉄道公安職員には「日本国有鉄道の列車、停車場その他輸送に直接必要な鉄道施設内における犯罪」を捜査する権限が与えられており、特定の犯罪捜査に専従する場合にはやはり警察における刑事のように私服を着用することになる。

今、私服の背広を着こんで目を光らせている牧は、スリ対策を主な任務とする特捜班の一員だった。五十名以上が所属する上野鉄道公安室の中で公安班長の職にあり、スリの検挙数が管内でも五本の指に入るベテラン捜査員だ。

鉄道公安職員が「チャリンコ」とも呼ぶスリには、大きく分けて、列車内でのスリを主に行う「箱師(はこし)」と、駅構内で犯行に及ぶ「平場師(ひらばし)」の二者がいる。車両を箱になぞらえて呼ばれる「箱師」のほうが実行の難易度が高いため格上とされ、検挙する鉄道公安職員の側でも「箱師」を捕らえたほうが評価は高い。つい先ごろ、牧はコンビを組む若手職員の菊地豊(きくちゆたか)とともに、東北本線の夜行列車を荒らしまわっていた箱師の一団を一斉検挙し壊滅(かいめつ)させる戦果を挙げていた。その際には何度となく通常のシフト――二十四時間勤務の一昼夜交代から外れて東北方面へ往復し、家に帰れないことも多かったため、しばらくは駅で「平場師」を相手にしていろという指示が下りていたのだ。

駅における「平場師」の警戒にあたっては、常習犯を捜すことはもちろんだが、警察から回ってくる犯人台帳に掲載された顔写真も参考にする。もっとも、台帳に載った数百人全員を覚えていられるものではない。それよりも長年の経験に基づき、怪しい動きの者を警戒するほうが効率的だ。

手ごわいのは、捕まえて刑務所に送っても、出所後に再犯する者だ。そうした相手は鉄道公安職員の顔を覚えている。できるだけ気づかれぬようにはしているものの、先に察知され、目の届かぬところで犯行に及ばれる危険はあった。

しかし、ここ数日は妙な動きをしている者は見なかったし、実際に被害の届け出もない平和な日が続いていた。自分がパトロールしていることで、スリが犯行を取りやめたという可能性もある。それはそれで、旅客の安全が守られたともいえるので良いことには違いない。

帰宅する会社員や、夜行列車の乗客の人波はまだ途切れずに続いているが、ピークは越えたようだった。この後は酔った客狙いの箱師が動く時間ではあるが、他の職員が警戒に入ることになっている。

視界の隅に、厚手のコートを着込み、新聞を片手に持った男の姿が映った。交代する同僚だ。牧は目だけで合図し、任務を終えた。踵のすり減った靴を引きずって歩き出す。

立ちっぱなしでいい加減足も腰も悲鳴を上げていたし、うどん・そばコーナーから漂う匂いは空腹の身にこたえる。早いところ、何か口にして休みたかった。鉄道公安職員、それも特捜班の仕事は、もうじき五十に手が届こうという人間には厳しくなりつつある。

転属を公安室長へ申し出たこともあったが、回答は、ベテランである牧にはもう少しここで頑張ってほしい、の一点張りだった。なんとなく、定年までここにいるのではないかという気にもなってきている。

牧はかつて、満鉄の職員だった。終戦の混乱と、シベリアでの抑留について人に語ったことはあまりない。運よく生き延びて帰国した後、ちょうどその頃に運輸省管轄から公共企業体として再出発したばかりの国鉄に入った。

最初は駅員としていくつかの駅で勤務し、その間に上役の世話で嫁を貰った。それからすぐ、同じ上役の紹介で試験を受け鉄道公安職員になった。

満鉄での最後の日々にはつらい記憶しかないが、もともと鉄道が好きで満鉄に入ったのだし、鉄道に関わってしか生きていけないと思っていた。それがいつの間にか、駅員であった期間より刑事のような仕事をしている期間のほうが長くなっている。不思議なものだ。

そう遠くない定年の日を迎えた後、どうするかは決めていない。とりあえずは、長く苦労をかけた妻と一緒に鉄道の旅でもしようかと思っている。妻との間には娘が一人。まだ中学生だった。娘は、牧が自分の仕事の話をしてもあまりぴんと来ないらしい。それもやむを得ないと牧は思っていたが、自分なりに燃やしてきた職務に対する情熱のようなものを、誰かに伝えておきたいという気持ちはあった。

牧が引き揚げた先は、それまで立っていたうどん・そばコーナーから近い、中央改札の脇にある上野鉄道公安室だった。

公安室の中、捜査室と呼ばれている部屋には、当直司令の他、待機中の特捜班員や警備班員、庶務担当など十名ほどの職員が詰めていた。列車の脱線事故などの非常事態に備え、常時そのくらいの要員を待機させることになっているのだ。

隅のテーブルに、二人の人影が見えた。牧の相棒である若手職員の菊地が、乗客らしき中年の男から話を聞いているところのようだ。男の言葉は訛っており、初めはうまく聞き取れなかった。山形あたりのお国言葉だろうか。顔はかなり日焼けしている。背広がやけに小さく見えるのは、肩の筋肉が盛り上がっているからだ。牧は、出稼ぎの労働者だろうとあたりをつけた。

「ああ、牧さん」

菊地が、助けを求めるような視線を送ってきた。男の話す方言に難儀していたのだろう。牧は間に入ってやることにした。

「どうした」

「このお客さん、どうやらスリの被害に遭ったらしいんです」

「どこでだ」

牧は唇をかんだ。自分が警戒している間に、被害が出るとは。一人で駅の構内すべてを同時に監視することはできないが、その時その時で、最も危ないと思われる箇所を重点的に見てきたつもりではあった。

「山手線から降りる時に、『乗っ込み』にやられたようです」

「くそっ、山手線か」

思わず舌打ちが出る。今日は、そちらは大丈夫と思っていた。

考えたくないが、いよいよヤキが回ったか。

実際のところ、ここ一、二年の検挙件数は下がっている。月単位でみれば、若手に抜かれる月もあった。

だが、自らの不甲斐なさを嘆くのは後でいい。今は話を聞くのが先だ。

「お客さん、スリにやられたんだって？　また同じこと訊いて悪いけど、俺にも話してもらえるかな。スラれたのは財布？」

「んだ」

「大変だったね。お客さん、どこの人」

「山形だあ」

やはり、当たっていたようだ。伊達に長年、上野駅で勤務しているわけではない。

「出稼ぎかい。山手線から降りて、どこ行くところだったの」

「『出羽』さ乗んだ。切符も買った」

「帰省かな」

「んだ。現場の仕事は続いでるだげんと、親戚が死んだがら急いで帰んなね」

「そりゃあ、えらいことだったね。まさか、こっちでの稼ぎ全部スられたんじゃないだろうね」

「送金してだがら全部でねぇけんど、手持ちだった半月分はやられだっけ」

上野駅から東北上越方面の列車に乗る出稼ぎ帰りの客は大金を持っていることが多く、スリにとってはいいカモである。そのため警戒にあたっては、朝夕のラッシュを除けば長距離列車の発着する地上ホームを中心に見回っているが、長距離列車に乗る前の段階、他の駅から山手線で移動してくるところを狙われたわけだ。

「そっか……。取り急ぎ、住所とか名前とか教えてよ。『出羽』に乗るなら、発車まであと二十分くらいしかない」

酒田行きの夜行急行『出羽』は、23時20分の発車だ。牧は、手続きに必要な事項を急いで訊き始めた。横で、菊地がメモを取っている。

調書に署名をした男は、節くれだった指を額の前で組み、ため息をもらした。

「東京は、おっかねえ」

「犯人を見つけたら、連絡するよ」気休めと知りつつ、牧は口にした。

男の隣の席に置かれた荷物に目を遣った。ボストンバッグの他に、お土産らしい紙袋が三つ。一つは、上野駅の近くにあるおもちゃ屋のものだった。昔、牧もそこで娘におもちゃを買ってやったことがある。紙袋からは、鉄腕アトムの人形が見えた。小さな子どもがいるのだろうか。

彼にとってこの帰省は、気が重いものになるだろう。

「『出羽』はもう入線する頃だ。自由席なら、早く行ったほうがいい」

菊地に案内され、男は荷物を抱え捜査室を出ていった。うなだれた背中を見送りながら、牧はひどく申し訳ない気分になった。なんてことだ。自分が警戒にあたっていたというのに。

それにしても「乗っ込み」を手口にする連中は、最近は鳴りを潜めていたはずだ。また新しいグループが出てきたのか、と思ったところで、ある男の顔が牧の頭に浮かんだ。

──抜きのタケ、か。

かつて、牧が捕まえたスリグループの主犯。「乗っ込み」の手口で上野駅を荒らしまわったその男が、つい最近出所したという話は風の便りに聞いていた。

奴が戻ってきたわけじゃあるまいな。もしそうだとすれば、一度捕まった同じ駅に舞い戻るとは、いい度胸だ……。

自席で物思いにふけっているうちに、捜査室の扉を開けて菊地が帰ってきた。

「ご苦労さん」

「なんとか乗せてきましたよ」

菊地は少し疲れた様子で、牧の前の席に座った。

ちょうどその時、公安室直通の電話が鳴り、電話番の庶務担当職員が受話器を持ち上げた。

「はい、上野鉄道公安室。……えっ、転落？」

室内にいた公安職員たちが、一斉に耳をそばだてる気配がする。

「はい。はい……」庶務担当は真剣な表情でメモを取っている。「了解。急行します」

受話器を置いた庶務担当が、大声で皆に告げた。

「尾久（おく）と赤羽（あかばね）の間で、列車からの転落事故発生」

牧と菊地は顔を見合わせると、立ち上がった。

十一月十七日　日曜日

夜中に降り出し、耕平をやきもきさせていた雨は、午前中の早い時間に上がっていた。見上げれば、秋の高い空に薄雲が流れている。風が吹くと街路樹の葉から雨粒がシャワーのように舞い、きらきらと光った。真昼の陽光にもう厳しさはない。夏の水不足はなんだったのかと思えるほどに雨や曇りの日が続く中、今日晴れたのはありがたかった。

日曜日の昼である。耕平は、原宿駅の改札口で早紀子と待ち合わせていた。数日前の夜、突然アパートに早紀子から電話がかかってきて、今度の日曜日は空いているかと訊かれたのだ。

もちろん、部屋に直通の電話などない。アパートの一階にある大家の部屋の電話にかけて、呼び出してもらうことになっている。

老婆といってよい歳の大家は、腰が曲がりかけているが声だけは大きい。そして、悪気はないのだろうが、店子(たなこ)の個人的な事情にいささか立ち入り過ぎる面は否めない。単なる世話好きというには度を超していた。

何年か前に、店子が突然姿をくらましたのが原因ではあるらしい。「戦争中どこか外国に行ってた人みたいでね。迷惑な話だけど、後になって外国人が片づけに来て、金も置いていってね。あたしが思うに、あれは米軍だね」という話を耕平は聞かされたことがある。その時の大家の口調は迷惑どころかむしろ興味津々とでもいうべきものだったが、とにかくそうした経験上、店子の事情は仔細知っておく必要があるというのが言い分だった。

その日も、階段を上がってきた大家は耕平の部屋の前で叫んだ。

「天城さん、女の人から電話！　藤代さんって！」

慌てて部屋から出て、一階の大家の部屋に下りた。大家は隣の部屋に引っ込んで鏡台の前で髪を結い始めたが、鏡越しにこちらの様子をちらちらとうかがい、聞き耳を立てているのがわかる。耕平はなるべく反対側を向くようにし、声を抑えて受話器に向かった。

「久しぶり」

回線の向こうで、早紀子の声がした。前に会ってから、早いものでもう一ヵ月ほどが経っている。

「日曜日、空いてるかな」と早紀子は言った。

もちろん、予定などほとんど入っていない。断る理由はなかった。ただ、定期的な食事の誘いにしては少し妙だ。日曜日にわざわざ出かけて会うことなど、これまでなかった。それに。

「志郎はどうする」

訊いてみないわけにはいかない。しかし、早紀子の回答は予想外のものだった。

「今回は、いいの」

それから早紀子は待ち合わせの場所を原宿駅に指定し、電話を切った。

好奇心を露骨に含んだ大家の視線を感じたが、耕平は自らの想像を戒めるのに精一杯で、それどころではなかった。志郎抜きで話があるということは、もしかして。いや、そう都合のよい話なんてあるはずはない……。

電話があった夜のことを思い出していた耕平の視界に、早紀子が入ってきた。電車を降りてきた人波の中、こちらへ向け手を振っている。

早紀子は改札を抜けると、「ごめん、待った？」と手を合わせてきた。まだ約束の十分前であるが、耕平は実のところ二十分前に着いていた。

「いや、さっき来たばかり」

「そう。行きましょう」

そう言った早紀子の瞳に影のようなものが差していた気がして、耕平は彼女の顔を見つめ直した。そこには普段と変わらぬ微笑みがあるだけだったが、気になることはたしかだ。何か心配事でもあるのだろうか。

そのことを訊きそびれたまま、歩き出す。

駅前の売店に並ぶ新聞は、一週間ほど前に発生した二つの事故のことを未だに大きく報じていた。「血塗られた土曜日」である。

かなりの紙面が続報にあてられており、他の事件は小さな扱いになっている。

「ひどい事故だったな」

耕平が言うと、早紀子は「そうね……。でも今日は、そういう話はあんまりしたくないんだ」と答えた。

それからしばらくは、無言で歩き続けた。いつものように隣を、他の恋人たちと同じくらいの近さで。

やがて二人は、オリンピックのために拡幅された片側三車線の広い道路に出た。

この通りを広げる工事により、早紀子の親戚の老夫婦は転居を余儀なくされ、彼女自身も働き口をなくしたのだ。拡幅工事が一段落したと聞き、それを見に行きたいということで早紀子は耕平を誘ってきたのだった。

通りに沿ってさらに十分ほど歩いたところが、かつて早紀子が住み、働いていた住居兼店舗の跡だった。

「なんにもなくなっちゃった」

大通りの灰色のアスファルトを見て、早紀子はぽつりと呟いた。

以前、耕平も何度か来たことのある洋食屋。その店のあった一帯は、痕跡すら残さず道路に姿を変えていた。何もなくなってしまった様子は、残骸こそないが空襲の跡を耕平に連想させた。

大通りを、何台ものトラックがかなりのスピードで駆け抜けていく。その合間を縫うように、さらにスピードを出した乗用車が走り去っていった。排ガスに、早紀子が咳き込んだ。

「そろそろ、行かないか」

耕平が言うと、早紀子も「そうね」と踵(きびす)を返した。

拡幅工事の影響を受けなかった店や住居も、道路に面した古いものは取り壊しの準備が進んでいるようだった。オリンピックで訪れる世界中からの客の目に留まる部分は、近代都市東京の名のもとに、小綺麗な建物にどんどん建て替えられている。

もっとも、通りの裏側までは手が入っていなかった。表から見えないところまで整備する余裕が、国にも都にもないのだ。それは、来客のため慌てて応接間だけを掃除し、散らかっていたがらくたを他の部屋に放り込んだ様子にも似ていた。

そうした、開発から取り残された一角にある喫茶店に二人は入った。スパゲッティとコーヒーを注文する。

料理を待っている間、早紀子は妙に明るい調子で話しかけてきた。

「実際にどんな風になったか見られてよかったわ。踏ん切りがついた気分」

「そうか」

よかったな、とは言いづらい。おそらく早紀子は無理をしている。

それにしても、暮らしていた家の跡がどうなっているのか知りたいという気持ちはわからなくもないが、なぜ急にそんなことを言い出したのだろう。原宿までつき合ってほしいと電話で頼まれた時、理由を問うと「なんだか見たくなったの」という答えが返ってきた。その返事に、納得したつもりではいたのだけれど。

「それで、こないだ来たお客さんに面白い人がいてね……」

早紀子の話は、職場でのエピソードに移っている。今さら、ここに来た理由を詳しく訊き直すことは憚られた。

早紀子はいつになく饒舌(じょうぜつ)だった。やがて運ばれてきたスパゲッティを食べながらも、彼女の話は続いた。耕平は、ほとんど聞き手に回っている。

「ちょっと柔らかいかな。『えびぬま』だったら、あと三十秒くらい早く火を止めるところね」

早紀子の働いていた洋食屋のことだ。文句めいた台詞を口にしつつも楽しそうに見えた早紀子だったが、次の瞬間、何かを思い出したようにふっと口をつぐみ、目を伏せた。テーブルを沈黙が包む。

その沈黙に込められた心情を感じ取れるほど、耕平は経験豊富なわけではない。今日の、このデートと呼んでよいのか判断がつきかねる行動には、どんな意味があるのだろう。

耕平は、思い切って訊いてみることにした。

「なあ、どうかしたのか？」

「何のこと？」

「いや、今日こうやって会ってるのは、『えびぬま』の跡を見たいってこともあるんだろうけど、他に理由があるんじゃないかな。何か心配事でもあるのか。ほら、仕事のこととかで」

仕事について口にしたのは、つい先ほど、面白い客がいると早紀子が話していたからだ。面白い客がいるなら、面白くない、嫌な客もいるのではないか。

「この前見かけた、しつこい客につきまとわれてるとか……」

「え？　……ああ、鹿島（かしま）さんね。ううん、そんなことないよ」

早紀子は、少し戸惑った様子で答えた。誰のことを言われているのか、わからなかったのだろうか。あのような客は、案外珍しくないのかもしれない。

「早紀ちゃんは、今の仕事、どうなのさ」率直に訊いてみた。

「どうって？」

「いや……好きでもない男に酒を注いだり話をしたり、あんな風にべたべたされたりして、嫌じゃないのか」

「そうね……。お客さんはお客さんだし、そういうものとして接してるから……。嫌な時も、もちろんあるわよ。でも、どんなお仕事だって同じじゃない？」

早紀子は真顔で言った。「耕平くんは、どうなの。工場のお仕事、好きとか嫌いとかあるの」

「特に好きってわけじゃ……。かといって辞めたら生きていけないからな」

「そういうものでしょう。わたしと同じじよ。そりゃあ、好きなことだけして生きていけたらいいでしょうけど、もしそうなったとしても、好きなことの中にまた好きと嫌いができるんじゃないかしら。まあ、今のお仕事ができるだけでも、紹介してくれた志郎くんに感謝しなきゃって思ってるわ。志郎くんに仕事を探してほしいって頼んだのは、わたしなの」

ふいに志郎の名が早紀子の口から出てきて、耕平は軽く驚いた。同時に、あることに気づかされた。

志郎に対しては、どうして早紀子にこんな仕事を斡旋したんだという不満を抱いていた。だが実際には、早紀子から志郎に仕事の紹介を頼んだのだという。当の早紀子自身も、「こんな仕事」とは思っていなかったのだ。

勝手に一人で誤解し、一人で怒っていたのか。自らの浅さが、なんだか恥ずかしくなる。

早紀子は言った。

「別に、法に触れるようなお仕事じゃないしね。お客さんのことだからあんまり言えないけど、警察とか、お役所の偉い人だって来るのよ」

「そうか……」

「あ、でも、昔はわたしたちも法律に違反するようなことをしたよね」

「上野駅にいた頃だろ。もう、だいぶ昔に思えるな。もっとも、俺はその後に別のことで実際に捕まったけど」

「あれだったら、耕平くんは悪くないわよ。志郎くんなんか、佐竹のこと本当に怒ってたものね」

また志郎の名前が出てきた。耕平は「そうだな、ありがたかった」と言いながらも、心の底で揺れる嫉妬の炎を意識した。

「そういえば、俺も最近、本を読んでるんだ」

話を変えても、つい志郎に対抗するような内容になってしまう。

「そうなの？　どんな本？」

早紀子に問われ、「『オリエント急行の殺人』っての」と、とっさに頭に浮かんだタイトルを口にする。実際は、読書好きの同僚が休憩時間に読んでいたのを思い出しただけだったのだが、早紀子は意外なほど食いついてきた。

「へえ、耕平くんもそういうの好きなの？　わたしも、ちょうど推理小説読んでたのよ。今日ここに来る途中で読み終わったところなの」

そう言って、早紀子はバッグから単行本を取り出した。表紙には『点と線』と記されている。その題名も、聞いたことはある。

「よかったら、読む？　面白かったわよ。犯人を捕まえるのに、汽車の時刻表を使って推理していくの。ああ、これ以上言うと読んだ時につまらないわね」

「それで、時刻表持ってるの？」

耕平は、早紀子のバッグからのぞく時刻表の冊子を指して言った。「ごめん、見えたから」

「あ、うん。なんだか興味が出てきちゃって」早紀子が笑う。

「早紀ちゃんなら、推理小説のトリックくらい考えつくんじゃないか」

お世辞ではない。周囲は気づいていないのかもしれないが、早紀子がいかに聡明な女性であるか、耕平はよく知っていた。子どもの頃から耕平と志郎を導いていくのは、いつも彼女だった。満州で親とはぐれたあの日からずっと。

「無理無理」

照れ笑いをしながら早紀子は開いていたバッグの口を閉じ、『点と線』の単行本を耕平に渡してきた。読めるかどうかはわからなかったが、受け取る。

「ありがとう」

表紙を眺めてから、鞄に仕舞った。本の話題に切り替えたのはいいが、下手にこの話を続けてもぼろが出そうだ。情けない気持ちになりつつ、耕平はまた話題を変えようとした。

「ところで、最近よく昔のことを思い出すよ。満州のこと」

「それなら、わたしもよ」

そこからは安心して話せるようになった。しばらく、子どもの頃の思い出話に花を咲かせる。コーリャン畑で迷子になった早紀子を皆で捜したこと、耕平をいじめていた上級生に志郎が喧嘩を挑んだこと……。あの悲劇が訪れる前の、平和な、幸せな時代の物語。しかしそれは、当時気づいていなかったとはいえ、他者の犠牲の上に成立していたかりそめの平和ではあった。そして物語に出てくる登場人物は、自分たちを除いてもはやこの世にいない。

もちろん、そのことを今は口にしなかった。昔話にころころと笑う早紀子の笑顔を、曇らせたくはなかったからだ。

食事をし、コーヒーを飲みながらの会話は楽しかったが、どこか上滑りしている感覚もあった。早紀子は何か大事なことを隠しているのか、あるいは話したいのに話すきっかけがつかめずにいるのか。

それでも、耕平は突っ込んで訊ねる勇気がどうしても持てなかった。やがて会話は時々途切れるようになり、それが終わりの合図になった。

店を出た後、じゃあ、今日は帰るね、と早紀子は言った。引き留める理由はない。秋の日はとうに暮れており、街灯の灯った通りを原宿駅まで心持ちゆっくりと歩いた。

『世界が見ている国際都市東京』というポスターが目に入ってくる。どこかの店先のラジオからは、三波春夫（みなみはるお）の唄う東京五輪音頭が流れていた。

耕平と早紀子それぞれの家は、山手線の逆方向にあった。プラットホームに、早紀子の乗る電車が先に入ってきた。

「一晩寝たら、また仕事か」

ふとそんな言葉がもれてしまう。「早紀ちゃんもそうだろ?」と訊くと、「明日から、しばらくまとめてお休みなの」という答えが返ってきた。

「へえ、うらやましい」

だったらもう少し遅くまで会っていてもいいのに、とまで口にすることはできなかった。

早紀子は、やってくる電車をじっと見つめている。

耕平が「また来月あたり、飯でも食おう」と言うと、早紀子はただ笑って頷き、電車に乗り込んだ。

遠ざかる電車を見送りながら、そうか、来月はクリスマスだなと耕平はぼんやり思っていた。

十一月十九日　火曜日

「しかし、わざわざ勤務先まで訊きに行く必要あるんですか」

隣を歩くこうもり傘の下で、雨音に負けぬようにだろうか、菊地が大声で言った。その声には、やや不満の色がある。

「捜査は足だよ」

牧の言葉は、菊地には聞こえなかったようだ。何かまたぶつぶつと呟いていた。

出がけに降り始めた雨は強さを増し、傘を激しく叩いている。雨のビジネス街に人影はまばらで、車のタイヤが水を切る音がビルの谷間に響いていた。

また一台、泥水を盛大に撥ねつつダンプカーが走り抜けていく。

牧と菊地が歩いているのは、神田駅から日本橋へ向かう中央通りである。

先日、上野鉄道公安室へ直通電話がかかってきた案件――東北本線列車からの転落事故に関する捜査の一環だった。

東北本線を走行していた盛岡行き急行『北星』の機関士が、尾久駅と赤羽駅の間の線路脇に人が倒れているのを目撃し、『北星』の車掌は赤羽駅通過時に通信筒を投下して駅員に通報。保線作業員が確認に向かったところ、男性の遺体を発見したという事案である。

状況からして、男性は『北星』の前を走っていた青森行き普通411列車から転落したものと推測された。昨今、電車は自動扉化が進んでいるが、旧型の客車では未だにデッキの扉を乗客が手動で開け閉めする必要がある。411列車は、その旧型客車による編成だった。

連絡を受け、当該区間を担当する上野鉄道公安室から牧と菊地が現場へ急行、警察とともに現場を検証した。

なお青森へ向け走行中の411列車には、途中駅で所轄の鉄道公安職員が乗り込んで車掌や乗客に聞き込みを行ったものの、誰も転落には気づかなかったという。それより前に下車した乗客にまで話を聞くことは不可能だったが、その頃には男性の死因は転落による全身打撲とわかっていた。さらには遺体からアルコールが検出されたことで、酔っ払ってデッキから転落したのであろうと推測された。

死亡した少々太めの男性は、ポケットに入っていた定期券から日本銀行勤務の鹿島聡（さとし）、三十五歳と判明。大宮（おおみや）の自宅へ帰るため４１１列車に乗っていたらしい。死因は酔って転落したことによる全身打撲と断定され、そのように報道発表もされた。

　警察の調べによれば、鹿島は東京大学を優秀な成績で卒業後、日本銀行に就職、数年間の支店勤務を経て、本店の企画部門に所属していたという。絵に描いたようなエリート、牧にはまるで縁のない世界の住人だ。

　そして今、牧と菊地は、その鹿島が勤務していた日本銀行の本店に向かっていた。日銀へ連絡したところ、鹿島は国鉄のとある業務に関係していたとわかったため、念のための確認ということで出向いているのだ。

　日銀本店のビルに着く頃には、スーツも革靴もびしょ濡れになっていた。靴下が湿って気持ちが悪かったが、替えなど持っていない。平然とした顔を装って受付で名乗ると、応接室に通された。

「なんだか落ち着かないですね」

　菊地が、室内を見回しながら言った。

　ソファーもテーブルも、上野鉄道公安室の応接セットとは明らかに質が違う。上品な色調の壁には、ポスターではなく、牧には価値もわからぬ西洋画が掛かっていた。

「相手がいつ来るかわからん。舐（な）められないようにしとけ」

　そわそわしている菊地を牧はたしなめたが、そう言う牧自身も、居心地の悪さは否めない。強めの暖房は初めのうちこそありがたかったが、上野鉄道公安室の寒い捜査室に慣れた身には、いささか効き過ぎているほどで暑くなってきた。

十分ほど待たされた後で扉が開き、鹿島の上司と同僚だという二人の男性が顔を見せた。

立ち上がり、名刺を交換する。

名刺に課長の肩書きが書かれていた深沢という男は、明らかな作り笑いを浮かべて言った。

「鉄道公安室、といいますと……。テレビのドラマを観たことがありますよ。『鉄道公安36号』。あんな風に、各地を回って捜査にあたられるわけですか」

「テレビのようにはいきませんよ。管轄外の地方に行くこともほとんどありません」

「そういうものですか。ああ、どうぞお掛けください」

深沢は、部屋に入ってきたとき既に浮かべていた汗をハンカチで拭きながら、牧たちの向かいのソファーにどっかと腰を下ろした。

牧たちも腰掛ける。それを見届けた後、鹿島の同僚の梶と名乗った男性が遠慮がちに深沢の隣に座った。

「それにしても、鹿島君がこんなことになるとはねえ……。彼には期待していたんですが」深沢は相変わらずハンカチを額にあてつつ言った。

「亡くなられた鹿島さんは、私ども国鉄と関係が深かったとか」

「ええ、あなた方にはお話しして差し支えないでしょうが、鉄道現金輸送の担当でしてね。それがどんなものかは、私からご説明するのも釈迦に説法ですな」

事前に確認した際、牧はそのことが少し気になっていた。国鉄と関係していたという鹿島の業務は、現金輸送だったのだ。

鉄道による日本銀行各支店への紙幣輸送は、戦前から行われている。かつては一般の貨車が用いられていたが、戦後のインフレにより紙幣の需要が急速に高まったため、昭和二十四年には二重ガラスや警備員室などを備えた日銀所有の現金輸送専用車「マニ34」が六両製作され、各地への輸送に充当されることとなった。

客車の一種であるマニ34は、単独では走れないため機関車に牽いてもらう必要がある。そこで、他の荷物列車や客車列車などに連結して運行されていた。運行スケジュールは非公表とはいえ、路線や連結される列車はある程度決まっている。知識があれば、その列車の編成にマニ34が組み込まれている時は現金輸送中であると容易に判別できた。

「鹿島さんは、現金輸送の中でもどんな業務に携わっておられたのでしょう」

「彼は運行管理を担当していました。私どもは全国の支店へ新札を運び、逆に古札を引き揚げてくるために六両のマニ34を用いていますが、いつ、どの列車に連結するか計画し、国鉄さんと調整するという業務です」

「なるほど。大変なお仕事ですね」

牧は、鉄道管理局で貨車の運行を担当している知人のことを思い出した。ダイヤの定まっている貨物列車に、荷物の種類や量に応じて貨車を割り当てる仕事の話を聞いて、まるでパズルのようだと感心したものだ。

「それを、お一人で？」

「複数人で担当していましたが、彼は中心的な役割を担っていました。今後のことを考えると、頭が痛いですよ」

深沢は、文字通り頭を抱えるようなそぶりをした。鹿島という人物の死を悼むよりも、業務に与える影響を心配する気持ちのほうが強いのかもしれない。

鹿島さんはどんな方だったのでしょう、と仕事以外の面を訊ねてみると、深沢はあまり把握しておらず、一緒に仕事をしていたという梶が答えてくれた。

「仕事には真面目でした。職場では軽口も叩かず、静かなほうでしたが、酒を飲むと少々変わる面はありました」

「よくご一緒されていたのですか」

「いえ。彼はあまり職場の者と飲みに行ったりはしないほうで、一緒に飲んだことがあるのは忘年会や歓送迎会くらいです。そういう時、いつもと違ってだいぶ陽気になっていたので覚えています。酒は好きだったらしくて、皆と連れ立って飲むよりも、一人で飲みに行くことが多かったようです」

鹿島が死んだ日も、彼と一緒に飲んでいた者がいないことは既にわかっている。梶の言うように、その日も一人で飲みに行ったのだろう。そして、泥酔した末に転落したということか。

「鹿島さんが亡くなられた日は、おっしゃるように一人で酒を飲んでおられたものと我々は考えています。ただ、どこで飲んでいたのかはわからない。行きつけの店などはご存知でしょうか」

「さあ……」

梶は首をひねった。隣で、深沢が腕時計を気にしている。仕事に戻りたいようだ。その様子に気づいたのか、梶は少し困った顔をした。早くこのやりとりを終わらせたいのだろう。

「彼の持ち物などは調べられましたか。私どもに訊くより、そちらを調べていただいたほうがよいかと……」

「持ち物、ですか」

「ええ。彼はいつも、大きな革鞄を抱えて通勤していました」

「大きな革鞄……」

牧は、菊地と顔を見合わせてから言った。「鞄は、現場にはありませんでした。列車の中にも」

鹿島は線路脇に倒れているところを発見された時、身一つであり、その周囲に鞄などは落ちていなかった。乗っていた411列車の車内にも、持ち主不明の荷物などは残されていなかったという。背広には定期券と財布が入ったままで、それゆえ初めから強盗殺人の可能性は低いとみられていたのだ。

「それでしたら、もっと捜されてはいかがですか。イタリア製の鞄だと得意そうに言っているのを聞いたことがあります」

そう言う梶は苦笑いを浮かべていた。もしかすると、鹿島に対してあまり良い印象を抱いていなかったのかもしれない。

「鞄については、こちらでももう少し調べてみます。他にはどうでしょう。些細なことでもいいんです」

牧は梶の顔をじっと見つめ、しつこく訊ねた。横で深沢が面倒そうな表情を浮かべているが、無視する。

「そうですね……」

深沢にちらちらと目を遣った梶は、ああ、と小さく呟いてから言った。「そういえば、忘年会で酔っぱらった彼が、キャバレーに行っているという話をしていたことがあります」

「キャバレーに？　一人でですか」

「そこまでは聞いていませんが、見かけによらずそういうところに行くんだ、とからかったのを覚えています。普段ならそんな話はしないのですが、好みの女性の話題になって彼に話を振ったら、なんでもどこかのキャバレーにお気に入りのホステスがいるとかで」

「どこの、何という店かはわかりますか」

「いえ、店の名前までは……。新橋か銀座か、そのあたりだったと思いますが」

深沢が、また腕時計に目を遣っている。牧の隣で手帳にメモを取っていた菊地もそれに気づいたのか、目配せをしてきた。

――わかっている。そろそろ、いいだろう。

「お忙しいところ、ありがとうございました。何かあれば、あらためてご協力をお願いいたします」

梶が、露骨にほっとした表情になった。

礼を言ってその場を辞し、ビルを出た。

雨が相変わらず強く降る中、牧と菊地は神田駅へと歩いていった。駅が近づくにつれ、飲食店が目立ってくる。

道行く人影も増えたような気がするのは、昼休みが近いからか。少し先に、蕎麦屋の看板が見えた。上野鉄道公安室の捜査室内にまで漂ってくる、うどん・そばコーナーの匂いを思い出す。心なしか、雨の匂いにかつお出汁の香りが混じってきたような気がした。

「なんだか、腹が減りましたね」

そう呟いた菊地も、同じことを感じていたのかもしれない。

「腹ごしらえをしていくか。帰ったら、なんだかんだで食いそびれるかもしれん」

「いいですね。少し遅れると、公安室に電話をしてきます」

菊地は先ほど通り過ぎた電話ボックスへ走って戻り、牧は路地への曲がり角で待つことにした。舗装されていない路地には、降り続く雨があちこちに深い水たまりをつくっている。

路地の奥、建物の壁にもたれかかる人影が見えた。小さな窓庇の下で縮こまり雨を避けているようだが、眠っているらしくぴくりとも動かない。酔っぱらいか、浮浪者か。

覗き込む牧の背後から、自動車が曲がってきた。狭い路地にしてはかなりのスピードを出している。昨年モデルチェンジされた、トヨペット クラウンだ。牧の給料ではとても手が出ない高級車である。

男が眠りこけている脇の水たまりを、クラウンはスピードを緩めることもなく通過していった。勢いよく巻き上げられた泥混じりの水に直撃されても、男はもぞもぞと身じろぎをしただけで壁にもたれ続けている。クラウンが走り去った路地の先には、オリンピックに向けてだろう、工事中の大きなビルが見えた。

その様子を黙って見ていた牧のところへ、菊地が戻ってきた。

「お待たせしました。……どうかしましたか」

菊地には、路地に何があるか見えていないようだ。

「いや、なんでもない。行こう」

蕎麦屋の店内は、早めに会社を出てきたらしいサラリーマンや、近くの工事現場の作業員で賑わっていた。

カウンターにちょうど二人分の席が空いていたので、隣り合って腰掛ける。牧はたぬきを、菊地は月見を頼み、それぞれ煙草に火をつけた。

「それにしても、仕事仲間が死んだってのに、あっさりしたもんでしたね」

紫煙を吐いた菊地が、日銀でのやりとりについて感想を述べた。

「鹿島という人物は、仕事はできても職場でのつき合いはあまりなかったようだな。まあ、鞄の話が聞けたのは収穫だった。ちょっと思ったんだが……単なる事故ではなく、やはり物盗りの線もあるんじゃないか」

「僕もそう思いました。鞄を持っていなかったというのは妙です」

「ただ、酔っていたのだから、店に置き忘れたという可能性もある」

「話に出てきたキャバレーとか？」

「それも含めて、いくつか調べ直す必要はあるかもしれんな。何より俺が引っかかったのは」

「鹿島が、現金輸送担当ってことですよね」

「わかっているじゃないか」

牧は菊地の顔を見た。

「そりゃあ引っかかりますよ。勘ですけど、これはでかいヤマかもしれませんね。なんだか、スリを相手にしてるより面白くなってきました」

「面白い、というのはどうかな。人が死んでるんだ」

「それはそうですね……すみません」

「まあ、この仕事にそういう勘は大事だ」

ちょうどその時、蕎麦が出されてきた。いったん話をやめる。しばらくの間、二人は無言で蕎麦をすすった。

その途中、牧は菊地が時々隣から送ってくる視線に気づいた。牧の頰の傷を見ているらしい。

「気になるか？」

「ああ、すみません……。前から一度お訊きしようとは思ってたんですが」

「最近の若いのは遠慮がないな」

「すみません」

「いいから、すみませんばかり言うな。若いといっても、さすがにシベリア抑留は知ってるだろう？」

「知らない人はいないでしょう」

「今はそうだろうが、十年、二十年したらわからんぞ。五十年もすれば、誰も覚えちゃいないかもしれん」

昭和二十年八月、満州へ侵攻したソ連軍は、日本軍の捕虜のみならず民間人をもシベリアに送り込み、強制労働につかせた。頰に残る傷は、その際に負ったものだ。隠しているわけではないが、訊かれなければ話すことでもないと思っていた。

抑留中、死んだ若者を凍土に埋めた時の話をし、「いろいろあったが、若い奴が死ぬのはもう見たくない」と言ったところで、ふと白けた気分になり口を閉じた。

「……つまらん話をしたな」

「いえ。そんなことは」

神妙な顔で聞いていた菊地は、また蕎麦をすすり始めた。

今の話は、菊地にはどう響いたのか。彼はたしか、十歳かそこらで終戦を迎えたと言っていた。戦中戦後はそれなりに苦労したとはいうものの、両親は健在で、大学まで出た上で国鉄に就職したのだから、十分に恵まれた立場ではあるだろう。彼もまた、エリートといってよい。今は一介の公安職員だが、いずれは国鉄の中枢部で出世していくのかもしれない。

菊地はたぶん、彼自身の体験した貧乏と、たとえば東北の寒村の貧乏とでは次元が違うことがわかっていない。

もっとも、それには仕方ない面もある。自分と異なる境遇に対して想像が及ばないことは、多かれ少なかれ誰にでもあるものだ。

これから先、菊地よりもさらに若い世代、平和しか知らぬ世代がどんどん社会に出てくる。その頃、この国はどこへ向かっているのだろう。

――まあ、いい。そんな話までして、年寄りの愚痴だと受け取られるのも厄介だ。

牧がそう思っていると、店の扉が開いてどやどやと人夫の団体が入ってきた。近所で工事をしている連中だろう。

「オリンピックの工事かな」

菊地はそう言った後、続けた。「来年、間に合うんですかね」

その口調には揶揄(やゆ)めいた色もある反面、本気で心配しているらしい気分も伝わってきた。

菊地だけではない。このところ、少し風向きが変わってきているのを牧は感じていた。以前はオリンピックなんてと言っていた者も、最近は楽しみにしていると話すことが多い。オリンピックが何か良いことを連れてきてくれるという、漠然とした期待が背景にあるようだ。

その感情は、牧にも理解はできた。だが、良いことというのが何かは具体的にはわからない。なんとなく、周囲が言っているからたぶんそうなんだろう、というきわめて気分的なもののようにも思える。

「なんだかんだ言っても楽しみですね。オリンピック」

無邪気な態度で口にする菊地に、牧は頷きつつも答えた。

「まあな。ただ、これから、そいつに絡んでいろんなことが起きる気がするよ」

十一月二十日　水曜日

仕事を終えた耕平は、定食屋に寄ってからアパートに帰った。ごろりと四畳半へ横になる。部屋の隅に積まれた貸本の劇画に手を伸ばしかけ、日曜日に早紀子から借りた本のことを思い出した。

見栄を張って推理小説を読んでいるなどと言ったため、成り行きで借りることになった本は、鞄の中に入れっぱなしにしていた。この二日ほどは仕事が忙しく、帰ってきてからとても活字を読む気になれなかったのだ。

今日こそは読んでみるかと意を決した耕平は、畳の上をごろごろと転がり、壁際に置いてある鞄のところへ移動した。中から本を取り出す。

――『点と線』か。

仰向けに寝転んだままでパラパラめくると、紙片が顔に落ちてきた。ページの間に挟まっていたようだ。

小さく切った藁半紙（わらばんし）に、「東京駅13番線」と鉛筆で書かれている。

待ち合わせ場所か何かのメモだろうか？

その紙をしばらく見つめているうちに、早紀子は今ごろ困っているのではと思い始めた。大事なメモを、うっかり挟んだまま貸してくれたのだとしたら。

――連絡したほうがいいかな。

耕平は、むくりと起き上がった。部屋を出て、階段を下りる。

忘れていたくらいなのだから、実際はそれほど大事なメモではないのかもしれない。電話をかけることにした本当の理由は、自分で認めるのは少々恥ずかしいが、これを口実に彼女の声を聞きたいと思ったからだった。

ちょうど、早紀子はまとめて休みを取るようなことを言っていた。普段なら働きに出ている時間だろうが、今日は電話もつながるはずだ。

階段を下りた先、大家の部屋からは人の気配がしたが、電話を借りるつもりはなかった。

また聞き耳を立てられるのはご免だ。角の煙草屋の赤電話からかけるとしよう。

耕平はサンダルを履いてアパートの玄関を開けた。ひんやりとした、初冬の夜の空気。何か羽織ってくればよかったかと後悔したが、大家に呼び止められかねない。そのまま狭い庭を抜けて路地に出た。見上げると、夜空は厚い雲に覆われている。

ほのかにドブ臭い路地を少し歩いた先、煙草屋はまだ開いていた。

『バット』を買ってから店先の赤電話の脇に立ち、通りのほうを向く。電話の声は店の中に聞こえるかもしれないが、いつも無表情な煙草屋のじいさんは、噂話をするようなタイプではない。それに、そこまで気にしていたら電話する場所などなくなってしまう。

耕平はマッチで『バット』に火を点けて口にくわえると、赤電話の受話器を持ち上げた。何枚か取り出した十円玉の一枚を投入口に落とし、ダイヤルを回す。早紀子のアパートに電話したことは数えるほどしかないが、番号は記憶していた。

呼び出し音が何度か続いた後、回線がつながった。

『はい、川政荘です』

先方の大家の声には、聞き覚えがある。早紀子のアパートにはもちろん行ったことなどないので、顔は知らない。声の雰囲気からすると、自分のところの大家と同じような年配の女性だ。

「もしもし、天城と申しますが、六号室の藤代さんをお願いできますでしょうか」

『……藤代さんですか』

心なしか、相手の声に戸惑いの色が混ざった気がした。どうしたのだろう。

「はい、藤代早紀子さんです。今、いらっしゃいますか」

『藤代さんなら、いませんよ』

「お出かけですか。それでしたら、伝言をお願いしたいのですが」

『藤代さんは、引っ越されました』

「……はい？」

『だから、引っ越したんです』

「いつですか」

当惑しつつ訊ねる。そんな話は、まったく聞いていなかった。

『おととい言われて、昨日にはもう出ていったわよ。急な話で、こっちも困っちゃって。もう少し早く言ってほしかったわ』

「どこに引っ越したか、聞いてますか」

『知らないわ。お世話になりましたって、ひと言だけで出ていったわよ。ああいうお仕事されてたみたいだし、そういうものかしらねえ』

大家は、「ああいう」という部分を妙に強調して言った。「ああいう」お仕事だと「そういう」ことになるという結論には偏見が含まれているようにも思えたが、大事なのはそこではない。

引っ越し先がわかったら連絡をくれるよう、耕平は自分の住所を大家に伝えて話を終えた。

――いったい、どうしたっていうんだ。

早紀子に会ったのは、つい三日前だ。そんな話をした記憶はない。会った後で、急に決まったのか。それにしても、引っ越し先を知らせもせずにいなくなるとは。自分たちは、家族同然ではなかったのか。

そこまで考えたところで、煙草を持っていた右手に熱さを感じた。いつの間にか、ほとんど燃え尽きていたようだ。もう片方の手で握りしめたままだった受話器をフックに掛けながら、ふと思った。

もしかして、急に会おうと言ってきたのは、引っ越す前に何か伝えたかったのではないか？　彼女は、どんなことを言っていたっけ。あの日の会話の中に、何かのメッセージが込められていたのだろうか——？

再び、夜空を見上げる。先ほどより厚さの増した雲からは、今にも雨が降り出しそうに思えた。

十一月二十一日　木曜日

——すっかり事務仕事をため込んでしまった。

牧は、上野鉄道公安室の自席で書類に向き合っていた。備品申請書の「公安班長確認」欄に判子を押した時、突如として大声が響いた。

振り返ると、来客を座らせる小さな応接セットのところで、菊地が赤ら顔をした人夫風の男に怒鳴られていた。

この部屋に窓はないが、壁の時計の針が指しているのはまだ午後の三時過ぎだ。こんな時間にもかかわらず、男は泥酔している。酒の臭いが牧の席にまで漂ってきた。

「うるせえ！　俺に……説教すんな……っての！」

そこまで言ったところで、男はひどいしゃっくりをした。高架ホーム下の便所で人が倒れているという通報があり、菊地が連れてきたのだが、落ち着かせようとして何か気に障ることを言ってしまったらしい。

「だいたいお前ら国鉄はなァ……こないだ百人もぶっ殺しておいて……」

部屋の中の空気が、一瞬張り詰めた。皆、何かを言いたそうなそぶりを見せたが、口を開く者はいない。男の言っていることは、事実でもあるからだった。

男は、十一月九日に横浜の鶴見で起きた脱線衝突事故のことを言っていた。事故から十日以上経つが、世間の国鉄に対する風当たりは強まるばかりで、職員は皆ピリピリしているのだった。

「おい」

菊地が、急に低い声になって言った。「黙って聞いてればいい気になって。好きで事故起こしたわけじゃないんだよ。あんたの不満のはけ口に使われたくないね」

急に態度を変えて凄む菊地に、酔っぱらいは返す言葉をなくしたらしく黙り込んでしまった。

「あんたこそ酔っぱらって人様に迷惑かけてるじゃないか！　偉そうなこと言うんじゃない」

今度は菊地が興奮してきたようだ。

部屋にいる鉄道公安職員たちの多くが、普段おとなしい菊地が豹変したことへの困惑よりも、彼の反論に同意する表情を浮かべていた。実際のところ毎日のように事故のことで駅員に絡んでくる客がおり、その都度、公安職員が駆り出されては矢面に立たされていたのだ。皆、菊地の反論で鬱憤を晴らしているのかもしれない。

牧は席をゆっくりと立ち上がり、応接セットのところへ歩いていった。菊地の肩に手をかける。

「そのくらいにしておけ」

酔っぱらいが自分たちを事故のことで責めるのには、理不尽な点もある。だからといって、こちらが絶対的な正しさを主張できる話にすり替えて言い返すのは、あまり感心できるやり方ではない。

「牧さん」

菊地は、牧のほうを振り返った。まだ何か言い足りなそうな顔をしていたが、牧の表情を見て察したようだった。

「……わかりました」

牧は、すっかりしょげてしまった酔っぱらいの世話を同僚に任せると、菊地を連れて席へ戻ろうとした。

その時、公安室長が室長席から声をかけてきた。

「ああ、牧と菊地。そういえば、こないだの転落の件、どうなってる」

菊地の気分を変えさせようとしているのか。いや、あの室長がそこまで気を回すとも思えない――。

牧は束の間そんなことを考えてから、返事をした。

「ああ……もう少し調べてみたいことがありまして」

「日銀までわざわざ行ったのに、まだ何かあるのか。ただの転落事故だろう」

「決めつけるのは早いですよ。もしかしたら、盗みの線もあるかもしれません」

それから、牧は日銀で聞いてきた鹿島の鞄の話をした。鹿島が持ち歩いていたはずの鞄は、遺体のそばには落ちていなかったし、車内にも残されてはいなかった。誰かがそれを盗もうとして、抵抗した鹿島を突き落としたという可能性はないだろうか。

牧が推測を述べると、公安室長は腕を組み黙り込んだ。

さらに捜査を続行すれば、年末に向けスリの被害が増える中で特捜班の戦力を一部割くことになる。単なる事故ではなく、強盗、殺人となればいろいろと面倒な業務も出てくるのは確実だ。ただでさえ忙しいのに、余計な仕事を――。

面倒事を避ける才能だけで出世してきたと噂される室長は、そんなことを考えているのかもしれない。

実際、鹿島の勤務態度にさしたる問題はなく、私生活にも不審な点は見当たらなか

った。おそらく、このまま単なる不幸な転落事故として片づくものと誰もが思ってい
る。一昨日、日銀へ出向く前の牧もそうだった。
転落事故であることを前提に、菊地は早々に調書を準備していた。調書に牧が判子
を押し、室長に回せば、それで終わりになるはずだ。鹿島の葬儀も、先日行われたと
聞いている。そうして、いずれ忘却の彼方に追いやられる数多の事件の一つになるだ
ろうと思っていた。山積みの仕事を抱えているのに、これだけに関わっているわけに
はいかないのも、よくわかる。
だが――本当に、それでよいのか？
その時、酔っぱらいが応接セットのところでまた大きな声を出した。ただし、今度
は泣いているような声だった。
「オリンピックか。東京の連中にとっちゃあ、そりゃあ楽しいお祭りだろうよ」
酔っぱらいは、捜査室の壁に貼られたポスターを恨めしげに見つめていた。『皆で
協力し、東京オリンピックを成功させよう』と大書されている。
「でもよお、工事がどんだけひどいことになってるか、お前ら知ってるか。こないだ
も、同郷の奴が死んだ。ぜんぶ合わせりゃあ、鶴見の事故どころじゃねえ人数が死ん
でるだろう。そんなこと、ニュースにもならねえ。なったとしても、東京の連中には
聞き流されて終わりだ。何が協力だよ」

それを聞いた菊地は、牧の隣で小さく呟いた。

「死人が出たのは気の毒だけど、日本中で盛り上げようとしてるんだ。水を差すのはいかがなもんかなあ。みんなで力を合わせて成功させなきゃ。ねえ」

そう言って、牧に同意を求めてくる。軽く憤ってさえいるようだ。

牧は、縦に長い傷の残る頬をわずかに引きつらせた。おそらく菊地には伝わっていないだろうが、苦笑を浮かべたのだ。かつて満鉄の職員として満州にいた頃、牧は大連の街で似たような看板を見かけたことがあった。

『皆の力で聖戦を完遂しよう』

牧の脳裏に、ふと満州の巨大な夕日が浮かんだ。あの景色はともかく、大陸には、二度と見たくないものがあまりに多過ぎる——。

壁の向こうから、女の悲鳴のような音が聞こえてきた。長く尾を引くそれは、クレーンで吊り上げられた鉄骨同士がこすれ合う音だった。駅の近くで行われている、ビルの工事の音だ。

工事は毎朝早くに始まり、日が暮れた後も煌々と照明灯を点けて夜遅くまで続けられていた。オリンピックに直接関係しないものであっても、「オリンピックまでに」を合い言葉に東京の至る所で突貫工事が進められている。

——俺たちはいつの間にか、この東京で、新しい聖戦を戦わされているのかもしれない。

先日スリの被害に遭った出稼ぎの男を思い出す。彼は、こう言っていた。

『東京は、おっかねえ』

それでも彼は、家族の生活のため東京に来なければならなかった。そうやって、人々はこの都会に集まり続けている。

牧は室長席の前を離れると、応接セットのところまで再び歩いていった。

酔っぱらいの男は、電池が切れたように机に突っ伏している。そのうちに寝息を立て始め、世話を任せていた同僚の島本（しまもと）が困り顔で声をかけた。

「なあ、寝るなら家に帰れよ。ここじゃ寝かせてやれんのだよ」

それだけ聞こえたのか、酔っぱらいは億劫そうに片手だけを上げ、大丈夫だという仕草をした。そのままの姿勢で呟く。

「うるせえなあ。じゃあさっきの場所で寝るぞ」

男に、立ち上がる気配はない。

「それだと他のお客さんに迷惑なんだよ。だいいち、風邪ひくぞ」

島本が言うと、男はまた返してきた。

「風邪なんかひくもんか。シベリアに比べりゃあ、極楽さ」

牧はその言葉を聞いて、一瞬ひどく感情を揺さぶられた。

——あんたもか。シベリアのどこにいた。俺は、ハバロフスクだった……。

もちろん、そう男に話しかけることはない。

やがてむっくりと机から頭を持ち上げた男の横顔を、牧は見つめた。薄汚れ、老け込んで見えるが、実際は俺と同じくらいか。そうであるならば、三十前後の頃に満州で終戦を迎え、それからソ連の手でシベリアに送られたのだろう。

くにに帰ってから、お前さん、どこでどうやって生きてきた——？

その台詞も牧はやはり口にせず、代わりに「そうだな。この程度で風邪ひいてちゃあ、生きていけねえな」とだけ呟いた。

酔っぱらいは不思議そうに、とろりとした目で見返してくる。

牧は島本に、「仮眠室でちょっとだけでも寝かせてやれ。酒が抜ければ、すっきりするだろう」と言った。

「だがなあ……」

島本が困っていたので、室長席を振り返って確認する。

「いいですね」

公安室長は、不承不承という様子で頷いた。島本はほっとした顔になり、ほら行くぞ、と酔っぱらいの身体を支え、仮眠室へ連れていった。

牧は思った。

結局のところ、社会や国家といった巨大な構造の中では、俺たちはどうあがいてもただの駒(こま)に過ぎない。

戦争では、いや戦争が終わった後も、大勢が死んだ。あれから二十年。信じ難い速度で立ち直り、戦前とは違う国民主権の社会を実現したはずのこの国においても、あの男の仲間の死はいとも簡単に処理され、もともと存在すらしなかったように忘れ去られていく。

菊地の書類に何も考えず判子を押すということは、まさにその処理を進めることと同じなのではないか。そうやって、俺たちは何ごともなかったように、世の中の仕組みをひたすら明日へと転がしていくのだ。

あの鹿島という男が、どんな人物だったのかはわからない。いい奴だったのか、悪い奴だったのか。少なくともエリートで、自分とは別の世界に住む人間だったのはたしかだが、とにかく人が一人死んだのだ。

そして、俺は彼の死に疑念を抱いている。その疑念は、いま俺が何もしなければ葬り去られてしまうものだ。このまま判子を押して終わらせても、誰にも文句は言われまい。忙しい時期、仕事を増やさずに済むのだから、むしろ歓迎されることだろう。

それでも——。

牧の頭の中に、ふと「真実」という単語が浮かんだ。

——駒だって、逆らう。

牧は、再び室長席の前に戻ると言った。

「やはり、事故と決めつけるべきではありません。捜査の続行をお願いします」

＊＊＊＊

しっとりと傘を濡らす、冷たい霧雨。明滅するネオンサインが、ひどく幻想的に見える。

耕平は仕事を終えた後、夜の銀座に来ていた。前日、早紀子が行く先も告げずに突然引っ越したと知り、彼女の勤務先のキャバレーを訪ねてみることにしたのだ。

早紀子のアパートへの電話を切った直後、志郎に電話をかけてみたが、つながることはなかった。志郎はアパートの自分の部屋に電話を引いているため、伝言も頼めない。もっとも、志郎は働いている時間が不規則なので、すぐに捕まえられないのは予想の範囲ではあった。

いつ話せるかわからない志郎を待っていても仕方がないし、とにかく一刻も早く事情を知りたいと銀座へやってきたのである。

キャバレー・ローズの前に着くと、以前にも話したことのある客引きの男が庇の下に立っていた。近づいていく耕平に初めは胡散臭(うさんくさ)そうな視線を送って寄越したが、気づいてくれたらしい。

「ああ、あんたか」

そう言った後で顔を曇らせたのは、どういうことだろう。客引きの目には、ほんの少しだけ同情するような、憐れむような色が宿っていた。

「先日はどうも。あの、藤代早紀子さんのことなんですが……ああ、ここではユキって名前でしたっけ」

耕平がそこまで言ったところで、すべて察したようなため息を男はもらした。

「あんちゃん、気の毒だけど」

嫌な予感がした。答えを聞きに来たはずなのに、耳をふさぎたくなる。実をいえば、そうした回答がくるかもしれないと思ってはいた。

「あの子なら、もういないよ」

「……どういうことでしょう」

「だから、ここにはもういねえんだよ。たぶんもう、来ることはねえだろうな。それに、関わらないほうがいい」

客引きはそう言って追いやるように軽く手を振ったが、耕平は食い下がった。

「どういうことですか。何があったのか、教えてくれませんか」

一歩近づいた耕平の眼差しに、客引きは意外そうな顔をした。

「お願いです」

「………」

客引きの男は黙り込むと、ポケットから煙草を一本取り出し、もう一本を耕平に勧めてきた。

「……本当のところは、俺にもわからねえけどよ」

そう言いながら火をつける。耕平の煙草にも、火を分けてくれた。「ユキちゃん、こないだの月曜から突然来なくなっちまったのよ」

——日曜日に会った時、明日からしばらく休みと言っていた。だが、あれは嘘だったのか。

「店長はそりゃあカンカンだったけど、まあ、すぐに落ち着いた。実際、時々ある話なんだ。訳ありで働いてる子も多いからな」

二人分の煙が、庇の下にこもり始めた。それが気になったのか、客引きが庇から外に出る。雨粒がかからないよう、耕平は傘をさしかけた。

「ありがとよ」

「それだけですか。まだ何かあるんですよね」

「………」

「お願いします」

「関わらないほうが、ってのは、あくまで俺の考えだからな。それに、俺から聞いたってのは余所で言わないでくれ」

「わかってます」

「ユキちゃんを贔屓にしてた客、この前あんたも見ただろ」

あの、早紀子に妙にべったりとくっついていた丸い顔の客か。あいつが、どうかしたのか。

「けっこうな上客だったんだけどよ、あの子がいなくなる少し前、死んじまったのさ。汽車から落っこちて」

「えっ」

「新聞に載ってるのを店長が見つけてね。ちょっと騒ぎになったんだ。そしたら、その後でユキちゃんが急に来なくなってな。新聞には事故って出てたけど、何か関係あるんじゃないかって、ひとしきり店中の噂だったよ」

「関係って……」

「まあ、みんな好き勝手に言ってるだけだから、本当のところは知らねえけどな」

噂の内容についてそれ以上具体的には話してくれなかったが、想像はついた。客引きは気の毒そうに、先ほどと同じようなことを言った。

「あんちゃんとあの子がどこまでの関係かよくは知らねえけどよ、俺はやめといたほうがいいと思うぜ。この辺が引き際さ」

煙草が短くなり、二人ともそれを捨てた。客引きがポケットからまた箱を取り出す。そこで残りがあと一本しかないことに気づいたらしく、「ほれ、やるよ」と耕平に箱ごと渡してきた。

遠慮したが、強引な口調で「いいからやるって」と勧めてくる。ありがとうございます、と箱を受け取り、その一本を抜き出した。客引きが火をつけてくれる。

「あのお客さんが汽車から落ちたのって、いつですか」

「一週間前の、水曜日だったと思うな。新聞にはまだ鶴見とか九州の事故が大きく載ってたから、扱いは小さかったけどな」

「そうですか……」

夢でも見てたと思って諦めな、という客引きに礼を言い、耕平はその場から立ち去った。

もらった煙草をふかしつつ、駅への道をたどる。

頭の中を必死で整理しようとした。

先週の水曜日、早紀子を贔屓にしていた客が汽車から落ちて死んだ。その後の日曜日に彼女は突然俺を呼び出し、次の日から休みだと嘘をついて、店からもアパートからも姿を消した——。

あの客の死と、何か関係があるのだろうか。いや、新聞には事故と書いてあったというじゃないか。関係あるなんて考えるのは、噂好きの連中のたわごとに過ぎない。うちのアパートの大家みたいなものだ。早紀子が人の死に絡んでいるなんて、あり得ない。

でも、事情があるにせよ、どこかへ行くのなら自分や志郎には連絡をくれるはずではないか。家族同然に過ごしてきた三人なのだから。

——そうだ、もう一度志郎に電話をかけてみよう。

歩いている途中で見つけた電話ボックスに入る。雨粒の張りついたガラス窓の向こう、夜道を行く人影が霞んで見えた。人影の持つ煙草の火が、赤い蛍のように揺れている。

受話器の中では、呼び出し音が空しく繰り返されていた。誰にも伝言を頼めないのがもどかしい。

いっそ、この足で志郎のアパートに行ってみるか——。

居なかったとしても、連絡をくれるよう玄関先にメモを置いてくればいい。

耕平は煙草の火を靴でもみ消すと、傘もささず駅へと走っていった。

＊＊＊＊

「帰り際にすまんが、本庁からだ」

陸上自衛隊第一〇一建設隊の隊長室。その日の課業を終えた最上三佐が帰宅前の挨拶に顔を出すと、建設隊隊長の野村（のむら）二佐は自席に最上を呼んで言った。机の前に立つ最上へ、書類挟みを差し出してくる。

受け取ったそれに、最上は目を落とした。挟まれた書類は一枚だけで、簡潔な指示が記されている。

「米軍の荷物を運ぶ任務ですか？　しかし、連中は自分たちでいくらでも運びようがあるでしょう。どうして我々に」

「俺に訊くな。理由は知らされておらん」

そう言って、野村二佐は椅子の背もたれに身体を預けた。

「隊長もご存知ないのですか」

「ああ」

書類に記載されたきわめて簡潔な指示によれば、来月――十二月の末頃、横浜に入港する米海軍の輸送艦から降ろした荷物を、別途指定する国内某所へ輸送せよとのことだ。輸送にあたっては臨時貨物列車を運行せよ、なお牽引にはＥＤ29電気機関車を充当のこととわざわざ書かれている。

「よくわかりませんね……。我々が運ぶ理由も、あえてＥＤ29を指定してきたことも。米軍は、自分たちの燃料を国鉄の貨物列車で運ばせているじゃないですか。わざわざ我々が出なくても、同じように国鉄に委託すればよいものを」

最上が首をひねると、野村二佐は言った。

「まあ、彼らにも事情があるんだろう。疑問はわかるが、本庁から直々の命令だ」

「それは承知しています」

もちろん、命令には従う。それにしても、妙な命令ではある。時期も十二月末というだけで、具体的な日付は書かれていない。そのことをあらためて問うと、「もっともだ」と野村二佐は頷いた。

「そこは俺も確認した。なんでも、米軍の輸送艦が着く日に合わせてということらしい。航海の都合上、多少前後することがあり得ると」

そうですか、とは返事したものの、そんな素人のようなスケジュールを米軍が立てるとも思えなかった。野村二佐もそれはわかっているだろうが、上には突っ込めなかったのかもしれない。

「しかし、運んでくるという肝心の荷物はどんなものなんでしょう。ここには、何も書かれていません」

「だから、そこに書かれている以上のことは俺も知らされておらんのだ。とにかく機密ということだ。十二月末まであと一ヵ月ある。追って指示があるだろう。とりあえず、できるところから準備をしておいてくれ」

「……了解しました」

訝しく思いつつも、そう答えるしかなかった。

「俺たちは、実績を積むしかない。案外、本庁が気を回してくれたのかもしれんぞ」

本庁にやや気を遣い過ぎのようだが、野村二佐の言うことも否定はできない。金を食うだけで存在理由に乏しいとして会計検査院から目をつけられている第一〇一建設隊にとって、どんな命令にも対応できると証明するよい機会とも思える。しかも、米軍への協力だ。アメリカに弱いのは、省庁を問わず共通である。

ただ、最上にはもう一つだけ確認しておきたいことがあった。

「あと一点、技術的なことですが……」

「なんだ」

「牽引機としてＥＤ29を使うよう指示されています。この部分だけ妙に具体的ですが、わざわざ指定してきている理由はご存知でしょうか」

「さっきも言ったが、それ以上のことはわからん」

「しかし、ＥＤ29には少々不安があります。戦時中に製造されたため、つくりに粗雑な部分があり、国鉄から受領後も既に二回故障を起こしています。そのような重要任務中に動けなくなることは避けねばなりません。できれば、使い慣れた９６７７で牽きたいところです。蒸気機関車なら、運行する路線が電化されていようと非電化だろうと関係ありませんし」

「ふむ……。言いたいことはわかる。あらためて俺から上に確認しておこう。ただ、わざわざＥＤ29と言ってきているんだ。何かしらの理由があるんだろう。蒸気では支障があるところを走るとか」

野村二佐はそう答えて、手元の書類に目を落とした。これ以上何か言っても、困らせてしまうだけだろう。

「了解しました。確認、お願いいたします」

最上は敬礼をし、退室した。廊下を歩きながら考える。

――電気機関車のＥＤ29を使う理由として、蒸気機関車では支障がある区間を走るという話は、あり得ることだ。だとすれば、どこだろうか？　最近は煤煙が都市部で敬遠されるとはいえ、蒸気機関車はまだまだ多く走っている。それだけでは蒸気を使わない理由にはなるまい。蒸気では支障のある場所といえば――トンネルか？　そうだとしても、ただ通過するだけであればさほどの問題はないはずだが……。

＊＊＊＊

志郎のアパートは、荒川区南千住（みなみせんじゅ）にあった。

銀座のキャバレーを訪ねた耕平は、その足で有楽町駅から山手線に乗り、日暮里（にっぽり）駅で常磐線（じょうばん）に乗り換えると南千住を目指した。

南千住駅を降り、夜空にそびえる千住火力発電所の四本の煙突を横目に歩いていく。少し先でふと振り向くと、巨大な煙突の数は三本になっていた。角度によって見える本数が変わるので、お化け煙突と呼ばれているものだ。もっとも、火力発電所は老朽化のため既に稼働を停止しており、来年には解体されるという。お化けに恨みがましい目で見つめられているような気がして、耕平は自然と足を速めた。

隅田川（すみだがわ）貨物駅につながる貨物線の踏切を渡り終えたところで、後ろからカンカンカン……という警報音が鳴り始めた。道の両側に建ち並ぶ家の壁や、雨に濡れた路面が、点滅する赤い灯火を不穏に照り返す。

真新しい外観の二階建てアパートに、灯（あか）りのついた部屋はなかった。

耕平のアパートのように共用の玄関で靴を脱いで入るのではなく、外廊下に面してそれぞれの部屋の玄関ドアがある造りだった。志郎の会社が何部屋かを借り上げ、関係者を住まわせているという。

志郎の部屋は外廊下を進んだ先、一階のいちばん奥だ。何度か来たことがあるのでわかっている。

遠く、汽笛の音が聞こえた。ガチャ、ガチャと立て続けに重そうな金属がぶつかる音もする。貨物駅で、貨車が連結される音だろう。

ひと気のない部屋の、ドアの前に立つ。

ふと、違和感を覚えた。前に来た時はたしか、ドアの横に手書きで小野寺と記した表札が取りつけられていたはずだ。

――まさか。

ドアノブに手をかけると、それは簡単に回った。

遠慮がちにドアを開ける。

「志郎？」

もちろん、志郎はいなかった。しかし、それだけではない。玄関の向こうの洋間には、何ひとつ物が見当たらなかった。

靴を脱いで上がり込む。天井からは、以前の丸型蛍光灯の代わりに裸電球がぶら下がっていた。スイッチをひねって電球を灯すと、寒々しい部屋の様子が浮かび上がった。本棚などの家具も、その中身も一切なくなっている。

志郎は、金は持っていても贅沢な暮らしに興味はなかったようで、もともと物の少ない部屋ではあった。それにしても、今のこの様子は明らかにおかしい。残されているのは窓にかかった濃い緑色のカーテンだけだ。押し入れを開けたが、棚板の隅に虫の死骸がひとつ転がっているだけだった。

——志郎、これはどういうことだ。

その時、玄関のドアの向こうから物音がした。

耕平が急いで志郎の部屋を出ると、隣の部屋の前で、女性がバッグから鍵を取り出しているところだった。

「すみません」

耕平は声をかけた。「この部屋に住んでいた人なんですが……」

女性が、耕平のほうを見た。化粧が濃い。コートの下から赤い洋服が覗いていた。

「ああ、ちょっと前に引っ越していったわよ。なんか夜中に急に出ていってね。バタバタ音がして、うるさかったわあ」

夜の街で聞くような、甘ったるい声が返ってくる。

「引っ越した……？　どこへ行くとか、何か言ってませんでしたか」

「さあ……普段からつき合いはないしね。特に挨拶なんかなかったわよ。そういえば前の日に女が来てたから、駆け落ちかなんかかもね」

女性は、面白がるように言った。

「すらっとして髪の長い、そうねえ、あたしが言うのもなんだけど、ちょっといい女だったわね」

「女が来てた？」

それは……早紀子か？

「お兄さん、その女と、そこの部屋にいた人と、なんか関係あるの」

女性が露骨な好奇の眼差しを向けてくる。

耕平は、礼だけを言って立ち去った。

雨は、もう止んでいた。再び踏切を渡り、駅への道をたどりながら考える。

志郎と早紀子の二人が同じ時期に姿を消した。自分に何も告げることなく。

あまり考えたくはないが――もしかして、あの二人は本当に駆け落ちしたのだろうか？　まさか、あの「東京駅13番線」というメモは、駆け落ちの待ち合わせ場所を書きとめておいたものだったのか。いや……今まで、それらしいそぶりなどまるでなかったじゃないか。あり得ない。

だが一度頭に浮かんだその想像は、なかなか去ってはくれなかった。今まで曖昧にしてきたことを、はっきりと自覚させられる。自分は、早紀子を女性として意識しているのだ。

もっとも、それ以上に寂しく思えるのは、なぜ俺だけを残していったんだ、ということだった。

何かがあったにせよ……いや、その「何か」は、自分には想像もできないような事情だったのだろうか。それによって、世間から姿をくらます必要に迫られたのか？

ふいに、キャバレーの客引きが言っていたことが思い出された。

あの客の転落死に、本当に早紀子が関わっているとしたら。

そして、志郎も——。

十二月二十八日　木曜日

街は、一段とせわしなさを増している。もうじき師走だ。

歩いていればやたらと人にぶつかるし、道を行く車の数も明らかに多くなっている。至るところで進む工事の槌音(つちおと)も、普段より心持ちテンポが速く聞こえた。

工事現場から舞う埃と、トラックやダンプカーの排ガスが、夕方の街を覆っている。目的地の近くで表通りから一本外れた道に入り、牧と菊地はほっと一息ついた。

「日も暮れかけてるってのに、工事をやめる気配がないですね」

「今年分のノルマを仕上げておきたいんじゃないか。年が明けても、ずっとこんな調子かもしれん。オリンピック自体は秋といっても、それより前から外国人の観光客は来始めるだろうしな」

「なんたって銀座ですしね」

日銀職員の鹿島が転落死した事件について、捜査の続行を認めてもらった牧と菊地は、この一週間に何度となく新橋と銀座の界隈を訪れていた。鹿島の同僚、梶が証言していた、鹿島が時々通っていたというキャバレーを捜すためだ。

その店を見つけたところで具体的に何か出てくる保証はないが、手がかりは今のところこれしかなかった。

店の名はわからないため、新橋と銀座にある数十軒のキャバレーを一つひとつしらみつぶしに回っている。もちろん一日では回り切れず、この捜査専任というわけでもないので、一週間経った今も成果はない。もともと捜査の続行に難色を示していた公安室長は、年末が近づきスリも増える時期に駅の現場を離れることにいい顔をしなかった。しかし現金輸送車との関連という側面から強く押せば、渋々認めざるを得なかったのだ。

スリ対策パトロールのローテーションからは外れがちになり、ベテランの牧といえども周囲からの目が少しずつ冷たくなっていることは感じている。なんとしても、結果を出す必要があった。

それに、おそらくこれは自分の鉄道公安職員としての経歴上、最後にして最大のヤマになるだろうという予感がしていた。

菊地を巻き込んでいることに申し訳なさはあるものの、菊地自身は今や完全に乗り気になっている。正義感や冒険心、あるいは功名心を刺激されていることもあるのだろうが、何よりそうやって心のままに動ける若さが、牧にはうらやましくもあった。

「次は、ここか」

牧と菊地は、足を止めた。

銀座の裏通り、雑居ビルの一階。『キャバレー・ローズ』という看板が出ていた。土地柄ゆえか、それほどのけばけばしさはない。

庇がついた入口扉の脇には、タキシードを着た男が立っている。ドアボーイと、客引きも兼ねているのか。

その男に二人は近づいていった。鉄道公安職員手帳をコートからちらりと見せ、

「店長にちょっと訊きたいことがあるんだが」と、あえて高圧的な態度で告げる。

男は軽くむっとしつつも、公権力に逆らうと損だということが染みついているのだろう、何かの言葉をぐっと飲み込んだ後、「あんたら刑事？」と訊き返してきた。

「似たようなものだ」

もう一度黒い革張りの手帳を見せると、男は不思議そうにその金文字を読み上げ

た。「……鉄道公安職員？」

ここでもまた説明しなければならんか、とうんざりしかけたが、男は「ああ、『鉄道公安36号』ね。本当にいるんだ」と感心した口ぶりで言った。

今度の店は、話が早くて助かった。意外なところでテレビドラマの効果があったようだ。実際にはドラマの主人公ほどの権限はなく、今こうして話を聞きにきたのも捜査権の拡大解釈といえるのだが、相手の勘違いを利用させてもらうことにする。

男は牧たちの要請に応じ、店長を呼んできてくれた。

「どうも。何か訊きたいことがおありだとか」

店の扉から、禿げ頭の男が顔を出した。

露骨に胡散臭そうな表情からは、面倒事は避けたい、できればここで話を済ませたいという心情が読み取れる。

牧は一歩前に出ると開いた扉を片足で押さえ、中で話をしたいということを暗に示した。

「……どうぞ」

察したらしい店長は、渋々招き入れる仕草をした。

店の中に入ると、店長は先を歩きながら「で、どんなことですか。うちは何も法に触れるようなことはしてませんよ」と言った。

「お宅の店をどうこうではないんだ」

牧は、店内を見回して答えた。

開店前の、煌々と照明が灯されたフロア。ゆったりと配された客席や、中心にあるステージの様子がよくわかった。営業中は薄暗い照明でごまかしているのであろう、シミや汚れが至るところに見える。

何人かのボーイやホステスが、その間を動き回っていた。開店準備中の訪問は迷惑だったに違いない。かといって、営業中は話を聞く暇もないはずだ。

「鹿島という客が来ていたことはないか。鹿島聡だ」

目の前を歩く店長の背中が、ぴくりと震えた。

——掘り当てた。

牧は、一拍置いてからあらためて言った。

「来ていたんだな。鹿島が」

「ああ……鹿島さんですね」

背を向けたまま返事をする口調から、慎重さが伝わってくる。おそらく、鹿島が死んだことも知っているのだろう。それを先に言うべきか、言ったことであらぬ容疑をかけられはしないか、必死で考えているのかもしれない。

「その鹿島が死んだのは、知っているか」

「ええ。新聞で読みました。汽車から転落されたそうですね」

店長がそう言った時、一行はちょうど事務室の入口に到着した。振り向いた店長の表情は、ひどくこわばっている。そのまま、扉を開けた。

事務室は四畳半ほどで、片側の壁にはロッカーが並び、もう片方に寄せて机が一つあった。その周りをパイプ椅子が数脚囲んでいる。薄いベニヤの壁の向こうは更衣室か何かなのか、着替えているらしいホステスの嬌声が漏れ聞こえてきた。

「どうぞ」

店長がパイプ椅子を勧めてきた。牧と菊地が座ると、店長も机を挟んで腰掛ける。茶を出すつもりはないようだ。

「我々は、鹿島のことを調べている」

「ただの転落ではないんですか」店長は警戒した目つきで訊いてきた。

「なんとも言えない。わからないから調べているんだ」

牧は、店長の目を見返した。「彼について、何か知っていることがあれば教えてほしい」

「知っていること」

鸚鵡返し(おうむがえし)にした店長は、少し考えるそぶりを見せた後で言った。「お客さん一人ひとりの細かいことまでは覚えていられませんよ。鹿島さんは、そこそこ常連で金回りもよかったというだけです。たしか銀行にお勤めだったかと。その程度ですね」

やや、投げやりな言い方だった。

「店長の立場なら、いちいち覚えていられないというのはわかる。だが、ホステスならどうだ？　彼が指名していたような女の子はいないのか」

店長は、目を泳がせた。

――何かある。

菊地も、勘づいたのだろう。牧の顔を見た後、今度は菊地が訊ねた。

「そのホステスは、今日来ているのか」

そう言って、菊地は視線を壁に向けた。壁の向こうから、相変わらず女性たちの声が聞こえている。

「……いえ。鹿島さんを担当していたホステスは、辞めました」

「辞めた？　なぜ」

「理由なんて聞いてませんよ。急に来なくなったんです」

「来なくなった？　いつだ」

「十一月の……いつだったかな」店長は億劫そうに手帳をめくった。「ああ、十八日ですね。その日欠勤して、それっきりです」

――鹿島が転落して死んだのは、十一月十三日だ。

牧は訊いた。

「そのホステスのことを教えてもらえないか」

「面倒に巻き込まれるのはごめんですよ。それに、こういう商売だからね、いろいろやばいことに絡んでる人もいるんだ。その度にこっちまで疑われちゃあ、やってられないよ。そこら辺はわかってもらえませんかね」

以前、何か迷惑をかけられた経験でもあるのだろうか。牧は「何もあんたの店をどうこうしようってわけじゃない」と、先ほどと同じことを繰り返した。

「我々は警察じゃないんだ。とにかく、そのホステスについて教えてくれればいい」

「……うちでは、ユキって呼んでましたがね、本名は早紀子っていったと思います」

「もう少し詳しいことはわからないか」

「どうかなあ」

「履歴書があるだろう。最近辞めたのなら、まだ廃棄はしていないはずだ」

「……そうですね」

店長は、面倒臭そうに席を立った。並んだロッカーのうち一番端のものを開ける。茶封筒の束を下のほうから苦労して取り出し、よれよれになった封筒を順番に覗き込むと、該当するものを見つけたのか中身を机の上に広げた。

「ええと、この中に……。これか」

店長は抜き出した一枚の履歴書を、牧と菊地に渡してきた。女性の顔写真が、ホチキスで留められている。化粧はしていない。緊張しているのか、睨むような目をカメラに向けていた。

笑えばかわいい娘だろうに、と牧は思った。そういえば、どこかで見覚えがあるような。気のせいか？

「藤代早紀子、昭和十年生まれか……」

満州国浜江(ひんこう)省出身、という文字に、牧は目を留めた。

――ということは、終戦の時は十歳か。どうやって引き揚げてきたのだろう。それなりに苦労をしたはずだが、履歴書にはそこまでの記載はない。

その後、昭和二十六年に中学校を卒業後、洋食店で勤務と書かれている。それがどうして、キャバレーに？

「この、備考欄に追記されている仁風社(じんぷうしゃ)紹介というのはどういう意味だ？」

「書いてある通りですよ。その会社の紹介で、うちに来たんです」

「仁風社とは？」

「こういう店に女の子を紹介してくれるとか、そんなことをいろいろやっている会社です」

店長はぼかした言い方をしたが、おそらくヤクザの息がかかった会社だろう。業界の裏にあるものは、牧もある程度は知っていた。鉄道公安職員として向き合う犯罪はスリなど軽いものが多いものの、その背景にはヤクザの影がちらつく場合もあり、警察、特に組織暴力の担当者とも情報の共有は行っている。

「メモは取ったか」

牧が訊くと、菊地は頷いた。それから牧は、店長に言った。

「すまないが、この写真借りられるか」

店長が、かまいません、と答える。言葉には出さないものの、くれてやるからもう勘弁してくれ、とでも思っているのかもしれない。

「他に、この女について知っていることは」

「もうないですよ」

店長はうんざりした様子で言った。これ以上質問しても、何も出てこなそうだ。

「わかった、ありがとう」

露骨にほっとした顔になった店長は、見送りにも来なかった。

店を出たところで、先ほどの客引きが煙草をふかしていた。まだ開店前なので、その程度は問題ないのだろう。

「ユキちゃんを捜すのかい。彼女が何かしたのか」客引きが声をかけてきた。

「本人に事情を訊いてみないことには、なんともわからん。気になるのか」

牧の問いに、客引きは薄曇りの空に視線を遣り、ふかした煙草の煙で輪をつくりながら答えた。

「いや、気にしてる奴もどっかにいるだろうなと思ってね」

上野鉄道公安室に戻った牧と菊地は、新たに得た情報を確認しなおした。

警察に照会すると、藤代早紀子という女性は実在し、キャバレー・ローズの履歴書に記載されていた情報にも誤りはなかった。偽名というわけではなかったのだ。また、仁風社という会社は、広域暴力団、東梅会（とうばいかい）の息がかかった企業であることも裏が取れた。

しかし、そこ止まりではあった。藤代早紀子に犯罪歴はなく、最低限の情報しかない。彼女と仁風社、東梅会のつながりは今のところ何もわからなかった。

「もしかしたら東梅会は、この藤代早紀子という女を使って鹿島を狙っていたんじゃないですか」菊地が言った。

「何のために？」

「日銀の職員である鹿島を利用し、何かしらの犯罪を企んでいたとか。なんといっても、鹿島が担当していたのは……」

「鉄道現金輸送か……。可能性はないとはいえんな」

牧は腕を組んだ。

さらに調べてみる価値はある。この細い糸がどこにつながっているのかはわからないが、今はこれをたぐり寄せていくしかないだろう。

「次は、この女を捜してみるか。いなくなったということは、今さら望み薄かもしれんが」

十二月八日　日曜日

誰かに呼ばれたような気がして、耕平は目を覚ました。意識は未だ、直前まで見ていた夢と現実のはざまにいる。

それは、今に至っても時々見ることのある、満州の夢だった。平和な村。両親や、友人たち。まだ幼い、早紀子や志郎もいた。

俺を呼んでいるのは誰だ？　早紀ちゃん？　志郎？　それとも父さんか母さん？　あれ、おかしいな、父さんと母さんの声がわからない。いや、顔も思い出せない……。

やがて見開いた目の焦点が合っていき、満州の丘にそよぐ草の波は、薄汚れた天井の板の模様に置き換わっていった。顔や手足が冷え切っているのを感じる。

そうだ。俺はもう、二十八歳。ここは東京の、アパートの二階の部屋だ。

窓が明るく光っていた。隣の建物がすぐそこまで迫り、夕方にならなければ日が射さない窓が明るいということは。

横になって考え事をしているうちに、いつの間にか眠ってしまっていたようだ。せっかくの日曜日を無駄にしてしまった。

それにしても、目が覚めたはずなのに相変わらず自分を呼ぶ声が聞こえる。

妙だな――。

そこで、耕平ははっと気づいた。大家の婆さんだ。

「天城さん！」

さんざん呼んでも返事をしない耕平にしびれを切らしたのか、階段を上がってくる音がした。板張りの廊下がきしみ、足音は耕平の部屋の前で止まった。

「天城さん！」

耕平は慌てて跳ね起きた。

「はい！　今出ます」

大家の憤慨した顔を予想しながら、安手の化粧板が貼られたドアを開ける。

そこにあったのは、大家の顔だけではなかった。大家の後ろに、見知らぬ男が二人立っている。白髪の交じった中年の男と、がっしりとした若い男の二人組だ。

「こちら、鉄道公安官の方」

大家は少し迷惑そうな口ぶりをしつつも、好奇に満ちた目で言った。「天城さんに訊きたいことがあるって。何かしたの」

「鉄道公安官――！」

白髪交じりの男が、コートから黒い革の手帳を取り出して見せた。金文字で、鉄道公安職員手帳と書かれている。

その瞬間、耕平は昔の記憶がよみがえり、息苦しくなるのを感じた。手錠が腕に嵌められる音と、金属の冷たさ。そして何より、あの時味わった理不尽さを忘れられるはずはない。

耕平の表情から察したのか、白髪交じりの鉄道公安官は穏やかに言った。

「誤解なきよう。君を何かで疑っているわけではない」

それは耕平に対してというよりは、大家を意識した言い方に聞こえた。公安官は、今度は明らかに大家へ向かって言った。

「先ほども申し上げましたが……こちらの天城さんに、捜査への協力をお願いしたいと思っておりまして」

「あらそうなの」

自分は容疑者というわけではないようだが、大家は何か早とちりしていたのかもしれない。

「すみませんが、天城さんお一人からお話をうかがいたいので」

白髪交じりの鉄道公安官はそう言って大家をやんわりと引き下がらせ、もう一人の若い男とともに有無を言わせず部屋へ上がり込んできた。

若手の公安官は、しばらくドアの隙間から廊下を覗いていた。大家が去ったかどうかを見ていたのだろう。

「大丈夫そうです」との声に頷いた白髪交じりの男が、耕平に向き直って言った。

「鉄道公安官と聞いてずいぶん驚いていたな。昔、嫌な思いをしたからか」

顔をこわばらせた耕平に、男は変わらず静かな口調で告げた。「『抜きのタケ』——佐竹の身代わりにさせられたんだったな」

その時の事情は、知っているらしい。

「君は、既に罪を償（つぐな）っている。その件を今になってどうこう言うつもりはない」

なおも警戒する耕平に、白髪交じりの男は牧、若手は菊地と、それぞれ名乗ってきた。座ってもいいかと言うので、どうぞと答える。座布団のない四畳半に、車座になった。

「君もよく知っているだろうが、我々は国鉄の職員で、国鉄の敷地内で起きた事件を捜査する権限を持っている」

「それで……鉄道公安官が、僕に何のご用でしょうか。鉄道での事件なんて、今さら関わった覚えはないんですが」

もしかしてと思い、訊いてみた。「佐竹のことですか」

「いや。奴はとっくに捕まって、ムショに入ってたよ」

牧という男は佐竹について、刑務所に入ってた、と表現した。入ってる、ではないのか。

「今日訪ねてきたのは、そのことじゃない。この女性に、見覚えはないか」

牧が、コートから取り出した写真を見せてきた。

それが誰かは、すぐにわかった。早紀子だ。

仏頂面で写っている。あまり見たことのない表情だ。実物はまるで違うのに、と耕平は思った。

しかし、なぜ鉄道公安官が早紀子の写真を持っているんだ。それに、なぜ俺のところに来るんだ。

思いつくことは一つだった。

——あの、キャバレーの客が死んだ件か。

慎重に対応しなければいけないと、耕平の頭の中で警報が鳴り響く。だが、嘘はまずい。

「はい。幼馴染みです」

耕平は簡潔に答えた。

「なら、当然名前は知っているな」

菊地が、耕平の目を覗き込むようにして訊ねてきた。

「藤代早紀子さんです」

そう答えると、二人の鉄道公安官は頷き合った後、少し黙り込んだ。

「あの……彼女が何か？」

耕平の側から質問してみた。この程度なら、大丈夫なはずだ。

「気になるか」と答えた牧が、菊地のほうを見た。

その菊地が訊いてくる。

「つき合っていたとか？」

「いえ。そういう関係ではありません。僕らは小さい頃から一緒に苦労してきたので、家族のようなものなんです」

「なるほど。そういや、君も満州の出身だったな」

「そうです」

耕平は頷きながら、志郎のことを話すべきかどうか迷った。今は口にしないほうがいいと判断する。

「彼女が行方不明になったのは、知っているか」

知らないふりをすべきか。いや、ここで嘘をつくのは得策ではない。

「はい」

「どうしてそれを？」

「先日、用事があって彼女のアパートに電話した時、大家さんが教えてくれました」

そこまで話したところで、耕平は理解した。あの時、早紀子のアパートの大家には、彼女の引っ越し先がわかったら連絡をくれるようにと自分の住所を伝えている。この二人の鉄道公安官は、早紀子のアパートを訪ねた際に俺のことを聞き出したのだろう。知らないふりをしなくてよかった。

耕平が気づいたことを察したのか、牧が言った。

「大家さんを悪く思うな。捜査上、必要だったから訊かせてもらったまでだ」

「捜査というと……」

牧と菊地は、何かを目で交わし合った。牧が、いいな、というように頷くと、若い菊地はやや不満そうな表情を見せたが、結局は首を縦に振った。

それを受けて、牧が説明し始めた。

「先月、ある人物が列車から転落して死んだ。その人物は、銀座のキャバレーで藤代早紀子を贔屓にしていたらしい。彼女が、その人物の死に関する手がかりを握っているのではないかと我々は考えている」

——やはり、その件か。

牧ははっきりとは口にしなかったが、早紀子を疑っているのはたしかだ。

「ところで」

牧が話題を変えた。「藤代早紀子が、どうしてあのキャバレーで働くことになったか、知っているか」

そう言って、じっと耕平の目を見つめてくる。

——どうする。どう答える？

「いえ……詳しいことは」

ごく自然な口調になるよう意識した。志郎の顔が再び頭をよぎるが、今は口にするべきではない。おそらく。

しかし、「そうか」と頷く牧を見ながら、その判断が正しかったのか自信がなくなってきた。そんなことは、調べればすぐわかるのではないか。早紀子と志郎、自分の関係も。

意外にも、牧たちはそれ以上何も追及することなく、話を終わらせた。

「わかった……。知らないのなら、仕方がない。今日のところはこれで失礼する」

牧は立ち上がり、白髪交じりの頭にハンチング帽を載せた。二人の鉄道公安官は、最後には礼をして部屋を出ていった。

足音が階段を下りていく。大家と話す声が聞こえた後、さらに数拍置いてから、耕平は長い息を吐いた。

あの二人は明言しなかったが、鹿島とかいうキャバレーの客は殺されたと考えているのだろう。そして、早紀子を犯人と疑っているのだ。

よりによってこんな時に、なぜ早紀子と志郎は行方をくらましてしまったのか。疑われてしまうのも無理はない。

耕平は、早紀子たちがそんなことをするとはもちろん考えていない。むしろ、本人の意思に反して、何かの事件に巻き込まれてしまったのではないかと思っていた。

だけど、ひょっとしたら……。

一瞬良くない考えが頭に浮かび、すぐに自分を恥じた。それは、早紀子と志郎の仲を疑う自分の弱い心がつくった、あり得ぬ憶測だ。それでも、その考えを止めることはできず、胸の中に暗雲が広がっていく。

裏社会とつながっている志郎ならば、もしかして……。

首を振る。悪いほうに考えても仕方がない。

とにかく早紀子と志郎を見つけ出し、本当のことを聞かせてもらわねばならない。

あの鉄道公安官たちより先に。

十二月十七日　火曜日

『うえのぉー、うえのぉー』

到着した常磐線の列車を迎えるアナウンスが、地上ホームの屋根を叩く雨音を打ち消した。客車の暖房から吐き出される蒸気が、もうもうと渦を巻く。その中を、列車から降りた乗客たちは足早に改札や乗り換え階段へ向かっていた。

ほとんどの乗客がいなくなった列車から、厚手のコートを羽織った牧と菊地はホームに降り立った。上野駅の空気を二日ぶりに味わう。

夜行列車に二泊した後でも、さすがに若い菊地は平気な顔をしているが、牧は身体の節々が痛くてたまらなかった。

今回は、東北方面の長距離列車に同乗しての警備だった。鹿島の件については継続して捜査を進めているものの、専任というわけにはいかない。スリ対策の仕事もおろそかにはできないのだ。

今回の警乗任務では、牧は二名、菊地は四名のスリを検挙した。検挙数で抜かれるのは、初めてのことである。菊地をねぎらう一方で、もしかしたら自分が見逃してしまった相手がいるかもしれないとも思っていた。いよいよ、引き際は近いようだ。

「腹が減りましたね。報告を終えたら、朝めし食いにいきませんか」

牧の内心など知る由もないであろう菊地が、明るい顔で言った。

ああ、と頷き返す。

いったん公安室に向かい、当直に口頭での報告を済ませた。正式な報告書は後回しにする。明日にはまた鹿島の件の捜査に戻り、藤代早紀子の関係先へ聞き込みに行くつもりなので、報告書の提出は少し先になりそうだ。

牧と菊地は、アメ横にでも行くか、と話しながら部屋を出た。

年末年始を目前に、駅前には帰省の切符を買い求める人々の長蛇の列ができていた。冷たい雨の下、黒い傘は延々と並び、間を抜けるのにも苦労しそうだ。二人は、地下道を通っていくことにした。

階段を下り、違和感を覚えた。いつも漂っていた、饐(す)えた臭いがしない。

その理由は歩き始めてすぐにわかった。地下道の真ん中に、等間隔に並ぶ支柱。それぞれの間に段ボールや毛布で寝床をつくっていたはずの浮浪者たちの姿が、見当たらないのだ。

牧は、数週間前の朝礼で室長が言っていたことを思い出した。オリンピックに向け、東京都が主体となってクリーン作戦を実施するという話だ。特に外国人観光客が多く訪れるであろう街を徹底的に清掃するというその作戦には、ゴミ拾いだけでなく浮浪者の一掃も含まれていた。

隣を歩く菊地が、「ずいぶんすっきりしましたね」と笑って言った。

食事を終えて公安室に戻ると、牧は隣席の同僚、島本に話しかけた。島本は、牧と同い年である。

「ずいぶん地下道がスカスカになったな」

「見たか」

島本は少し苦い顔をした。「綺麗になるのはいいんだが、なんというか、ちょっと嫌な気分にもなったよ」

「そうですか？」向かいの席に着いた菊地が、不思議そうに言ってくる。

「あんなところで暮らすのは、それなりの事情があってのことだろう。それを、ゴミの片づけと一緒くたにしちまうのはどうなんだろうな」

島本が言うと、菊地は納得のいかない顔をした。

「でも、そうなったのは、自分のせいもあるんじゃないですかね。それに僕らの立場としては、駅が綺麗になるのはいいことだと思いますけど」

「まあ、それはそうだがな……」とだけ言って、島本は口ごもった。

二人のやりとりを聞きながら、牧は「駅の子」のことを思い出していた。

牧が鉄道公安職員になった時には少なくなっていたとはいえ、まだ上野駅で暮らしている者はいた。駅の子のうちの、何人かを捕まえたこともある。その時はもちろん自らに正義があるとは思っていたが、一方でやりきれない気持ちになったものだ。子どもたちが望んでそこにいるわけではないことは、よくわかっていた。

衛生環境はひどく、中には駅で息を引き取ってしまう者もいた。その後始末をしたこともある。遺体を運ぶ牧たちをじっと見つめる駅の子の視線は、脳裏に焼きついている。

親を亡くし、駅にしか居場所がなくなったその境遇は、子どもたち自身が招いたものではなかったはずだ。

大人たちが勝手に戦争を起こし、負け、巻き添えにされたあげくに疎まれ、再び大人の理屈で排除される――。まったく理不尽な話だと思う。時代とともに駅から追われ、姿を消した駅の子らは今どうしているだろうか。

菊地は、牧と島本が割り切れない様子でいるわけを理解できないらしく、きょとんとした顔をしている。説明する気にならなかったのか、島本は違う話を始めた。

「そういえば、浮浪者の所持品の中に盗難品らしいものがあってな」

「盗難品というと？」牧は訊き返した。

「連中が盗んだのか、どこかで拾ってきたのかは判然としないが、鞄だの財布だの、いくつかあったんだ」

鞄という言葉が、牧の頭の中で何かに反応した。

「……鞄？　それはどこにある」

「いったん、遺失物取扱所で保管している。といっても、取扱所でもどうすればいいか困ってるみたいだったな」

それを聞いた牧は、思わず立ち上がった。どうした、と島本が驚いた顔をする。

牧は菊地に言った。

「ちょっと一緒に来てくれ」

遺失物取扱所の係員は、たしかに困惑している様子だった。

「いきなりこんなに押しつけられてもねえ……。普段の落とし物だけでも、置いとく場所はもうギリギリなのに」

取扱所の奥には、落とし物を一時的に保管する棚がいくつも並んでいる。その片隅に、先日のクリーン作戦で回収したうち、明らかに浮浪者の持ち物ではないと思われる鞄や財布などが仕舞われていた。

見せてもらってもいいか、という牧に、どうぞどうぞ、と係員は言い残し仕事に戻っていった。

鞄、と聞かされた時にもしやと思ったものは、わりとすぐに見つかった。分厚く、黒い革の鞄。イタリア製であることを示すタグがついている。開けてみると、内側に「ＫＡＳＨＩＭＡ」という金文字の刺繍が縫いつけられていた。

——これだ。

牧は係員を呼ぶと、この鞄が回収された経緯を訊ねた。係員自身はその時の様子を直接見ていたわけではないが、記録によれば西松(にしまつ)と名乗る男が持っていたもので、本人は盗んだのではなく拾い物だと主張していたらしい。詳しく知りたければ、浮浪者たちが一時的に収容された上野警察署に問い合わせればわかるだろうということだった。

公安室へ戻った牧と菊地は、借り出した鞄を確認した。

鹿島の財布や定期券などについては、遺体が身につけていたことはわかっている。鞄の中身は手帳や、書類の束が入った茶封筒だけで、他に貴重品の類はなかった。高価に見えるものは西松が抜き出してしまったのかもしれない。その上で、いずれこの鞄も売りさばくつもりだったのか。

茶封筒から書類を取り出して広げてみると、「昭和三十八年度第四期輸送計画案」

「十一月出勤簿」など雑多なものだった。タイプライターで打たれた書類や、藁半紙にガリ版刷りの書類、手書きのメモなどが入り混じっている。

社外に持ち出すためか、社名が明記された書類ではなかったが、おそらく鹿島の勤務先、日本銀行の業務に関するものと思われた。

──それにしても、数字の入った書類の多いことだ。頭が痛くなる。

牧は、この類の仕事がひどく苦手だった。鹿島という人物は得意だったからこそ銀行に就職したのだろうが、まったく、人には得手不得手があるものだ。

それから牧は、書類を日銀に持参して確認するよう菊地に命じ、自らは上野署の刑事課暴力犯係に連絡を取った。

「やあ、室屋（むろや）の旦那。こないだはどうも」

『おう、牧さんか。最近よくかけてくるじゃないか』

「仁風社の件では、いろいろ助かった」

電話の向こうの室屋刑事は牧の顔馴染みで、藤代早紀子をキャバレー・ローズに紹介した仁風社について調べた際にも世話になった相手だった。組織暴力を主に担当する暴力犯係には、水商売絡みの情報も多く集まっている。銀座にあるローズは上野署の管轄ではないが、本庁に情報を照会してもらったのだ。

「お願い続きで申し訳ないんだが、教えてほしいことがまた出てきちまってね」

牧は、上野駅地下道のクリーン作戦で一斉に収容された浮浪者のうち、西松という男の情報があれば知りたいと室屋に依頼した。三十分ほど待てという返事があり、二十五分後に電話がかかってきた。

『牧さん、あんた、何か妙なヤマに関わってるのか。こりゃあ、鉄道公安官の領分じゃなさそうだぜ』

「どういうことだ」

『西松って奴は、ただの浮浪者じゃない。東梅会につながってるんだよ』

「東梅会……」

つい最近も、その広域暴力団の名を室屋から聞いたばかりだ。

『西松は、浮浪者の間で情報を集めるような役割をしていたらしい。その西松と定期的にやりとりしてるのが、こないだの仁風社だ』

「仁風社だって？」

『裏では東梅会に通じているが、表向きは普通の会社組織の形を取ってるって話はこの前教えたたな。なんだかいろいろ怪しい仕事を手掛けている中に、慈善事業として浮浪者を支援する体裁のものがあって、そこで西松と接触しているようだ』

「警察は、上野駅の構内で監視しているのか？」

『お宅のショバを荒らすようですまないが、ヤクザ絡みなんだ。そこはわかってくれ。それに、常に監視しているわけじゃない。うちだって人手は限られてる』

「別に怒りゃしないさ。他には？」

『接触している仁風社の社員は、いつも同じ相手だな。小野寺志郎。昭和十年、満州の浜江省生まれ。現住所は荒川区南千住――。うちにも、情報はこのくらいしかない。立場上は普通の会社員で、東梅会の正式な構成員ではないからな。前科もないようだし』

「そうか……」

『ああ、それと仁風社の関係ではもう一つネタがある』

「どんな話だ」

『防衛庁扱いで輸入した拳銃が横流しされている疑惑があって、本庁で捜査中らしいんだが……そこに、仁風社が絡んでいるようなんだ。ただ、取り引きの書類に名前が出ているだけで確証はない。今のところは、自動拳銃――コルト・ガバメント二丁の所在が不明ということまでしかわからん。まあ、そっちが調べている件と直接関係はないかもしれんが、情報があれば教えてくれ』

「わかった。また手間かけちまったな」

『今度、何かおごれよ』

電話を切った牧は、すぐに手帳のページを繰った。もしやと思ったが、やはり。藤代早紀子も同じ昭和十年、満州浜江省生まれだ。藤代早紀子と小野寺志郎は、顔見知りなのではないか。

そして——前に話を聞きに行った天城耕平という男は、藤代早紀子の幼馴染みと言っていた。三人とも知り合いという可能性もある。そうだとしたら、なぜ天城は小野寺のことを何も言わなかったのか——。

一時間ほどして、日銀へ行っていた菊地から電話がかかってきた。当直から受話器を受け取るやいなや、菊地が勢い込んで話してくる。

『牧さん、ちょっと気になることを聞きました』

「どうした」

『あの書類、やはり日銀のものという確認が取れたんですが、もしかしたら、なくなっているページがあるかもしれないっていうんですよ』

「なくなっている？　中身が抜かれていたってことか」

『おそらく……』

——西松が抜き取ったのか？　書類のうち、表紙に輸送計画案と書かれていた束は、紐で綴じられていた。中身を抜き、再び紐で綴じてしまえば、関係者でなければわからない。訊いてみると、抜き取られていた可能性があるのは、やはりその書類らしい。

「抜かれた部分は、何だったんだ」

『それが……現金輸送車の資料のようなんです』

十二月二十九日　日曜日

足立区、荒川の土手の近くに、小さな平屋が建ち並んでいた。どの家も、都心部では急速に姿を消しつつある、あり合わせの木材で建てられたバラックだ。

その一帯に足を踏み入れた耕平はメモを片手に歩き回っていたが、住居表示はおろか表札を出している家も少なく、目指す家を見つけられずにいた。

結局、路地裏で銀玉鉄砲を撃ち合っていた子どもたちに教えてもらうことになった。

「それなら、あそこの角を右に曲がって、ちょっと先を左に行って、それからまた狭い道を右だよ」

つぎはぎだらけのセーターを着た少年が、なんとも曖昧な答えをくれた。それでも、何の当てもなく歩き回るよりはましだ。耕平は礼を言って、言われたとおりの道を行った。

右に曲がって、左。狭い道というのはどれだ。どの道も狭いが……。

苦笑しながら歩いていったあたりで周囲を見回すと、珍しく表札を掲げた家があり、そこが目的地だった。

木の切れ端で作られた表札の文字はにじみ、消えかけていたが、かろうじて読み取れる。玄関の前には盥（たらい）が立てかけられ、その横にいくつか並んだ植木鉢は手入れをしていないのか、どの鉢にも枯れて曲がった茎だけが残っていた。

ところどころ割れ、内側から紙が貼られたガラス障子の引き戸に手をかける。なかなか動かない。力を入れると、さらにガラスが割れるのではと心配になる音を立てて開いた。

狭い土間が、ちゃぶ台と箪笥の置かれた三畳ほどの部屋に面している。灯りはついていない。その向こうに通じる襖（ふすま）は閉じていた。

耕平は暗い家の中へ呼びかけた。

「ごめんください」

白い息が宙に消えた。返事はない。少し待って、もう一度声を出した。

「すみません、藤代早紀子さんの友人で、天城と申します」

再び数秒ほど待つと、奥で人の動く気配がした。やがて襖がゆっくりと開き、半纏（はんてん）を羽織った、腰の曲がりかけた老婆が姿を見せた。

見覚えがないような気がし、一瞬、家を間違えたのかと慌てたが、老婆の目をよく見れば会いに来た相手だとわかった。

「ああ、あなた、早紀ちゃんのお友達の」

その声も、張りはなくなっているものの、以前に何度か会った時の記憶に近い。

「はい。天城耕平です。覚えてますか」

「ええ、ええ。覚えてますよ。よくいらっしゃいましたね。狭いけど、お上がりになって」

老婆は、笠のついた裸電球をつけた。ちゃぶ台の脇の、ほつれかけた座布団を手で示す。

「つまらないものですが」

耕平は、持参した土産を手渡した。来がけに買ってきた和菓子だ。「暮れのお忙しい時期に、すみません」

「いえいえ、特に何をしてるわけでもないですしね。あらおいしそう、ありがとうございます」

老婆は早紀子の遠い親戚で、夫とともに洋食屋を営んでいた。数ヵ月前まで早紀子が働いていた店だ。早紀子に会いに店を訪れた際に何度か挨拶をしていたし、彼女の友人ということで、店をたたんで引っ越した際には丁寧な手紙をもらっていた。

杏(よう)として消息の分からぬ早紀子と志郎の手がかりを求め、何か知らされてはいないかと、年末のこの日曜日に一縷の望みに賭けて訪れたのである。

それにしても、もともと結構な歳だったとはいえ、以前に比べればまるで別人のように老けている。

「寒くて申し訳ないですね。今、お茶をいれますね」

老婆は襖の奥に戻っていった。

その間、部屋の中を見回す。裸電球の仄暗い灯りは、部屋の隅の影をむしろ濃くしているように思えた。都心を離れたのだから、少しは広い家に住んでいるのだろうと思っていたが。

お盆を手に戻ってきた老婆は言った。

「あなたも、早紀ちゃんのことでいらしたの」

——あなたも、とはどういうことだ？

ちゃぶ台に湯呑を二つ置きつつ、老婆は続けた。「早紀ちゃん、いなくなってしまったんでしょう」

「……どうしてそれを？」

どうやら、この訪問の目的は達せられそうにないらしい。

老婆の表情はひどく曇っている。こちらが心苦しくなるくらいだ。老婆が発した次の言葉は、衝撃的なものだった。

「ちょっと前に、鉄道公安官っていうんですか、そんな方がいらしてね。二人組の。早紀ちゃんのことで、何か知らないかって。でも、いなくなってしまったなんて、その時に初めて聞いたから……」

鉄道公安官は、やはり早紀子を疑っているのだ。

もしかしたら老婆は何か知っていて、早紀子を守るためにそれを隠しているのではという想像も浮かんできたが、話しながらますます萎(しお)れていく老婆の様子は、とても嘘をついているようには見えなかった。

老婆は湯呑を両手で包むようにして言った。

「早紀ちゃん、どうしてしまったのかしらねえ……」

老婆とその夫は、早紀子を本当にかわいがっており、実の娘のように世話していたものだ。縁談を持ってこられた時はちょっと困っちゃったけどねと、早紀子が笑っていたのを思い出す。

——そういえば。

耕平は、先ほどから気になっていたことを訊ねた。

「あの、ご主人はお出かけですか」

「ああ……夫は、三ヵ月前に亡くなったんです」

老婆は、襖の向こうへ目を遣った。その奥に仏壇があるのだろうか。

「……すみません、そうとは知らずに」

早紀子から、そんな話を聞いたことはなかった。

隣の部屋に通してもらい、仏壇に手を合わせた耕平に、老婆は言った。

「早紀ちゃん、お葬式に来てくれた時、かなり落ち込んでいたからねえ。私たちは自分の娘のように思っていたけれど、あの子も親のように思ってくれてたみたいで……」

親のように、か――。早紀子は、親をまた亡くしたことになるわけだ。

それから老婆は、今の暮らしについて訥々と語り始めた。立ち退いた時の補償金は雀の涙で、店の借金を返してしまえば、伝手をたどってこの狭い家に落ち着くしかなかったのだという。店を再開する余裕は経済的にも体力的にもなく、みるみる夫は気力が衰え、持病が悪化して亡くなってしまったのだとか。

話を聞いている間、耕平はひどい理不尽さを感じていた。この老夫婦が何をしたというのだ。なぜこんな目に遭わなければいけないのか。移転させるにしても、もっとやりようはなかったのか。そうすれば、早紀子だって――。

「まあ、誰か恨んでもしかたないものねえ」

老婆は、力なく笑った。訊けば、今は知人の営む料理屋の手伝いをして生計を立てているという。

早紀ちゃんの居所がわかったら教えてくださいね、と老婆は懇願するように言った。店をなくし、夫をなくした上、娘のように接してきた早紀子とも会えなくなってしまうのは耐えきれないのだろう。その気持ちは、耕平にも痛いほどわかった。がたつく引き戸を閉め、今にも崩れそうな家を後にしつつ、耕平は老婆がこれ以上何も失うことのないようにと祈った。

荒川の土手の上からは、都心の方角に沈みゆく夕日が見えた。東京タワーや、ビル群がシルエットになって浮かんでいる。クレーンの影も目立った。

変わりゆく街の片隅、光の当たらぬ暗い陰に、あの老夫婦のような人々が声を上げることもなく暮らしている。

耕平は、早紀子と志郎のことを思った。あの二人も、どこかの陰に身を潜めているのだろうか。

まさかとは思うが、二人は本当に何か事件に関わっているのか。鉄道公安官は、明らかに早紀子を追っていた。事情はさっぱりわからないものの、もし捕まってしまえば関係のない罪まで背負わされてしまうかもしれない。この社会には、往々にしてそんなことがある。特に、自分たちのような地べたを這いずる立場の人間には。

アパートに帰り、玄関で靴を脱いだ。下駄箱に靴を入れるためにしゃがむだけでも、ひどく億劫だった。思った以上に疲れていたようだ。

だが、靴を脱ぎっぱなしにはできない。玄関に一番近い部屋に住んでいる大家は、そうしたことにひどくうるさいのだ。上がり框(がまち)にしゃがみ込んでいると、その大家の声が後ろから聞こえてきた。

「天城さん、手紙が届いてるよ」

振り返れば、開いたドアから大家が顔を覗かせている。

靴を仕舞い、大家の部屋まで行って封筒を受け取った。

裏返すと差出人の住所はなく、ただ「レーテー」とだけ書かれていた。

レーテー？　どこかの店の名だろうか。それとも、誰かのあだ名だったか。いずれにせよ心当たりはない。筆跡も、これだけではわからなかった。

封筒を手に考え込んでいた耕平の横から、大家が興味深げに覗き込んでくる。

「ふうん。誰？」

「わかりませんよ」

勝手な想像をされてもたまらない。耕平は礼を言って、早々に自分の部屋へ引き揚げた。

ドアを閉める。疲れ果てていたことも忘れ、急いで封筒の口を破った。

その中身を前に、耕平は困惑するしかなかった。
——これは、どういう意味だ？

# 第二章

昭和三十九年（一九六四年）

一月三日　金曜日

02：15

昭和三十九年という年がやってきた時、オリンピックの年だとすぐに思い浮かべた者は、あまり多くはなかった。それでも一部の人々は、その年に起こるであろう出来事に漠然とした高揚感を抱いていた。

そうした者も含め、世の人々がまだ正月特有のハレの気分に浸っていた日の深夜、横浜港・瑞穂埠頭。

巨大な麒麟のようなクレーンが、吹きつける海風にきしんだ音を立てていた。時折舞う粉雪は黒い水面へ静かに吸い込まれていく。埠頭に並ぶ建物の屋根は、夜の地平線に浮かぶ山脈のようだ。

その谷間に汽笛が響くと、小型のディーゼル機関車が一両だけの貨車を牽いて、埠頭に引き込まれた線路をゆっくりと進んできた。ヘッドライトの放つ一条の光芒が、闇を切り裂く。

線路は、一つの建物の中まで延びていた。列車はその上をたどって建物内に進入し、二両目――ヨ２１００車掌車が完全に収容されると扉が閉められた。すぐに、建物の窓から漏れていたヘッドライトの明かりが消える。

列車から降りた最上雄介三佐は、建物端の小さな扉を開けた。防寒着の肩に落ちたひとひらの雪が、はかなく溶けて姿を消す。

岸壁に歩いていった最上は、暗い海面を見下ろした。視線を移せば、停泊している船の黒い影がある。埠頭に寄せる波音を打ち消すように、船上で作動する何かの機械の音や、荷下ろし作業をする男たちの怒鳴り声が聞こえてきた。

その時、埠頭に据えられたサーチライトが船へと向けられた。灰色をした船体。船尾の旗竿に掲げられた星条旗の赤と青が、鮮やかに浮かび上がる。船は、米海軍の輸送艦であった。

ここは、瑞穂埠頭のかなりの部分を占める米軍使用区画、「横浜ノース・ドック」なのだ。

船自体は、最上も何度か見たことのある、艦種記号ＡＫが付与された米海軍の標準型貨物輸送艦だ。輸送艦といえど軍用艦艇なのだから重量感や威圧感を備えているのは当然だが、最上はこの船に、それだけではない奇妙な禍々しさを感じた。

船のほうへ近づいていくと、岸壁に数人の人影が見えてきた。

一人を除けば、全員が白人の男性だ。コートを着ているが、その下はおそらく軍服だろう。物差しでも当てたように伸びた背筋と、雰囲気でわかった。

離れたところで立ち止まった最上に気づいたのか、一人だけいた日本人らしき男が歩み寄ってくる。雪が解けた水滴を眼鏡に貼りつけたその男は、防衛庁の石原信彦だった。

「無事着いたようだな」石原は、眼鏡を外して拭きながら言った。

「ああ」

「ＥＤ29は」

「予定通り、鶴見駅だ」

この埠頭に乗り入れている米軍専用線は、国鉄の鶴見駅で本線から分岐した貨物線が、さらに分かれた線である。貨物線は電化されていないため、電気機関車であるＥＤ29は鶴見駅で待機させ、最上の乗る車掌車だけを米軍のディーゼル機関車に牽いてきてもらったのだ。米軍の荷物とはいえ自衛隊の列車を仕立てるのだから、最上としては埠頭を出発する段階から同乗していく必要がある。ＥＤ29を使う理由は、結局わからないままだった。

最上は、石原が話していた相手のことを訊いた。

「彼らは」

「今回の輸送に関わっている、米軍の幹部だ」

「挨拶しておくか」

「いや、しなくていい」

「なぜだ」

「貴様たちの業務とは、直接関係ない」

「下々の者は知らなくていい、か」

「……そんな言い方はするな」

「わかっているよ。軍人だからな」

その時、輸送艦から聞こえてくる機械の作動音が一段と高まった。見上げると、サーチライトのまっすぐな光線の先に、クレーンで吊り下ろされる細長い大きな木箱があった。

「積荷の、残りの部分だ」

石原が教えてくれた。「あれを積む車両のほうは、もう下ろしてある」

行先などに関して知らされたのは、二週間ほど前のことだ。

行先は、聞かされてみればたしかに機密扱いにせざるを得まいと思える場所だった。そして積荷については、米軍が貨車ごと準備するので、それを連結して運んでいってほしいという。

そのアメリカ製の大型貨車二両は、国鉄の線路幅1067ミリに合わせて台車を履き替えてあるという話だが、積荷が何かは知らされていない。

「肝心の積荷の中身や、そもそもの目的は、結局教えてもらえんのだな」

空中を運ばれていく木箱を見ながら最上が言うと、石原はああと頷いた。予想通りの反応ではある。

「すまない。……貴様も軍人なら理解してもらえると思うが」

石原は、先ほどの最上の表現を真似て言った。「この輸送は、機密なんだ。国鉄との調整なら、すべてこちらで済ませているから考えなくていい。それより、正月に家族と一緒に居させられなくてすまんな」

「気にするな。こういう仕事だ、命令には従うだけだ。むしろ官僚殿のほうこそ、上に言われたことは絶対なんじゃないか。出世のためには、命令に逆らうことなんて許されないだろう？」

そう口にしてから、少し嫌味が過ぎたかと後悔する。

「軍人より厳しいかもな。逆らえば、出世どころじゃないことだってある」

石原が怒るでもなく真顔になって言うので、最上はこの話題を続けるのをやめた。

――それにしても。

最上は、クレーンから埠頭の上の台車に下ろされた木箱を見つつ思った。先ほど感じた不吉な印象は、もしかするとあの荷物から発せられているのではないか。もっともその考えに根拠はないし、これ以上何か質問しても無駄だろう。

石原が、話を変えて訊いてきた。

「貴様の立場で、まだ運転する場面はあるのか」

「基本的には部下に任せている。もちろん、いざとなれば運転できるよう訓練はしているがな」

「そうか。俺は今さら、できるかな。満州はあまりに遠くなった」石原は、海へと視線を向けながらぽつりと言った。

「官僚殿が直接運転するような場面はないだろう。そんなことになれば、今度こそ日本は終わりだ」

最上の言葉に、石原は答えなかった。

舞い散る雪片が、増えてきたような気がした。北のほうでは、大雪になっているかもしれない。

10：46

上野駅前、帰省切符売り場の長蛇の列は、さすがに年を越した今ではほとんど解消していた。

とはいえ正月休みはまだ続いており、駅の構内は普段の休日よりも混雑している。パトロールも強化され、スリ対策ローテーションに戻された牧省吾は、今は高架ホーム下の連絡通路で警戒にあたっているところだった。ハンチング帽をかぶり、新聞を片手にしたいつもの格好だ。

この年末年始には既に九人を捕らえ、さすがは牧だという声が公安室の中でささやかれている。転落事故の捜査に力を入れるあまり検挙数を減らしていた時期には陰口も聞こえたが、それを実力でねじ伏せた形だった。

もっとも、転落事故の件は諦めたわけではない。今も間断なく周囲に目を光らせつつ、頭の一部ではそれについて考え続けている。

現金輸送車が狙われている可能性は十分にあると、牧は思っていた。だが、具体的にいつ、どの列車が狙われるかを明確に示すものはない。

鹿島の鞄に入っていた書類を菊地が日銀に持っていったところ、鹿島の同僚の梶は、現金輸送車の資料――車内見取り図や運用計画のページがなくなっているかもしれない、と言ったそうだ。しかしあくまで「かもしれない」である。梶はその書類に見覚えがあるという程度ではっきりと覚えていなかったし、ページ番号は振られていなかったので本当に抜き取られたかどうかはわからない。

鞄を持っていた浮浪者の西松に話を聞きに行っても、何も知らない、拾っただけだの一点張りだった。鞄の指紋鑑定をすることまで考え、上野署の室屋刑事に相談したが、どうせべたべたと西松や他の浮浪者の指紋がついていて無駄だという。

現金輸送車の危機を訴えようにも、今の段階で具体的なことは何も言えなかった。

室長は渋々捜査の継続を認めてくれたものの、この年末年始に関してはスリ対策の任務に戻るようにと命じられている。状況からすれば、それもやむを得ないだろう。ならば、警察に捜査を依頼すればとも思うのだが、室長は首を縦に振らなかった。

現金輸送車に関してはあくまでも国鉄、鉄道公安室の領分だというのだ。

縄張り意識というやつか、と牧は呆れたが、組織の理屈にはそれ以上逆らいようがない。

組織の理屈といえば、日銀も同じようなものだった。

鹿島の上司だった深沢に懸念を伝えたところ、現金輸送車の運行計画は変えられないという回答が返ってきたのだ。年末年始を目前にしたこの時期に、はっきりしない情報だけで、多くの関係先と再調整して計画を変更するなど、何も起こらなかったら責任の取りようがないという。

何かあった場合の責任はどうするのだ、と言ってもおそらく通じないだろう。巨大な組織が一度動き出したら止められないのは、牧自身も覚えがあった。

とにかく、あと何日かすれば年始の強化パトロールも終わり、捜査を再開できる。早く新たな証拠を見つけなければと、牧は焦りにも似た気持ちを抱いていた。

その人物の顔を脳がすぐに認識したのは、常に事件のことを考えていたためでもあるだろう。

連絡通路から中央改札へつながる階段を見下ろした先、改札から絶え間なく流れ込んでくる人波の中に、その人物はいた。

——天城耕平か？

藤代早紀子を捜しているうちに捜査線上に浮上した、彼女の幼馴染みという男だ。アパートを訪ねた時には、藤代が行方不明になったことは知っていると言っていた。もっとも、それを天城に教えたのは藤代の大家であることはわかっている。牧は、その大家から天城の存在を聞いたのだ。

天城には、怪しむべき点があった。

新たに浮上した、小野寺志郎という人物との関係である。小野寺は、藤代をキャバレーに紹介した仁風社の社員であり、その仁風社は、ヤクザの東梅会との関係も疑われる会社だ。小野寺のアパートを訪問した時には既にもぬけの殻になっていたが、その際、天城らしき男が小野寺に会いに来ていたという証言を、隣の部屋に住む女から得たのだった。

藤代と同様に姿を消した小野寺の存在について、天城は口にしていなかった。天城も小野寺も藤代も、同じ満州浜江省出身で、同い年だ。牧はそこに、何かしらの関係を疑っていた。捜査の次の段階では、もう一度天城に話を聞きに行くことも考えていたのだ。

その人物が、目の前の階段の下、十数メートル向こうを歩いている。天城は、米軍の払い下げらしいコートを着ていた。荷物は持っていない。どこか近場に行くのだろうか。南千住の、小野寺のアパートか？　いや、歩いていく先は地上ホームのようだ。そのホームには今の時間、南千住へ行く常磐線は発着していない。

考えながら牧は階段を下りていった。しかし、階段の上から見ているのと違い、人の流れの中に入ってしまうと天城の姿は目立たない。よりによって、地上ホームには複数の列車が到着、あるいは発車するところだった。

11番線では宇都宮行き、12番線では青森行き、13番線では日光行きが発車を待っており、それぞれに人波が吞み込まれていく。そして14番線、17番線にも列車が到着し、乗客を吐き出していた。大勢の人が、思い思いの方向へ歩いている。

そうこうしているうちに、15番線には長岡(ながおか)行きの普通列車が回送されてきた。行き止まりの頭端式ホームゆえ、推進(すいしん)運転——本来なら最後尾になる客車を先頭に、機関車が逆進でゆっくりと押してくる形だ。客車のいちばん後ろで、開け放たれた連結扉に立った作業員が合図の笛を鳴らしている。

列車が入線し、アナウンスが流れるや否や、ホームに並んでいた乗客たちが車内へなだれこんでいく。

——くそっ、どの列車に乗ったんだ。

アメ横に米軍の軍装品を払い下げる店があるためか、軍用コートを着ている者もちらほらと見かける。だが、どれも別人だった。

完全に見失ってしまった。

天城が乗った可能性のある四本の列車は、順にホームを離れていく。11時16分、最後の日光行き普通列車が発車するまで、牧は出発を待つ列車の車内を覗き込みながらホームを往復し続けた。しかし、天城を再び見つけることはできなかった。

12・33

金属フレームの簡易ベッドに寝転んで、最上は窓の向こうの曇天を眺めていた。

ベッドの他は、同じように愛想がない事務机とロッカーを押し込んだだけの、質素な部屋である。

それでも、習志野駐屯地にある自分の個室より十分広く、空調も効いている。さすがは米軍基地というべきか。

深夜に到着した後、出発まで待機ということで、最上はこの横浜ノース・ドックにあるゲスト用の部屋に通された。

今回の任務は機密ということもあり、貨物列車の運行に関わる人員はきわめて限定されている。ＥＤ29電気機関車を運転する長谷川二曹と、輸送の指揮官としてヨ２１００車掌車に乗る最上だけだ。

今のところ、ＥＤ29と機関士の長谷川は、埠頭からの貨物線が本線に合流する鶴見駅で待機を続けている。

——しかし、妙な任務だ。

最上が、何度目になるかわからない愚痴めいた感想を抱いた時、誰かが部屋の扉をノックした。

「石原だ」

「入ってくれ」

そう言いながら、最上はベッドから下りた。

扉を開けて顔を出した石原は、銀縁眼鏡を光らせて告げた。「最終連絡があった。出発時刻に変更はない。一六三〇(ヒトロクサンマル)だ。それで、昼飯の後にでも会わせておきたい相手がいる」

「了解。しかし、課長殿にそんな連絡係みたいな仕事をさせるとはな」

「言ったろう。機密なんだ。そっち同様、こちら側も関わる人員は限定されている」

「それにしても、列車の運行は俺と機関士だけでできるが、現地で作業をする人の手当ては大丈夫なんだろうな」

「ああ。ここから一緒に乗っていってもらう。そこは心配ないという話だったが」

「ここから一緒に？　初耳だ」

「だから機密と言ったろう。わかってくれ」

「ふむ……。そいつらはどこの部隊だ。朝霞(あさか)の第一施設団あたりか」

「いや。米軍だ」

「なるほど。そもそも積荷は米軍のものだから、わからなくもないが……」

「ちなみに日本側は、他に俺が乗っていく」

「貴様が？　防衛庁は人使いが荒過ぎるな」

「とにかく、今はそれだけだ。言える時になったら、また話す」

そう言われてしまえば、最上も深く訊ねようがなかった。

それから石原とともに、基地の食堂で米兵向けのボリュームのある昼食を摂り、その足で車庫として使われている建物へ連れていかれた。

天窓から射し込む光が、短い編成の貨物列車を照らしている。その最後尾、小さなヨ２１００車掌車の前に、防寒着を着た米兵の一団がたむろしていた。

米兵たちは、近づいていく最上たちに気づいていないらしい。英語の会話が漏れ聞こえてくる。なんて古臭い車両だ、暖房もついてなさそうだ、これだから日本人は、というような内容だった。

米兵の一人がようやく最上たちの存在に気づき、口笛を鳴らした。おっといけねえ、と言う声を最後に会話はやみ、振り返った兵士たちがゆっくりと一列に並んだ。肩にかけたままのＭ14小銃が、がちゃがちゃと金属質な音を立てる。

米兵たちは石原のことを既に知っていたのか、目礼した。最上にも、階級章を見て敬礼を送ってくる。

指揮官らしき人物が、英語で申し出た。

「合衆国陸軍工兵隊、スレイトン大尉です」

「陸上自衛隊第一〇一建設隊、最上三佐」

最上も英語で返した。最上の階級である三佐は諸外国での表現にならえば少佐であり、相手の大尉よりも上級である。それゆえスレイトン大尉は国際慣習に従い先に敬礼をしてきたのだろうが、儀礼的にやむなく行っているようにも感じられた。

「あー……車両の警備と、目的地での搬入作業のため我々が同乗します。自衛隊は、運び屋だけしていただければ結構です」

「運び屋、ですか」

「そうです。そもそも、この作戦は我々だけで行いたいところでした。安全保障に関わる重要物資の運搬ですからね。本来なら日本の鉄道事情よりも優先されるべきですが、そこは同盟国への配慮ということで」

「ふむ……。できれば米軍の特権で、国鉄のダイヤなど無視して運びたかったと」

「率直に言えば。しかし昨今はいろいろ面倒で、やむを得ずあなた方に運ぶところだけ手伝っていただくわけです」

スレイトン大尉の態度には、相手よりも上の立場だという意識が透けて見えた。

「それにしても、この程度の人数の指揮を大尉が執るとは」

最上は、スレイトンの横に並ぶ兵士たちを見て言った。スレイトンを入れて、全部で四名。一個分隊にも満たない人数の指揮など、通常は士官の仕事ではない。

「それなりに重要な荷物でしてね。もっとも、積荷についてあなた方が知る必要はない。警備も、我々だけで行います」

ここは日本国内なんだがな、と最上は心の中で言った。スレイトン大尉からは、未だに占領軍気分が抜けていないようだ。全員がそうではないにせよ、今まで出会った在日米軍の将兵にも、同じような思考回路を持つ人物は時々存在した。

連合国軍による日本の占領はとうに終わっている。日米安保条約も改定され、両国は少なくとも書面上では対等な立場のはずだ。にもかかわらず、駐留米軍が日本人を軽く見たことが原因の事件――たとえば一般市民への暴行、窃盗、ひどい場合には銃撃――はしばしば起きていた。

「……了解した。古臭い上に狭くてすまないが、目的地まではこの車両で一緒だ。よろしく頼む」

最上はヨ２１００を目で示した。石原が「ご承知の通り、私も同行します。よろしくお願いします」と言うと、スレイトン大尉は露骨に見下した態度で返事をした。軍人ではない石原には、それで十分だと思っているらしい。

面通しはこれだけで終わり、最上と石原はスレイトン大尉たちのそばから去った。貨物列車の車両に沿って歩きながら、最上は小声で石原に話しかけた。

もらうさ」

「先が思いやられるな。まあ、運び屋なら運び屋で、その仕事だけきっちりやらせて

「それでいい。さっきは、下手に言い返さないでくれてよかった」

「俺が何か言ったところで、変わらないだろう」

最上たちが歩く横に停まっている列車の編成は、ごく短い。最後尾のヨ2100車

掌車の前には、貨車二両と機関車だけだ。

車掌車と機関車の間に挟み込まれた米軍の貨車は、二両ともほぼ同じ形で、一両あたり全長二十メートルほど。普通の電車くらいの大きさだった。箱型の車体の両端には手すりのついた小さなデッキがあり、そこから梯子で屋根に登れるようになっている。また下部には、クレーン車のように車両を地面に固定するためのアウトリガーが取りつけられていた。

石原によれば、この貨車には小型のディーゼルエンジンが搭載されており、短い距離なら機関車に牽いてもらわずとも低速で自走できるという。

車体は、米軍の標準塗装色であるオリーブドラブと呼ばれる暗い黄緑色に塗られている。所属をあらわすマーキングなどは一切施されていないが、連結面の上部片隅には小さな文字があった。型番だろうか。暗くてわかりづらいが、MとGというアルファベットが見える。その後にも、アルファベットと数字らしき文字が続いていた。

「どうした、行くぞ」

石原に急かされ、最上は再び歩き出した。

列車の先頭は、今だけは米軍のディーゼル機関車だ。鶴見駅でＥＤ29電気機関車に付け替え、それを長谷川二曹が運転していくことになっている。他に乗り込むのは、最上と石原、そして先ほどのスレイトン大尉ら米軍の四名だけ。十六時三十分にここを出発し、日付が変わった後の深夜に目的地へ到着するまで、古くて狭いヨ２１００車掌車に六名で乗っていくのだ。

最上は少々気が滅入るのを覚えたが、口には出さなかった。

編成の先頭まで歩いてきたところで、石原が車庫から外に出る扉を開けた。埠頭の海が見えた。ひどく冷たい海風が、絶え間なく吹きつけてくる。羽織っていた防寒着の前を閉め、襟を合わせた。

重たげな雲が、黒い海面にのしかかるように広がっている。天気は全国的に下り坂で、目的地のほうでは大雪という予報が出ていた。

「満州を思い出すな」

ぽつりと言った石原の白い息を、風がすぐに吹き消していった。

13：17

軽い徒労感を覚えつつ、牧は上野駅高架ホーム下の連絡通路を歩いていた。

十一時頃に見かけた、天城耕平らしき男。牧はその人物を見失ってしまい、乗り込んだかもしれない列車を確認することができなかった。

だが、中央改札から入ってくる人波の中にいたのだから、この上野駅で切符を買った可能性はある。切符の行先がわかれば手がかりをつかめるはずだと、切符売り場で係員に訊いてまわっていたのだ。

天城の写真はないため、人相風体を伝えた上で確かめたが、十一時前にそのような人物に切符を売ったという者は誰もいなかった。

とはいえ、今は中央改札の切符売り場で訊ねただけだ。他の切符売り場にもあたってみる必要はあるだろう。そもそも定期券を持っているとか、短距離ならば自動券売機で買ったということも考えられる。とにかく確認しなければ。

自らに発破をかけながら、牧は連絡通路から高架ホームへ上がろうとした。ホームのさらに上、高架通路にある公園改札へ向かおうとしたのだ。

ちょうど、高架ホームからは同僚の島本が下りてくるところだった。

少し興奮した様子の島本が、近づいてくる。牧は言った。

「どうした」

「今、『抜きのタケ』の野郎を見かけた」

――なんだって。やはり、出所した後でまた上野駅に戻ってきたのか。

「さっそく、やられたか」

「いや。そこまでは現認できなかった。もっとも、仕事したなら列車から降りるはずだが、そのまま乗っていっちまったよ」

「どの列車だ」

「今さっき6番線から出た、『軽井沢2号』だ。軽井沢で優雅に休暇ってわけじゃねえだろうな。……いや、でも荷物は持っていなかったな」

「ふむ……。現行犯でない限り、捕まえることはできないからな。皆にも伝えて、警戒を強めるしかない」

そうだな、と頷いた島本と別れ、牧は再び公園改札を目指した。

歩きながら考える。

佐竹は、また天城をスリのグループに引き込んでいるのだろうか。しかし、天城はそこまで馬鹿な男には見えなかった。職業柄、人を見る目には自信がある。

ならば、偶然か？　それにしては。

牧は立ち止まった。

——まさか。

踵を返し、公安室へと走る。日銀へ問い合わせなければ——いや、鉄道管理局のほうが早いだろうか。

13：50

北関東の平野が、車窓を流れていく。進行方向には、雪を抱く峰々が見え始めた。耕平は、窓にもたれながらその景色を眺めていた。

大宮を出た後、車内は徐々に空いていき、今では四人掛けのボックスシートに一人だけだ。向かいの席に足を投げ出し座っている。古い客車の窓から入り込む隙間風が冷たく、米軍払い下げのコートは着たままだった。

さすがは鈍行列車だが、安く済んだのだから文句は言うまい。

最初に乗るつもりだった急行列車には、上野駅の様子を懐かしんでいろいろと寄り道したため間に合わなくなってしまった。少し慌てたものの、親切な駅員が教えてくれたこの鈍行で十分だ。

ふと、工場の仕事のことが頭をよぎる。たぶん大丈夫だろう。今日は一月三日。今年は曜日の並びがよく、正月休みは五日の日曜日までだ。それまでに戻ってくれば問題はない。戻ってこられるはずだ。

いったい、何をしているのだと自分が信じられなくなる。しかし、こうするしかないとも思っていた。

アパートに届いていた、あの手紙。レーテーという、聞き覚えのない差出人からの手紙を信じるならば、自分が取るべき手段はひとつだ。だからこそ、俺はこの汽車に乗っているのだ。

手紙には、切符と便箋が一枚ずつ入っていた。

切符は、今日の夜行列車のもの。便箋には、定規で引いたような文字で「1時17分　1号車」とだけ書かれていた。

手紙の消印は十二月二十七日付、下谷郵便局だった。下谷といえば上野の近くだ。もしかしたら、行方をくらました早紀子か志郎が出したものかもしれない。耕平はそう考えていた。この切符の列車に乗り、一時十七分に1号車へ来いという意味ではないかと。

ならば、その通りにするしかないだろう。そこに二人のどちらかが待っているのであれば、なんとしても話を聞かねばならない。どんな事情があるのかはわからないが、自分にできることなら何でもするつもりでいた。

それにしても、上野駅で遠目にあの鉄道公安官を見かけた時には慌てた。たしか、牧という公安官だ。ハンチング帽と、そこからはみ出した白髪でわかった。階段の上にいたが、あれだけの人混みだったのだし気づかれなかったはずだ。出発してからそれとなく観察した車内にも見当たらない。追いかけてきてはいないのだろう。

こんな不安に苛まれているのも上野駅の地下に寄り道したせいだが、地下通路の様子には本当に驚かされた。自分たちが暮らしていた後もあの通路を住処にしていた浮浪者が、すっかり一掃されていたのだ。

これもオリンピックのためか。東京の街は、とりあえず表向きの装いだけは綺麗に整えつつあるらしい。

ため息を一つつき、耕平はシートの背に身体を預けた。あらためて窓の外を見る。曇り空の隙間から、細い光が何本か斜めに射していた。近づいてきた踏切の警報音が、一瞬のちには音程を変えて遠ざかる。

いつの間にか、うとうとと眠ってしまった。

気づけばトンネルに入っており、ぼんやりしたまま二度寝して、再び目を開けた時もまだ車窓は暗かった。ずいぶんと長いトンネルだ。窓ガラスに、灯りに照らされた車内がぼうっと浮かび上がっている。まるでもう一つの列車が並走しているようにも見えた。

もう一人の自分も、そこには映っていた。俺はこんな顔をしていたかな、と窓の向こうを睨み返しているうちに、ふいにトンネルは終わった。

世界の色が、反転した。窓の外が、それまでの暗黒から瞬時に一面の白へと塗り替わったのだ。

国境の長いトンネルを抜けると、という小説の書き出しを思い出す。実際に読んだことはなくとも、そのくらいは知っている。

ああ、本当に雪国なんだな、と耕平は思った。

16：48

鉄道管理局へ問い合わせてから、もう三時間が過ぎている。

上野鉄道公安室で、じりじりしながら牧は電話を待っていた。

今の時点では、可能性があるとしかいえない。予想が外れていればそれに越したことはない。だが、最悪の事態も想定しなければ。

鹿島の転落事故に端を発した、一連の疑惑。

現場から失われていた鹿島の鞄は、なぜか浮浪者の西松が持っていた。鞄の中の書類からは、現金輸送車の資料だけが抜き取られていたおそれがある。

そして西松は、ヤクザの東梅会が背後にいる企業、仁風社の小野寺志郎という男と接点があった。鹿島が贔屓にしていたホステスの藤代早紀子に仕事を世話したのも、仁風社だ。

藤代の幼馴染み、天城耕平の存在もある。天城は、かつてスリの常習犯、『抜きのタケ』こと佐竹のスリグループに入っていた。嫌々手伝っていたようで、佐竹の身代わりに逮捕されたという事実はあるし、牧の勘では悪人とは思えぬものの、しかしその二人がともに今日、上野駅に現れたのだ。

もしも二人が過去のわだかまりを解いていたとしたら。さらには小野寺や藤代とも共謀し、現金輸送車の襲撃を企んでいるとしたら……。

佐竹が乗っていった列車は、わかっている。13時00分発の準急『軽井沢2号』、中軽井沢行きだ。

一方、天城については乗車した可能性のある列車が複数存在する。いずれも普通列車で、10時52分発の宇都宮行き、11時05分発の長岡行き、11時08分発の青森行き、11時16分発の日光行き。この四本である。

――佐竹と天城は、あえて別行動を取ったと考えられないだろうか？

そういえば、天城は荷物を一切持たない軽装だった。島本によれば、佐竹も荷物を持っていなかったという。二人がどこかで合流し、そこで犯行に及ぶつもりなら、実行はそう先のことではないかもしれない。

今日明日くらいの間に、彼らが合流して到達し得る地点。彼らの乗った列車をもとに推測すれば東北上越方面だろうが、そこを出発する現金輸送車が最も危ないということになる。

そのため牧は鉄道管理局に依頼し、この先一週間のうちに東北上越方面からの上り列車に連結される現金輸送車について、運行状況を確認していたのだ。

おそらく、襲撃するのなら上り列車だと牧はにらんでいた。

下り列車で輸送する現金は日銀の各支店へ配る新札なので連番だが、上り列車は古くなり回収する紙幣を運ぶため番号がばらばらという話を、以前に聞いたことがある。犯人がそれを知っていれば、盗んだ後のことを考えて上り列車を狙うはずだ。

それにしても、管理局からの電話は遅い。最初に連絡した際も、さんざん胡散臭げに対応され、公安室長を通じて正式な書面による依頼をかけたのだ。書面を連絡便に載せ、管理局へ送るまでに一時間を失った。その後も、こちらの依頼は組織の壁に何度もぶちあたっているのだろう。現金輸送車絡みなので警戒を厳重にするのは良いことではあるのだが……。

その時、電話が鳴った。庶務担当より先に受話器を持ち上げる。

「上野鉄道公安室」

『東京鉄道管理局です。牧公安班長より緊急照会のありました件で……』

「私が牧です」

『ああ、ご苦労様です。お問い合わせの件ですが……』

管理局の担当者によれば、一週間以内に東北上越方面から現金輸送車「マニ34」を連結してくる上り列車は、三本あるという。

まず、今夜の新潟23時00分発、上野行き夜行急行『天の川』。そして、明日の青森21時00分発、上野行き夜行急行『十和田』。さらに三日後には金沢19時00分発の夜行急行『黒部』にも連結されるということだった。

電話を切る間際、牧は訊いた。

「念のためにうかがいますが、これらの列車にマニ34を連結するのを、今から中止することはできないでしょうか」

『馬鹿言っちゃいけない。運行スケジュールはずっと前から決まってるんです。草加次郎の真似だか知らないが、いたずらの爆破予告電話がかかってくることだってあるんだ。その程度の不確実な情報のために、いちいち変更してられませんよ』

草加次郎とは、一昨年から相次いでいる爆破や脅迫事件の犯人である。予告をして犯行に及ぶものの、未だに捕まっていない。

管理局の担当者は少し苛立ったように、がちゃりと通話を切った。

——どこもかしこも、決まったことは動かせないか。

仕方がない。ならばこちらで最善を尽くすまでだ。

牧が受話器を戻す様子を見ていた室長は、何も言わなかった。口を出さずにいてくれれば、それでいい。牧は自席に戻ると、路線図を広げた。

佐竹が乗ったのは、中軽井沢行きの列車だ。そのまま信越本線、北陸本線を乗り継いでいけば、金沢である。三日後の金沢発『黒部』を狙うこともあり得なくはない。天城も、乗り換えれば三日のうちに余裕で金沢へ着けるだろう。

一方、天城のほうを軸に考えると、青森行きに乗っていれば明日の『十和田』という可能性もある。佐竹が中軽井沢行きに乗ったのはあくまで陽動であり、途中で青森へ方向を転じたのかもしれない。

あるいは、新潟へ向かい今夜の『天の川』か……。

牧は、列車が判明すれば自ら現場へ向かうつもりでいた。現金輸送車の同乗警備は元から鉄道公安室の領分であり、発駅を管轄する公安室所属の職員が乗務しているとはいえ、佐竹や天城の顔がわかるのは自分だけなのだ。

だが、今夜の『天の川』だとすればもう間に合わない。牧は壁の時計を見た。もうじき十七時だ。『天の川』が出発する二十三時までに新潟へ着ける列車は、16時50分発の特急『とき』が最後である。しかしつい今しがた、『とき』は出発してしまったはずだ。

牧は室長の席に行き、各地の鉄道公安室への連絡許可をもらうことにした。三本の列車に同乗する鉄道公安職員へ、警戒を厳重にさせるためだ。

室長は、意外にあっさりとそれを認めた。牧は新潟、青森、金沢の各鉄道公安室へ電話をかけつつ、時刻表を開いた。東北本線と高崎線・上越線・信越本線のページを、交互に何度もめくる。

受話器に向かい、相手先に警備の強化を依頼しながらも、誌面に並ぶいくつもの数字を必死で追いかけた。いったい、奴らはどれに乗っている。どこを目指している……。

その時、公安室の扉が勢いよく開いた。菊地が一目散に走り寄ってくる。

電話を切った牧に、興奮した様子の菊地は言った。

「念のためもう一度切符売り場を回ってきたら、山下口の係員が天城らしき客に切符を売っていました」

「山下口か」

地下通路に近い改札口である。牧も一度は訊きに行ったのだが、その際に席を外していた係員がいたようだ。

「どこ行きの切符だ」

「新潟です。その天城らしき男は、九時二十五分頃に慌ててやってきたそうです。09時30分発の急行『佐渡』に乗るつもりだったようですが、係員が親切で訊いてみると二十三時までに新潟に着けばいいということだったので、慌てなくとも11時05分発の鈍行に乗れば、長岡で乗り継いで20時04分には新潟に着けると教えてやったと言っていました」菊地は手帳を見ながら答えた。

「二十三時までに新潟……決まりだな。『天の川』か。その係員、急行券を買わせないのは国鉄職員としてなっとらんが、今回は殊勲賞だ」

それから牧は、同僚の島本に呼びかけた。

「明日のパトロール、代わってもらっていいか」

「何かつかんだのか」

「ああ。もしかすると、こいつが俺の最後のヤマになるかもしれん」

「最後とか言うなよ。俺たちの歳じゃあ、洒落にならん」

島本はそう笑いつつ、行ってこい、というように手の甲を振るそぶりをした。

「菊地、行けるか」

「元からそのつもりです。でも、『とき』はもう出てしまいましたよ」

「大丈夫だ。考えはある」

牧は、再び室長のところへ向かった。何か言われても、辞職覚悟で押し通すつもりだった。

「室長」

「聞こえていた」室長は、小さなため息をついた後で言った。「特別警備任務への専従を許可する」

その顔に面倒そうな色はない。

「あれも持っていけ。……気をつけて行くんだ」

室長は、部屋の最も奥にあるロッカーを目で示した。その中には、特別警備任務の場合のみ携帯を許可されるもの――38口径のコルト・オフィシャルポリス拳銃が仕舞われている。

22：38

昼間は止んでいた雪が、駅の構内を照らす水銀灯の下、再び舞い始めている。

耕平が長岡で乗り継いだ普通列車は、定刻の20時04分にこの新潟駅に到着した。それから駅前の食堂で遅い夕食を摂り、駅に戻ってきたところだ。つい先ほど通ってきたのと同じ線路を、逆方向へたどる列車に乗るためである。

まもなく列車が入線するというアナウンスがあり、雪の吹き込むホームには、大きな荷物を抱えた乗客の姿が徐々に増え始めていた。何時間も前から並んでいる列がないのは、全車指定の列車であるためだ。

耕平は数十分前からホームを往復していたが、早紀子や志郎は見つけられていない。そのうちに、鋭い汽笛が聞こえた。彼方でヘッドライトの光がきらめき、夜の闇に銀色の架線を浮かび上がらせる。ライトが近づいてくると、光線の中を雪が舞うのがよく見えた。甲高いモーター音を響かせるEF58電気機関車に牽引され、列車がホームへと滑り込んできた。

流線形をしたEF58は、早くも前面にうっすらと雪をまとっていた。運転席窓の庇からは、つららが垂れ下がっている。

機関車の後には、郵便車二両と荷物車三両が続いた。三両の荷物車のうち最も前方に連結された車両は、他の車両に比べると妙に窓が少ない。側面に白字で書かれた、『マニ34　2006』という車両形式が目に入ったが、耕平にはその意味するところはさっぱりわからなかった。

残り二両の荷物車の後に、客車が1号車から続いていく。列車はゆっくりとスピードを落としていき、耕平の前に最後尾の8号車が止まった。機関車や荷物車などを含めれば堂々十四両の長編成だ。

客車はいずれも、国鉄が「ぶどう色2号」と呼ぶ茶色に塗られている。窓下に淡い緑のラインがある1号車は一等寝台、2号車から7号車は二等寝台、8号車のみ座席の二等車である。

やがてアナウンスが再び流れ、乗客たちは扉を開けて乗り込み始めた。駅舎の待合室にいた乗客も次々にやってくる。その間、耕平はまたホームを行き来して早紀子たちの姿を捜したが、結局見つけることはできなかった。

あと数分で発車というところまで粘った後、やむなく7号車に乗り込んだ。「レーテー」から送られてきた切符には、7号車311番寝台と指定されている。

二等寝台車の車内は、上野への進行方向右側寄りを通路が貫き、その左側に、線路の枕木に平行して寝る形で三段式寝台があった。寝台は向かい合わせになっており、ひとつの区画で定員六人。区画ごとの扉はない開放式だ。それが一両に九区画、まるで蚕棚（かいこだな）のように並んでいる。

311番は、車両の真ん中あたりの区画に入って右側、上段の寝台だった。いったん寝台に入ることにする。窓際に取りつけられた梯子を登り、身体をひねるようにして潜り込んだ。

シーツはなく、枕と毛布が置かれている。寝台の幅は五十センチほどで、通勤電車のシートと同じくらいだ。天地方向の余裕はおよそ六十センチ。うつ伏せの体勢から、転落防止用の紐に摑まりながら苦労して寝返りを打つと、すぐ目の前に天井が迫っていた。

首を横に向けると、向かいの上段寝台で窮屈そうに荷物を整理している客と目が合った。手荷物一つ持たない耕平のことを、少し不思議に思っているようだ。

他の寝台では、早々にカーテンを閉めて眠る態勢に入った人もいる。

車内放送が流れてきた。

『ご乗車ありがとうございます。この列車は急行「天の川」上野行き、発車時刻は二十三時ちょうどですが、本日大雪のため、若干の遅れが見込まれます……』

――どうする。時間まで、このままここで待っているか。

レーテーからの、「1時17分　1号車」という手紙。

その時間、1号車に行けば早紀子か志郎と会えるのだろうか。

あるいは、これは何かの罠(わな)なのかもしれない。だが、そうだとしても構わない。今さらもう、自分には失うものなど何もないのだ。

ホームの発車ベルが鳴り響いた。

腕のセイコーを見る。針は、二十三時を回っていた。

指定の時間を待たずに、この列車のどこかにいるはずの相手を見つけられないかと思っていたが仕方がない。

機関車の汽笛が聞こえ、連結器のがちゃがちゃという音とともに、前方から衝撃が伝わってきた。客車が引っ張られ、動き出す感覚。

寝台から顔を出して覗き込めば、窓の向こうのホームが流れていく。

信号機の青い光が過ぎ去ると、街灯に照らされ、降りしきる大粒の雪が見えた。

二十三時五分、定刻より五分遅れ。

白い夜の中、急行７０２列車『天の川』は、三百三十キロ彼方の上野駅へ向け旅路をたどり始めた。

23：10

都会の喧騒と光は既に遠ざかり、列車の周囲には濃密な闇が広がりつつあった。

最上たちを乗せた自衛隊の臨時貨物列車は横浜ノース・ドックを出発した後、鶴見駅で機関車を付け替え、東海道本線の貨物線である品鶴線、そして山手貨物線、東北本線を経由し、大宮から高崎線を北上していた。

ダイヤはあらかじめ石原により国鉄と調整済みのものが指示されている。人目を避けるように都心部を一気に走り抜け、その後は定期旅客列車や貨物列車の合間を縫い、ところどころで長時間の通過待ちをしながらの運行だった。

ＥＤ29電気機関車は運転している長谷川二曹の心配をよそに、今のところは問題なく三両の貨車を従え走っている。

夜の北関東を吹く風は、次第に強まっていた。三国山脈の向こう、新潟県側は大雪という話だ。

最上が心配しているのは、高崎から先の上越線で、新潟の大雪の影響を受けて列車が遅れつつあるという情報だった。駅に停車する度に確認しており、現時点での上越線各列車の遅れは最大で十分ほどと聞いている。

これから列車は上越線に入り、清水トンネルへ向かうことになっていた。

昭和六年に開通した清水トンネルは、谷川岳の下をくぐって群馬と新潟をつなぐ鉄道トンネルである。自動車では国道十七号線で三国峠を越えていく必要があるため、現在のところ清水トンネルは東京と新潟を結ぶ交通の最短・最速ルートだ。

オリンピックを契機に日本中で進められている公共工事の一環で、上越線の複線化工事は一部に未成区間を残しつつ沼田駅まで進捗しているが、その先の清水トンネルを含む区間は単線となる。清水トンネルは単線の長大トンネルゆえに、内部にはすれ違い設備の「茂倉信号場」が存在した。

そこが、この臨時貨物列車の目的地であった。

蒸気機関車ではなく電気機関車のＥＤ29を防衛庁がわざわざ調達したのは、今回の任務においてトンネルの中に長時間停車し、貨車を切り離すなどの作業を行うためだったのだ。

到着は、深夜三時過ぎの予定である。

日中は茂倉信号場のすれ違い設備を使う列車も多い。信号場内の待避線に長時間停車して作業するのであれば、列車数が少なくなる深夜の到着とせざるを得なかったのだ。それに、機密扱いという事情もある。

強風をついて疾走する貨物列車の最後尾、ヨ２１００車掌車の暖房のない車内では、最上と石原、そして米軍のスレイトン大尉以下四名が黙りこくったまま時を過ごしていた。

震えるほどの寒さの中でも、レールの継ぎ目を車輪が越える時に奏でるジョイント音と、規則正しく揺れる裸電球の明かりは、眠気を誘う効果があった。初めのうちは雑談を交わしていた米兵たちも、今ではうつらうつらと瞼を閉じかけている。

最上も睡魔がそこまで来ていることを察し、立ち上がると車両後部のデッキへ通じる扉を開けた。

吹きさらしのデッキに踏み出す。頬を打つ冷たい風が防寒着の襟元に入り込み、目を覚まさせてくれた。扉を開けたことで、米兵が何か文句を言い始めている。閉めようとすると、石原も外へ出てきた。

「これは眠気に効くな」

コートの襟に顔の下半分を埋めるようにして、石原は言った。

「たしかに」

最上は石原と並んで、しばし周囲の様子を眺めた。

街の灯りはもう見えず、進行方向に目を向ければ、くろぐろとした山の影が遠くにあった。稜線（りょうせん）より上には重たげな雲がかかっている。後方では河のようにうねるレールが、流れ去る先で闇に呑み込まれていた。

ふと、満州のことを思い出した。哈爾浜から大連へ向かった、臨時列車。あの時も、最後尾の車掌車から遠ざかる線路を眺めていたものだ。二度と引き返すことのない線路を。

「思い出すな」

最上の言葉に頷いた石原はしばらく黙り込んでいたが、ふいに口を開いた。

「そろそろ、伝えてもいい頃合いだ」

「何をだ」

「知りたがっていただろう。積荷のことを」

「いいのか」

「機密といっても、この列車の指揮を執っている以上は貴様も知っておく必要があるだろう。俺の責任で伝えることにする」

「後で面倒にならないか」

「それは、貴様が気にすべきところじゃない。貨車の搬入先のことまでは、知っているな」

「ああ」

　終戦間際、帝国陸軍は本土決戦に備え清水トンネル内に司令部設備を建設しかけていたという。茂倉信号場の待避線からさらに分岐したトンネルが掘られ、線路が敷かれたのだ。現在も機密扱いになっているその引き込み線の入口を塞いだ板をはがし、米軍の貨車を搬入する。最上が知らされているのは、そこまでだった。

　石原は車内へ通じる扉へちらりと目を遣った後、その続きを話し始めた。

「あの貨車の中身は、米軍の戦闘指揮用電子計算機だ。茂倉信号場の引き込み線を、秘密の日米共同指揮所として利用する計画なんだ」

「なんでまた、そんなところにそんなものを」

　最上が問うと、石原は「緊急対処計画Ｑ４号。知っているか」と逆に訊いてきた。

「……噂程度には」

『Ｑ』号は日本本土武力侵攻に対処するための日米共同防衛計画で、閲覧資格があるのは、防衛庁本庁の、ある程度のクラス以上の者だけだ。相手の国や、侵攻される地域により複数の計画が存在するが、Ｑ４号はソ連軍による新潟着上陸を想定したものだ」

「北海道ではなく？」

「それは別の計画がある。あらゆる可能性を想定するのが我々の仕事だ。たしかに領土的野心をもっての北海道侵攻というシナリオは最もあり得るケースだが、敵の狙いが日本の政治経済体制そのものの制圧であり、短期決戦を企図した場合、新潟という線は捨てきれない」

「東京を狙うため、全戦力を一気に新潟へ揚げるということか」

「そうだ。それを想定したＱ４号計画では、ある程度の戦力に上陸されるのは防ぎきれないとしている。しかし、敵軍はなんとしても越後(えちご)平野内にとどめ、三国山脈を越えての関東侵攻だけは絶対に阻止しなければならない」

「我が方の現有戦力で可能かな。陸自の戦力は北海道にかなり集中している。事前に兆候があればともかく、奇襲上陸を許した場合、東部方面隊の部隊だけでは足りないぞ。北海道から部隊を移動させようにも、そんな事態になれば簡単にはいかないだろう。米軍の増援を頼るしかない」

「そこだよ。だが、新潟方面にそもそも米軍の駐屯地はない。だから関東に駐留している米軍、あるいはアメリカ本土から横須賀や横田に到着する米軍を少しでも早く、三国山脈を越えてスムースに前線へ投入する必要がある。そのために、清水トンネル内に前線指揮所をあらかじめ設営しておくという話が出てきたわけだ。さらに、米軍からは開発中の電子計算機のテストをしたいという要望があった」

「なるほど……。それにしても、公表されていない施設に、秘密指揮所を設置ときたか。俺の知らないところに、まだどれだけ秘密があるんだか」最上は皮肉めかして言った。

「俺たちの仕事に、秘密はつきものだろう？　それに、安保反対の声が大きい昨今は、米軍施設を公に増やすのはいろいろと難しい。とはいえ一昨年のキューバ危機の例もあって、日本政府としては備えるところは備えておきたい、やむなしという判断のようだ」

「それはわからなくもないが……」

最上が言うと、石原は答えた。

「冷戦は、いつ本物の戦争になってもおかしくないんだ。東西ドイツの国境では、NATOとワルシャワ条約機構がお互いに原水爆を抱えてにらみ合っている。ほんの少しのきっかけで、ヨーロッパには、いくつも地上の太陽ができることになる」

太陽という言葉に、最上はなぜか満州のあの夕日を思い出した。

石原も同じことを思ったのだろう。「そんな夕日、見たくはないがね」と呟いた。

「当たり前だ」

「だが、その日は来るかもしれない。ヨーロッパだけではなく……」

何かを言いかけた石原の真意は、よくわからないままになってしまった。訊き返そうとしたところで、車内のスレイトン大尉が最上を呼ぶ声が聞こえたからだ。

「少佐殿を呼びつける大尉か。占領軍気分が抜けないらしいな」石原が苦笑する。

「敗戦国の軍隊の宿命さ」

最上は言った。スレイトン大尉は、初対面の印象通りの米軍人ということらしい。

「それでよしとする風潮に問題がある……」

石原の言葉には答えず、最上は車内に戻った。スレイトン大尉が、「呼びつけて申し訳ない」と一応断った後で、遅延状況について確認してくる。

次の駅に停まるまでこちらとしても知りようがないのだが、と困りつつも最上が説明している間に、列車はスピードを緩め始めた。

熊谷（くまがや）駅に到着するようだ。

一月四日　土曜日
00:04

白い絨毯(じゅうたん)の下に埋もれた越後平野を、急行『天の川』は氷雪を撥ね飛ばしつつ驀進(ばくしん)していた。

新潟を発車して一時間ほど。日付が変わり、乗客の話し声もだんだんと減ってきた車内で、耕平は通路の窓下にある暖房機カバーの出っ張りに腰掛けていた。狭い通路には、棚に入りきらない荷物がいくつも置かれ、さらに狭くなっている。

さすがにこの時期だけあって車内はほぼ満席だが、カーテンが開いたままで客のいない寝台もごく少数見受けられた。

発車直後、耕平はもう一度早紀子たちを捜して1号車から8号車まですべての客車を回った。しかし、早紀子たちの姿を見つけることはやはりできなかった。違う車両にいるところを同じ車掌に何度か見られ、訝しげな目を向けられたので、耕平は自分の寝台がある7号車に戻ってきていた。

とはいえ上段の寝台に入るとまた下りてくるのが面倒だし、向かいの寝台からの視線も気になるため、通路に出ているのだった。

座っている尻のあたりが、暖房でだんだん熱くなってきた。耕平は立ち上がると結露した窓を手で拭い、流れる景色に視線を向けた。

手紙に書かれていた一時十七分を待つしかないか、と思う。あまり目立つ行動を取っていては、今度こそ車掌に何か声をかけられそうだ。牧はさすがに追いかけてこなかったようだが、他の鉄道公安官の存在にも注意しなければいけない。

そのうちに、嫌な想像が浮かんできた。もしかしたら早紀子たちは既に公安官に捕らえられており、だからこそ捜しても見つからないのではないか——。

耕平の心配とは無関係に『天の川』は快調な走行音を響かせていたが、やがて軽い衝撃があり、スピードが落ちる気配が感じられた。次の停車駅のようだ。

車内放送が流れた。

『まもなく東三条に停車します。当列車は現在、約十五分の遅れで運行しております……』

がたがたとポイントを渡る振動が伝わってきた。列車が、駅の構内へ進入していく。夜空を舞う雪が、水銀灯の明かりでよく見えた。新潟駅で見た時よりも雪の量は増えているような気がする。

ホームの明かりが眩しく、目を細めた。「ひがしさんじょう」という駅名標が窓の向こうを通り過ぎる。

この駅から乗り込んでくる人たちの姿が見えた。それほど多くはない。各号車の乗車位置に並んでいる。

次の瞬間、耕平はとっさに顔を背けた。

見覚えのある顔を、そこに認めたからだ。

ハンチング帽と若手——牧と菊地といったか。例の、二人組の鉄道公安官だ。

なぜここにいるんだ。なぜここから乗ってくる。

耕平は平静を装いつつも急いで自分の寝台に上り、カーテンを閉めた。読書灯はつけない。カーテンの隙間から車内の明かりが入ってくる。薄暗く狭い寝台で横になり、考えた。

やはり上野駅で気づかれていたのだ。

——そうか、切符売り場か。あの駅員と、必要以上に話をしてしまったからかもしれない。駅員に俺の人相を伝えて訊けば、俺が新潟行きの切符を買ったことはわかるだろう。それにしても、俺がこの『天の川』に乗っていることはどうしてわかったのか……。

だが、鉄道公安官たちにとって本当に用があるのは、俺ではないはずだ。早紀子と、志郎。もしかして二人を捜すために、俺を追ってきたのか？　そうであれば俺の不注意で公安官たちを呼び込んでしまったことになる。

なんとしても、彼らより先に早紀子と志郎を見つけなければ——。

00：09

「やっと来ましたね」

近づいてくるヘッドライトを見て、牧の隣で菊地が言った。それから菊地は両手に息を吹きかけ、すり合わせた。身体を小刻みに揺らしている。

深夜、それも大雪の降る中、ホームで待つのはなかなか厳しいものだ。

牧も少しほっとした気分で、東三条駅のホームに入線してくる列車を見つめた。先頭に立つEF58電気機関車の前面は、べったりと貼りついた雪のため、車体の茶色がほとんど見えなくなっている。

上野行き夜行急行『天の川』。

この列車に天城と佐竹は乗っているはずだと、牧は確信していた。

菊地が切符売り場の係員から聞いてきた結果、天城は新潟へ向かったらしいことがわかった。

そして佐竹が乗ったという中軽井沢行き準急『軽井沢2号』は、準急『みくに』を併結している。高崎で分割された『みくに』は上越線に入って水上(みなかみ)へ向かい、そこから普通列車を乗り継げば22時43分には新潟に着くのである。

となれば、狙われる可能性が高いのは今日の新潟発上野行き『天の川』に連結されている現金輸送車だ。天城や佐竹の顔がわかっている自分が実際に乗り込み、事前に捕らえるのが一番確実である。

だが、新潟発23時00分の『天の川』に余裕をもって乗車するためには、上野発16時50分の新潟行き特急『とき』に乗らねばならない。菊地が係員の話を聞いて戻ってきた時点で、もはや間に合わなかった。

そこで、牧と菊地は17時50分発の新潟行き急行『ゆきぐに』に乗り込んだ。新潟より手前の東三条駅で降りれば、やってくる『天の川』を待ち受けられるのだ。

大雪でダイヤは乱れつつあったが、無事『天の川』に間に合った。

これからが本番だ。

牧は、ホームにいる乗客たちに鋭い視線を向けた。

怪しい人物は見当たらない。

目の前を、『天の川』の編成がゆっくりとホームに入ってくる。

機関車に続いて、まず二両の郵便車。そして、三両の荷物車。通常なら荷物車二両の次に郵便車が一両のところ、今夜の編成は異なっていた。郵便車が増結されているのは、年末年始で郵便の取り扱い量が増えているためか。煌々と明かりを灯した郵便車の中では、同乗する郵便局員が郵便物の仕分けに追われているはずだ。

郵便車と荷物車の連結順が普段と逆になっているのは、増結にあわせて編成を組み替えたためだろう。編成の組み替え順はあらかじめ決められ、郵便車を所有する郵政省の担当部署へも連絡されている。

国鉄所有ではない車両は、今夜の編成にもう一種類増結されていた。二両の郵便車の次に現れた、窓の極端に少ない荷物車だ。『マニ34　2006』という車両形式の表記が牧たちの目の前を横切っていった。

日本に六両しか存在しない現金輸送車、マニ34である。

残り二両の荷物車に続き、客車がやってくる頃には、列車はさらにスピードを落としていた。客車の1号車から順に目の前を通り過ぎる。各車両の窓は結露していて車内は見えづらかったが、ところどころの窓には、露を手で拭き外を覗いている乗客の姿もあった。

6号車、7号車と過ぎていく。それまで外を見ていたらしい人影が、窓から離れていくのが見えた。

やがて、最後尾の8号車が牧たちの前で停車した。座席車の8号車にこの駅から乗り込む人は、他にいないようだ。

「行くぞ」

「はい」

牧と菊地は、扉を開けて『天の川』の車内に踏み込んだ。

00：53

東三条駅を出発してしばらくした後、乗客が眠れるように車内の照明は減光された。蛍光灯は消え、白熱灯だけがぽつりぽつりと点いている。

耕平は寝台のカーテンを少しだけ開け、隙間から外をうかがった。

通路を歩く人の気配はない。同じ区画の寝台もすべてカーテンは閉められ、寝息が聞こえている。

走行音と、床下発電機の唸る音、そしてどこかの寝台でハンガーが壁に当たるコツコツという音。それらが、揺れ続ける車内に混然となって響いていた。

踏切の音が近づいてくると、続けて小さな駅を通過するのが見えた。曇った窓から駅名標の文字は読み取れない。ただ、流れ去る駅の灯りが、薄暗い車内を一瞬だけほんのり明るく照らした。

耕平が横になっているのは、6号車の218番寝台。三段式寝台の、中段である。

切符に指定されていた、最初に乗り込んだ寝台とは別の場所だ。

7号車にいた耕平は、東三条駅で鉄道公安官たちが乗車してくるのを見た後、すぐに自分の寝台に潜り込んで考えた。

このまま、この寝台にいて大丈夫だろうか。公安官たちが捜しているのは早紀子と志郎だとしても、自分を追ってきたのなら寝台の番号も知られているかもしれない。鉄道公安官がホームに立っていた位置から考えると、最後尾の8号車に乗り込んできたはずだ。すぐにやってくるのではないか。

耕平は、決断した。7号車の自分の寝台をそっと抜け出してカーテンを閉めると、8号車とは反対側の前方車両へ向かい、空いている寝台を探したのだ。いくつか空いている寝台があるのは、先に車内を往復した時にわかっていた。

7号車の他の寝台は埋まっていたが、6号車でこの寝台を見つけ、何食わぬ顔で潜り込んだ。もし本来の乗客が現れたら、間違えたとでも言い訳すればいい。

寝台に腹ばいになったまま、カーテンの隙間から通路をじっと見守っていると、後方車両の側から予想していた顔が現れた。牧と菊地という、二人の鉄道公安官だ。一つずつの寝台について、さすがにカーテンを開けることまではしないものの、順に様子をうかがいながら歩いてきた。

とっさにカーテンの隙間を閉めそうになったが、我慢した。かえって怪しまれてしまう。鋭い眼差しと一瞬目が合った気がして身体をすくませたが、気のせいだったようだ。彼らは通り過ぎていった。

しかし安心はできない。先頭車両まで行けば、また戻ってくるだろう。耕平は引き続き、寝台の中から外を見張り続けた。何人か、トイレに行くらしい乗客が行き来した。三十分ほどすると、やはり先頭車両の側から鉄道公安官たちは歩いてきた。先ほどと同様、車内に目を光らせている。

彼らの姿がようやく隣の7号車側へ消えると、耕平はそっとため息をついた。

そうして、さらに十分ほどを同じ姿勢のまま過ごしていたのだった。

腕が痛くなってきて、静かに寝返りを打つ。

目の前に上段寝台が迫っていた。列車の振動が伝わる度、腕がじんじんと痺れる。神経もひどく疲れていた。

ここでカーテンを閉めて寝台に閉じこもっていれば、少なくとも面倒には巻き込まれずに済むのではと考えてしまう。

でも、俺は何のためにわざわざこの汽車に乗ったんだ。

腕時計を見る。

手紙に書かれていた一時十七分まで、あと二十分と少し。

## 01：04

「つまり、この列車が連結しているマニ車が狙われているかもしれないとおっしゃるわけですか」

専務車掌はそう言うと、牧と菊地の前で腕を組んで唸った。

列車の最後尾、8号車の狭い車掌室。小さな窓の向こうを、無数の雪片が吹き流れていく。

牧と菊地は、東三条駅で急行『天の川』に乗り込むと、すぐに車内を往復した。早く見て回らないと、寝台車の乗客たちはカーテンを閉めて眠ってしまうからだ。さすがに何ごとも起きていないこの段階では、一つずつ寝台のカーテンを開けて確かめるわけにもいかない。

だが既に眠りについていた乗客も多く、結局は天城も佐竹も見つけられなかった。

藤代早紀子や小野寺志郎らしき人物も見当たらない。

そこで対策を講じるため、二人はいったん8号車に戻ると、専務車掌に事情を説明したのだ。

マニ34現金輸送車に同乗する公安職員には、管轄の鉄道公安室を通し警備の強化を事前に依頼していたものの、その情報は車掌までは伝わっていなかった。

「他の車掌に、この話は？」専務車掌が訊いてきた。

「いいえ。ひと回りしてくる間に、二人の車掌とすれ違いましたが、まだ何も」

専務車掌によれば、この列車にはチーフの役割を担っている自分を含め四人の車掌が乗り込んでおり、それぞれ別の車両にある車掌室を拠点にしているという。

「私としては、お休みになっているお客さんを起こすようなことは避けたい。他の車掌を全員集めた上で、あなた方の捜している相手らしい人物が乗っていたかどうか、確認しますか？」

「時間がかかりますか」

「そうですね……。ある程度は」

その回答を聞いて、牧は考えた。

あまり悠長にしてはいられない。こうしている間にも、現金輸送車が襲われる可能性があるのだ。

「牧さん、いっそマニで待ち伏せたほうが」菊地が言った。

「ああ。俺も、それを考えていた」

01:08

急行『天の川』の車内に並ぶ三段式寝台は、ほとんどのカーテンが閉じられている。多くの寝台からは寝息が聞こえていた。

曇った窓越しに見える雪が、勢いを増している。それに合わせ、列車のスピードは心持ち遅くなっているような気がした。

窓の外の風景とは裏腹に、暖房が効き乾燥した車内の通路を、耕平は周囲に神経を張り巡らせながら歩いていた。あちこちに荷物が置かれている上、車両は常に揺れ続けており、ひどく歩きづらい。

「1時17分　1号車」とだけ書かれていた手紙。

それを信じ、耕平は潜り込んでいた6号車の寝台を離れると、再び車内を1号車へ向かって歩き出したのだ。

鉄道公安官たちには注意しなければならないが、少なくとも今は自分よりも後方の車両、7号車か8号車にいるはずだ。万一また彼らの気配がしたら、空き寝台なりトイレなりに入ってやり過ごすつもりだった。

そもそも耕平自身は、何ひとつ悪いことはしていない。仮に彼らに見つかったとしても捕まる理由はないが、少なくとも一時十七分まで面倒は避けなければ。

その時間に、1号車で誰かが待っているのか。おそらく、それは早紀子か志郎だろうと耕平は思っていた。

とにかく、鉄道公安官たちには見つからないようにしつつ、行ってみるしかない。順に車両を進んできて、今は3号車から2号車に移ったところ、トイレと洗面所がある区画だ。乗降するためのデッキは、1号車寄りにある。この10系と呼ばれる型の寝台車は、デッキが車両の一方にしかないのだ。

また列車がスピードを落とすのが感じられた。次の停車駅だ。

2号車の客室に入る扉を開けると、列車は駅の構内に進入していくところだった。結露した上に雪もこびりつき始めた窓ガラス越しに、かろうじてプラットホームの時計が見える。針は、一時十分を回っていた。

駅名標の文字は、「おぢや」と読めた。『天の川』は、小千谷(おぢや)駅に到着していた。

ホームに、動く人影があった。この時間でも乗ってくる人はいるのだ。

この2号車の前のほうにあるデッキから乗車するようだ。曇ったガラスのせいで、その乗客の顔まではよく見えない。

汽笛が鳴り、機関車が客車を牽き始める衝撃が伝わってきた。列車が動き出す。

耕平は再び揺れ始めた車内を、ゆっくりと移動していった。先ほど小千谷駅で2号車のデッキから乗り込んできた人物は、この客室には入ってこなかったらしい。隣の

1号車に行ったのだろうか。

2号車のデッキに出た。誰もいない。貫通路を通って1号車へ渡る。1号車は一等寝台車だが、二等寝台車と同じように、2号車寄りの車端部にはトイレと洗面所がある。トイレの扉横には、「空き」の表示が出ていた。

トイレの区画から、扉を開けて客室内に入った。

一等の客室内は、二等とは大きく異なっていた。車体の中央を貫く通路の両側に、線路に平行して寝る形で二段式寝台が並んでいる。ほとんどの寝台のカーテンは閉じられており、壁に挟まれているような圧迫感があった。

客室に入ったちょうどその時、通路の前のほうで寝台のカーテンが閉められるのが見えた。先ほど、小千谷駅で2号車のデッキに乗り込んできた客かもしれない。

まだカーテンが開いているのは、車内中ほどにある下段寝台一つだけだった。

耕平は、腕時計に目を遣った。いつの間にか、一時十七分を過ぎている。

だが、1号車の車内通路には誰の姿もなかった。

念のため、揺れる通路を進んで1号車の前部にあるデッキに出てみた。走行音の響くデッキには、やはり誰もいない。

耕平はその後も1号車の通路を往復しながら五分ほど待ったが、何も起きることはなかった。

01：23

列車が停まると、最上はヨ2100車掌車のデッキへの扉を開けた。

冷気が、すっと忍び込んでくる。肌を刺すような、痛みを覚える冷たさだ。おそらく気温は零度を下回っているだろう。

足を踏み出し、先にデッキへ出ていた石原と並んだ。周囲の様子を眺める。

上越線、沼田駅。

自衛隊の臨時貨物列車はさらに北へ進んでいた。標高も高くなっている。

夜空には粉雪が舞い、線路や駅舎は白く雪化粧をしていた。デッキの乗降口から頭を出して列車の前方を見れば、ED29電気機関車のボンネットには盛大に湯気が立ち昇り、まるで蒸気機関車のようだ。

ここでまた長時間停車し、この先の単線区間をやってくる上り貨物列車を待つことになる。目的地の清水トンネルまでは、あと少しだ。

トンネル内の茂倉信号場では、少々複雑な作業をする予定になっていた。すれ違いのために設けられている待避線の新潟寄りにポイントがあり、そこからさらに線路が分岐しているという。石原の言っていた、機密の引き込み線だ。

貨物列車は新潟へ向かう形で待避線に入った後、機関車、米軍の貨車、車掌車のそれぞれを切り離す。そして機関車をポイントの先、邪魔にならない位置へ移動させ、偽装を解いた引き込み線へと米軍の貨車二両が自走していく。

それから引き込み線にあらためて偽装を施し、機関車は残された車掌車だけを連結して帰途につくという計画だった。

この沼田駅でも、上越線の遅延状況を確認しておく必要がある。駅員のところには、石原が行ってきてくれるという。

「本庁にも連絡を入れることになっているからな」

石原はヨ２１００車掌車から降り、駅舎のほうへ歩いていった。線路際にうっすらと積もった雪に、革靴の足跡がつけられていく。

しばらくして、新潟方面にヘッドライトの灯りが見えた。すれ違う予定の上り貨物列車だ。列車は、轟音(ごうおん)とともに本線を通過していった。本来の通過予定時刻より二十分ほどの遅延である。清水トンネルの向こう、新潟側の雪は次第にひどくなっているらしい。

それでもダイヤによれば、これから当分の間は単線区間を走行してくる列車はなかった。出発して問題はないだろう。大きな遅れもなく、目的地に到着できそうだ。

最上が安堵していると、駅舎から戻ってきた石原は意外なことを言った。

「予定を変更する。もう少しこの沼田駅で待機だ」

「どういうことだ？　上りの貨物列車は、ついさっき通り過ぎていったぞ。二十分の遅延だが、今ならこちらも出発して問題ないはずだ。茂倉信号場の待避線に入るまで、対向列車が来ることはない」

「状況が変わった。とにかく待機だ」

「状況？　何のことだ」

「……機密だ」

「またそれか。しかし、ダイヤを勝手に変えるわけにもいかないぞ。俺たちの後ろに続いている貨物列車のこともあるだろう」

「大丈夫だ。そもそも、ダイヤを国鉄と調整したのは俺だ」

「それはそうだが……」

「後続の列車には、場合によっては追い抜いてもらう。それに、これからしばらくは茂倉信号場の待避線を利用する列車はないんだ。この先の単線区間の状況を見て、対向列車が来ない間に茂倉信号場まで行けばいい。俺は、スレイトン大尉たちに説明する。貴様は機関士に伝えてきてくれるか」

いささか不可解ではあるものの、本庁の指示ということならやむを得ない。最上はヨ2100のデッキから線路に降りると、機関車のほうへ歩いていった。

ED29電気機関車の車体は、横から見て凸型をしている。一般的な箱型の機関車では、運転席は前部と後部の両方に設けられているが、ED29の運転席は凸型の車体中央に一つだけだ。その運転席で前進と後退の両方をこなすため、運転台は進行方向に横を向いて取りつけられていた。機関士も横向きに座り、首を進行方向へ回して運転するのだ。

運転席では、長谷川二曹が退屈そうに線路の向こうを眺めていた。運転席脇のステップを上っていった最上に気づくと、慌てて姿勢を正し敬礼を送ってくる。

「ああ、気にするな」

最上はそう言いつつ運転席の扉を開け、待機になる旨を伝えた。

長谷川の表情が曇る。

「よくわかりませんね。命令とあれば仕方がないですが……。ただ、コイツのご機嫌がちょっと心配です」

「ここまでは問題なく走ってきましたが、何せ戦時中の簡易設計ですから、ろくな耐寒耐雪装備もついていません。この寒さと雪の中で、あんまり長時間の待機はお勧めできませんね。故障が心配です」長谷川は運転台を片手で軽く叩いた。

最上もそれには同意だが、待機指示は覆せそうにない。

「心配はわかる。すまんが、できるだけ凍結対策を講じておいてくれ」

仕方がありませんねと長谷川は言い、窓の外を見た。最上もその視線を追う。粉雪はいつしか、大きなぼた雪に変わっていた。線路も駅舎も、あっという間に白く染まっていく。

最上は、一年前のことを思い出した。

今では「三八豪雪」と呼ばれている、昭和三十七年十二月から三十八年二月にかけて北陸地方を中心に降った大雪。不通になった鉄道を復旧するため第一〇一建設隊にも災害派遣命令が下り、最上や長谷川も動員された。何日も雪と格闘した記憶がよみがえる。

その思い出話を少しだけ長谷川と交わした後、最上は機関車から降りた。最後尾の車掌車へ向かって歩きながら、雪がさらにひどくなった場合のことを考える。

ヨ2100車掌車に戻ると、スレイトン大尉たちへの説明はもう済ませたのか、石原はデッキに立っていた。最上は、道々考えていた話をした。

「なあ、また大雪で上越線が不通になるようなことがあれば、現場に一番近いのは俺たちだ。場合によっては救援に向かうことも想定したほうがいいかもしれん」

「いや……。それは駄目だ」

「なぜだ。たしかに命令が出ない限り災害派遣はできないが、態勢を整えておいてもいいだろう」

「わかってくれ。任務が最優先だ。それ以外の行動は認められない」

石原は硬い表情で答えた。

最上は、満州で子どもたちを貨車に乗せた時のことを思い出し、貴様は変わったな、と言いかけて結局やめた。扉を開け、車内に戻る。

「寒い。早くドアを」

スレイトン大尉に咎められ、すぐに扉を閉めた。石原は、まだ車内に戻るつもりはないらしい。

スレイトン大尉の片手には、湯気を立てるカップがあった。

「それは？」

「ミスター・イシハラが持ってきたコーヒーです。差し入れだとか」

スレイトン大尉は、床に置かれたトレイを指さした。小さなポットが載っている。カップが一つだけ残っていた。

気づけば、米兵は皆カップを手にしている。

——米軍にはずいぶんとサービスのいいことだ。

「ちょっと甘いが、温かいのはありがたい。あなたも飲みますか」

最上は頷いて、カップを手に取った。

スレイトン大尉がコーヒーを注いでくれたが、途中でポットの中身はなくなってしまった。

これだけで結構と、最上はカップに半分ほどしかないコーヒーに口をつけた。

01：25

――あの手紙は、なんだったのだろうか。

耕平は、動くもののない一等寝台車の通路で首をひねった。

一時十七分、指定された1号車に、たしかに自分はいた。しかし、それから十分近く経ったのに何ごとも起きていない。

もう少し待つべきか。だが長時間うろうろしているところを車掌に見つかれば、面倒なことになる。窓の外を見ていたなどという言い訳はできない。一等寝台車の通路から、外の景色は見えないのだ。

迷っていると突然、車両の前方でカーテンが開いた。

浴衣を着た中年の男性が通路に出てくる。スリッパのぺたぺたという音をさせながら、耕平のほうへ近づいてきた。さりげなく顔を見たが、知らない人物だ。男は耕平に声をかけてくるわけでもなく、むしろ不審そうな目を向けつつ歩き去っていった。

単に、無関係な乗客だったようだ。おそらくトイレにでも行ったのだろう。

今の客が戻ってきた時、まだここにいてはますます怪しまれる。

耕平は一瞬で決断し、車内の中ほどで唯一空いていた下段寝台にするりと入り込んだ。カーテンをさっと閉め、読書灯をつける。

とりあえずは、この寝台の客を装うとしよう。さっきの男は、戻ってきた時にここのカーテンが閉まっていることに気づくだろうか。だが妙に思ったとしても、わざわざカーテンを開けて確かめはしないだろう。

さて、これからどうすべきか。

耕平は、潜り込んだ一等寝台の中を確認した。

一等寝台は、二等に比べればかなり広い。寝台にはシーツも敷かれ、足元には浴衣が置かれていた。

シーツに皺（しわ）をつけぬよう注意しながら、軽く伸びをする。

やがて、先ほどの客がトイレから戻ってくる気配がした。それからしばらくすると、また別の寝台から、出入りするごそごそという音が聞こえてきた。

周囲の音に気を配りつつ、耕平は考え続けた。

誰とも会えず、何も起こらなかったのだから、1号車からは引き揚げるべきか。やはり、何かの罠という可能性もある。それに車掌が見回りに来れば、空席のはずの寝台のカーテンが閉じていることに気づかれるかもしれない。そういえば車掌の姿を見ないけれど……。

考えているうちに、暖房の効いた寝台でうとうとしてしまった。疲れのせいもあったのだろう。

かくん、と軽い衝撃があった。

慌てて目を覚ますと、列車が減速し始めていた。停車駅だろうか。

線路に平行して寝る形の一等寝台は、下段ならば通路の反対側に広い窓がある。カーテンを開ければ、景色を見ることができた。結露した窓際には温度の境界があるようで、近づくと冷たい空気の流れを感じた。

列車が停まろうとしている駅は深い雪に埋もれかけ、どこからプラットホームが始まるのかよくわからない。完全に停車しかけたところで初めて、ホームはこちらの窓とは反対側だと気づいた。

線路際の駅名標は半分雪に埋まっていたが、かろうじて「こいで」という文字が読める。

急行『天の川』は、小出(こいで)駅におよそ三十分遅れで到着していた。

少して、客室内に入ってくる足音が聞こえた。それは耕平のいる寝台の前で止まり、まるでためらっているような間があった。

——まずいな。

この寝台の客が、乗車してきたのか。どうすべきか考えている暇もなく、カーテンが遠慮がちに開かれた。

耕平は、横になったまま顔を上げた。

通路の照明が逆光になり、初めは顔がよく見えなかった。地味な紺色のコートを着ているのはわかる。長い髪を、後ろでまとめているようだ。女性だった。

意外にも、その女性は名前を呼んできた。

「耕平くん……？」

聞き覚えのある声。

それを脳内で識別する頃には逆光にも慣れ、相手の表情を見分けられた。その瞳は、驚きに見開かれている。ずっと捜していた顔が、そこにあった。

「早紀ちゃん……？」

つい口から出た声は思いがけず大きくなってしまい、耕平は慌てた。早紀子が、周囲を見回している。

「あ……ごめん」

耕平が小声で詫びると、早紀子は「しっ」と唇の前に人差し指を立てた。

「ちょっといい？」と手で招く仕草をする。

耕平は頷いて、寝台を出た。早紀子が、こっち、と耕平を1号車の後方へ誘った。後をついていく。

客室扉を開けてトイレの区画に入り、さらに貫通路を通り抜けて2号車のデッキまでやってきた。客室よりも大きく走行音が響いている。

乗降扉の前で、耕平と早紀子は向かい合った。

今まで彼女を見つけられなかった理由が、ようやくわかった。

あの鉄道公安官たちが途中の東三条駅から乗ってきたように、彼女は小出駅で乗り込んできたのだ。

デッキに一つだけ灯った小さな白熱灯が、早紀子の困惑した顔を照らしている。

「耕平くん……なんでこんなところに」

早紀子が訊いてきた。耕平のほうにも、訊きたいことは山ほどある。

耕平はまず、レーテーという謎の差出人から届いた手紙の中に、この急行『天の川』の切符と「1時17分　1号車」と書かれた便箋が入っていた話をした。それで実際に列車に乗って一時十七分に1号車に来たが、誰も姿を見せず、仕方なく空いている寝台に潜り込んでいたら早紀子が現れたのだと説明する。

「一時十七分……？」

早紀子は首を傾げ、左手首の小さな腕時計に目を落として言った。

「わたしが乗ってきた小出駅にこの列車が着く時間は、本当だったら一時十七分だったの。今日は雪で遅れてるけど」

「じゃあ、手紙の送り主は早紀ちゃんが小出から1号車に乗ってくるのを知っていて、そこで俺と会わせるようにしたってことか。何のためだ……。レーテーっていう名前に心当たりは？」

「さあ……」と言った早紀子は、はっと何かに思い当たったようだ。

「もしかしたら……志郎くんかもしれない」

「志郎？　どうして」

早紀子は首を振っただけで、黙り込んでしまった。

彼女が口を開くのを待っているうちに、耕平は肝心なことを思い出した。

「ゆっくり話してる場合じゃない。鉄道公安官が追ってきてるんだ」

01：59

牧と菊地は、急行『天の川』4号車の客室内を、前方へと急いでいた。

8号車の車掌室で専務車掌とも相談し、狙われている可能性があるマニ34現金輸送車の車内で待ち伏せることにしたためだ。

天城や佐竹らしき人物がこの列車に乗っているかどうか、他の車掌を集めて確認することは見送った。それよりも、危険が迫っているマニ34へ早く行ったほうがよいと考えたのである。

だが8号車を出た後、7号車から6号車へと貫通路を渡っていったところで、予想外に時間を取られることになってしまった。

6号車のトイレ区画で、別の車掌が乗客から激しい口調で苦情を言われている場面に遭遇したのだ。

牧は菊地と顔を見合わせ、「鉄道公安職員ですが、どうかされましたか」と話に割り込んだ。思いがけない助け舟に、車掌はすがるような目を牧たちに送ってきた。ほとほと手を焼いていたのだろう。

駅員の手に余るほど困った客を扱うのも、鉄道公安職員の仕事だ。別に好きではないが、慣れていないわけでもない。

まくしたてる乗客の男性を、牧と菊地は二人がかりで落ち着かせようとした。小出から乗り込んできたその客の話を聞いてみると、切符に書かれた自分の寝台に入ろうとしたところ、誰かが使った形跡があったのだという。

切符に指定されていたのは、6号車の218番寝台。三段あるうちの中段寝台だった。二等寝台はシーツも浴衣もなく、枕と毛布だけだが、その枕にへこんだ跡があり、毛布も乱れていたそうだ。

そこで、現場を見てみましょう、と寝台に連れていってもらった。

他の客が寝静まった車内で音を立てないように確認したところ、使われた形跡があったという毛布は、何かの拍子にめくれたように見えた。枕もたしかに少しだけへこんではいるが、大抵の人なら気にしない程度に思える。おそらく、寝台を整える係員が手をついてしまったとか、そういうことだろう。

寝台の準備は、大仕事である。二等ならば一両あたり六十近くの寝台があり、それが夜行列車一編成につき七、八両は連結されているのだ。そのすべてをわずかな時間で整えるのだから、丁寧さにも限度というものがある。

菊地は、あんまり神経質なのも困ったもんですね、とその乗客に聞こえないように文句を言っていた。聞こえはせずとも嫌悪感が伝わってしまったのか、乗客はまた騒ぎ始めたが、牧が辛抱強く話を聞き続けたおかげかようやく静かになった。苦情をぶつけること自体が目的になっている相手に対しては、責任者、あるいはそのように見える者が話を聞くそぶりだけでも見せれば、落ち着くことが多いものだ。

菊地の憤りには同感する部分もあるが、彼の態度にも改善の余地はあると牧は思った。本人にそのつもりはなくとも、人によっては、見え隠れするエリートゆえの傲慢さが鼻についてしまうのかもしれない。

先ほどの一件をそこまで思い出し、牧はふと引っかかりを覚えた。

――ただの苦情と片づけてよかったのだろうか。あの客が乗ってくる前に、誰かが２１８番寝台に隠れていたのだとしたら？

車掌は、寝台の使用状況を常に見ているわけではない。検札に来ない時間なら、空いている寝台を自分のもののように使ってもばれないだろう。周囲の客が寝た後なら、なおさらだ。

もしかして、天城か佐竹なのか――？

02：13

二人分の足音が通り過ぎていくのを、耕平はカーテン越しに聞いていた。

耕平の顔が横を向いているのは、カーテンの隙間から通路を覗くためだけではない。無理やりこの寝台に入っているもう一人の顔が、すぐ下にあるからだ。

肘と膝を、必死で突っ張っている。自分の下にいる相手にのしかからないようにするためだ。かといって、あまり身体を持ち上げ過ぎては上段寝台にぶつかってしまう。多少は広めの一等寝台といえど、二人で横になることまでは想定されていないはずだ。

耕平の下で横たわっているのは、早紀子である。

二人とも上着は着たまま、靴も履いたままだ。

目を閉じ、何かに思いを巡らせているような早紀子の顔を、耕平は盗み見た。

頭の後ろで結んだ髪のうち何本かがほつれ、白いシーツに広がっている。かすかに、香水の匂いがした。

列車の走行音よりも、自分の心臓が早鐘を打つ音のほうが大きいような気がする。列車が揺れ、互いの胸が触れ合う度に、その音が彼女に聞こえてしまうのではないかと耕平は焦った。

急行『天の川』の1号車、客室の中ほどにある下段寝台に二人は潜り込んでいた。

2号車のデッキで鉄道公安官のことを伝えると、早紀子は一瞬考えるそぶりを見せ、耕平を再び1号車に連れてきた。そして、先ほどの寝台——小出で乗ってきた早紀子が指定されていた寝台に耕平を押し込み、自らも入ってきたのだ。

無理な姿勢をとる中、早紀子はささやき声で「ここに隠れていましょう」とだけ言い、理由を訊こうとする耕平の口をそっと手のひらでさえぎった。

二十分ほどそうやって過ごしたところで、客室後方の扉が開き、足音が聞こえてきたのである。

カーテンの隙間から覗けば、それはやはり例の鉄道公安官、牧と菊地だった。

二人は歩きながら何か小声で交わし合っていたが、列車の走行音にかき消され、よく聞き取れなかった。二人が去った前方扉の向こうは乗降デッキで、その先は荷物車のはずだ。

十分ほどが過ぎても、二人は戻ってこなかった。荷物車に行ったのだろうか。

それまでじっとしていた早紀子が、ぱっと目を開いた。

早紀子は腕時計をちらりと確かめた後、耕平を見つめ、出ましょう、という台詞の形に口を動かした。耕平が頷いたところで、上段寝台で眠る客が寝返りを打ったらしい。寝台の背板が背中を押してきた。早紀子に身体を密着させぬよう、両腕に力を込める。

耕平の様子がおかしかったのか、早紀子がほんの少しだけ笑みを浮かべた。戸惑いつつも微笑み返した耕平がカーテンへ手を伸ばそうとすると、早紀子はその手を掴んできた。

「あとちょっとだけ」

ぽつりと呟いて再び目を瞑(つぶ)り、小さく息を吸う。

耕平がカーテンに手をかけたままで固まっていると、しばらくして早紀子は「やっぱり、行かなくちゃ」と目を開けた。

早紀子にできるだけ触れぬよう、身体をひねって寝台の外に出る。後から出てきた早紀子は、鉄道公安官たちが向かったであろう荷物車とは反対側の、2号車のほうへ耕平を連れていった。

周囲に気をつけながら、先ほどと同じようにデッキの乗降扉のところで向き合う。

「ごめんなさい。いろいろと訳があるの」

早紀子はそう言って一度目を伏せた後、意を決したように耕平に向き直り、話し始めた。

「じつはね。ずっと言えなかったんだけど……。わたし、借金があるの。ちょっと多めの」

耕平は驚いたが、この話が今の状況にどうつながっていくのかさっぱり読めない。とりあえず、できるだけ落ち着いた声になるよう意識して言った。

「なんで教えてくれなかったんだ。助けられたかもしれないのに」

早紀子が首を振る。

「ありがとう。でも、無理よ。言ったらびっくりするような額だもの」

「どこでそんな借金を」

「キャバレーのお仕事で、ちょっとね……」

口を濁す。それについては、あまり言いたくないらしい。早紀子は話を戻した。

「その借金を返すために、あることを志郎くんがしてくれるって話になったの」

「借金を返す？　志郎が？」

子どものように繰り返しつつ、耕平は嫌な予感を抱いた。聞きたくない話を、聞かされることになりそうだ。

「志郎がするっていうのは……何か悪いことをか」

早紀子は、一拍置いて頷いた。

――どうしてそんな。

天を仰ぐ耕平に、早紀子は弁解するように言った。「わかってほしいんだけど、事情があるの」

「事情？」

「それは、今は言えない」

早紀子が視線を扉の窓に向ける。耕平は、黙って続きを待った。

「これから志郎くんが何をするか、話すね……。この列車には、マニ34が連結されてるの」

マニ34――？

突然飛び出してきた呪文めいた単語に、耕平は戸惑った。だが、つい最近それをどこかで見たような気もする。

「機関車と客車の間に連結されてた、荷物車のことよ。正確にいえば、現金輸送車」

「現金……？」

「ええ。それを襲うの。志郎くんが」

あまりにも現実離れした話に、耕平は混乱した。悪いことといっても、スリ程度のことかと思っていた。早紀子の告白は、その想像をはるかに超えるものだった。

現金輸送車？　それを襲うだって？　志郎が？

混乱の中にいる耕平へ追い打ちをかけるように、早紀子は話を続けた。

そもそもは、早紀子の客だった鹿島――あの、早紀子になれなれしく近づいていた男だ――がきっかけだったという。

鹿島は日本銀行で現金輸送車の運行担当をしていたが、実はその立場を利用し、日銀の地方支店から本店へ運ばれる廃棄用の古札を少しずつ着服していたのである。

鹿島は酔った際、得意げにその話を早紀子たちホステスに話したのだそうだ。しかし聞いていたのは、ホステスだけではなかった。キャバレーの従業員の中には、ヤクザの東梅会につながりのある者もいたのだ。情報は東梅会のある幹部に伝わり、その幹部は鹿島を強請(ゆす)ることを計画した。

だが、計画は想定外の部分で頓挫してしまう。鹿島が乗る列車の中で、デッキに呼び出して脅そうとしたところ誤って扉が開き、転落させてしまったのだ。

もっとも、ヤクザの幹部ともあろう者がそのくらいで計画を諦めるはずはない。鹿島が残した鞄の中に現金輸送車の資料を見つけると、それを使って輸送車を襲撃することにしたのだった。

その実行犯として名乗りを上げたのが、志郎というわけだ。志郎は、早紀子の借金を帳消しにすることを条件にそれを引き受けたのだ。

早紀子は反対したが、もともと志郎は東梅会の企業舎弟としての仕事から抜けられなくなっていた。ならばせめて早紀子の役に立つようにと、条件をつけてくれたのだった。そして、早紀子は自分のために志郎だけを危険な目に遭わせるわけにはいかないと、現場での手伝いを申し出たのだという。

「それで……志郎は今どこにいるんだ」耕平は訊いた。

「もう準備に入ってるわ。機関士さんや車掌さんに気づかれて列車を止められないよう、現金輸送車だけをひそかに襲うことになってるの。普段なら現金輸送車と客車の間には職員の乗った郵便車が連結されてるんだけど、今夜のこの列車は連結の順番が変わってて、客車との間は荷物車になってるのよ。荷物車は無人だから、問題なく現金輸送車までたどり着けるわ」

「そういうことは、鹿島って人の資料に書いてあったのか」

耕平の問いに、早紀子は頷いた。

「いつ、やるつもりなんだ」

「……この先、清水トンネルを通過している間に」

「トンネル？」

「トンネルの中は列車の走ってる音が反響するから、大きな音を出しても気づかれにくいはずなの。現金輸送車の車内がどうなっているかとか、警備の人がどこにいるかってことも、資料に書かれていたからわかってる。志郎くんが警備の人を薬で眠らせてお金を運び出す間、車掌さんを近づけないようにするのがわたしの役目。何かあれば、理由をつけて現金輸送車から遠ざけることになってるの」

早紀子の口から、次々と意外な台詞が飛び出してくる。

「金を盗んだ後は、どうするつもりなんだ」

「トンネルを出た先の水上駅で列車を降りるわ。そこに、東梅会の人が迎えに来ることになってる」

「トンネルに入る時間は……」

耕平は腕時計を見た。今は二時半過ぎだ。

「予定では三時頃だったけど、雪のせいで遅れてるみたいね」

早紀子は、少し心配そうだ。それはそうだろう。こんな大それたことに関わっているのだから。

――そんなことを、早紀子にさせるわけにはいかない。

「なあ」

耕平は言った。「だめだよ」

「えっ……？」

「俺は、早紀ちゃんを犯罪者にさせたくはない。志郎もだ。お願いだ、やめてくれ」

「そんなこと言われても……。もう、どうしようもないわ」

「今なら間に合うんじゃないか。……待てよ、鉄道公安官が」

そうだ。公安官たちは、1号車よりも前へ歩いていった。もしかしたら……計画がばれていて、現金輸送車で待ち伏せをされているのか？

「とにかく急がないと。志郎がことを起こす前にやめさせるんだ。あいつは今、どこにいるんだ。予定ならあと三十分くらいなんだろ。ってことは、もう現金輸送車に向かってるのか」

早紀子の返事を待たずに、耕平は歩き始めた。行く先は、1号車を通り抜けた、さらにその向こうだ。

1号車の扉を開け、客室に入る。

「ちょっと……待って！」

さすがに大きな声を出すわけにはいかず、引き留めることもできないまま早紀子が後からついてきた。だが、耕平に止まるつもりはない。

歩きながら、考えた。

――手紙を送ってきたのが早紀子ではないのなら、志郎だろうか？　そうだとすれば、なぜだ。自分が犯罪を行おうとしている場所に、わざわざ呼び出すなんて……。

1号車の中には、早紀子の寝台の他にも、カーテンが開いている寝台がもう一つあった。さっき早紀子とデッキへ行った時には開いていなかったような気もするが、見間違いか。

その寝台の窓に、自分と、後ろを歩く早紀子の姿が映っている。窓の向こうにはくろぐろとした闇が広がり、雪が激しく舞っていた。

02：35

夜空を背にした山の影は、ますます大きく見えるようになっていた。

上越線、水上駅。

清水トンネルの手前ですべての列車が停まる通過禁止駅に、最上たちの乗る自衛隊の臨時貨物列車は進入していった。

旅客用のホームではなく、脇の待避線に停車する。

目前にそびえる、黒く大きな山々。その先には、急峻な岩壁で知られる谷川岳、そして太平洋側と日本海側を分かつ中央分水嶺である三国山脈が連なっている。ここから先、上越線の線路は急勾配でその連峰に挑んでいくのだ。次の小駅、湯檜曽駅からループ線で標高を稼ぎ、土合駅を経ていよいよ清水トンネルである。

急勾配に対応するため、機関車が牽く列車ではこの区間のみ補機——補助機関車を先頭に連結することになっている。その補機、ＥＦ16電気機関車が駅の構内に数両たむろしていた。

もっとも、最上たちの臨時貨物列車に関していえば編成全体の重量はそれほどでもないので、補機を増結する必要はない。

駅の様子を、最上はヨ２１００車掌車のデッキに立って眺めていた。少し眠気を覚えている。そのうちに、駅舎からプラットホームへ出てくる石原の姿が見えた。ここでも石原は、遅延状況の確認に行っていたのだ。

石原はホームから線路に降り、激しくなりつつある雪の中を貨物列車のほうへ走ってきた。そのわずかな間にも、コートの肩に白く雪を積もらせている。先にＥＤ29電気機関車のところに行った石原は、運転席の長谷川二曹に「先ほど変更した計画通り、出発だ」と叫び、それからヨ２１００に戻ってきた。

「ようやく出発か」

最上はデッキから声をかけた。

「なんだ、そこにいたのか」

「眠気覚ましにな」

そうか、と妙に硬い表情で言ってデッキに上がってきた石原は、「車内に戻ろう」とドアを開け、最上を先に通した。

しばらくして構内の信号が青に変わり、ＥＤ29が短い汽笛を鳴らした。貨物列車がゆっくりと動き始める。

その行く手、山々の影はさらに濃く、夜の闇に溶け込んでいた。

03：16

――早く、志郎を見つけないと。

急行『天の川』の荷物車の中を進みながら、耕平は焦っていた。

早紀子は、耕平を止めようとするのはもう諦めたのか、あるいはわかってくれたのか、無言でついてきていた。腕時計を何度も確認している。早くしなければトンネルに入り、志郎が犯行に及んでしまうと考えているのだろう。

『天の川』の編成は、列車を牽引する機関車に続けて二両の郵便車、現金輸送車、二両の荷物車、そして1号車以降の客車の順となっている。1号車から現金輸送車へ向かう場合、二両の荷物車を通り抜けていかねばならない。

当然、旅客の立ち入りは禁止されている車両のはずだが、1号車と荷物車をつなぐ貫通路の扉に鍵は掛かっていなかった。つまり、何らかの方法で開けた志郎がこの先にいるということだ。

しかし、鉄道公安官もどこかで待ち伏せているかもしれない。気をつけて足を進めなければ。できるだけ静かに、かつ素早く。

荷物車の車内に、照明はついていなかった。そこかしこに積まれた新聞や鉄道輸送の小荷物の束につまずきながらも、慎重に歩いていく。

その間に、列車は越後湯沢(ゆざわ)駅に停車した。停車中は動かないほうがよいと判断し、荷物車にも設置されている車掌室に身を潜める。車掌が不在なのは幸いだった。車掌の主な役割は乗客の対応なので、荷物車にいる必要はないのだろう。車掌室は簡易的なもので、休憩用の椅子と机の他には非常ブレーキの操作弁があるだけだった。

越後湯沢駅を出発するとともに、車掌室を出る。さらに進むうちに、今度は越後中里駅を通過するのが窓から見えた。早紀子が言うには、次の土樽(つちたる)駅を過ぎればすぐに清水トンネルだという。

トンネルに入る前に志郎を見つけ、現金輸送車の襲撃などという大それたことを止めさせなければ。

ふと、背後に人の視線を感じた。すぐ後ろをついてきている早紀子ではない。もっと離れたところからだ。

振り向いたが、早紀子の他には誰の姿もない。誰か見なかったかと訊いたが、彼女は首を振った。

鉄道公安官だろうか。でも、彼らは先に行っていたはずだ。

——気のせいか。

とにかく、今は急いで行ったほうがいい。鉄道公安官に志郎を見つけられてしまえば、言い訳はきかない。どうにかしてその前に彼を止める必要がある。

もう一両の荷物車への貫通路にも、鍵は掛かっていなかった。

そっと、扉を開ける。

やはり、車内は暗かった。ここでも荷物は山と積まれている。車両中央を貫くように通路があり——そこを歩く人影が見えた。

線路脇の何かの灯りが一瞬窓から射し込み、荷物の隙間からその人影を照らした。

車掌服の背中だ。

——まずい。

耕平は、動きを止めた。後ろで、早紀子が息を呑む気配を感じた。

少なくとも、荷物車の扉を開けた音には気づかれていないようだ。車掌は、そろそろと先へ進んでいる。車内の様子を見回っているのか。

どうする？　引き返すか？　ここにいると気づかれたら、面倒なことになる。

だが、それでは志郎を見つけられない。

志郎、どこにいるんだ——。

身体を固くし、車掌の背中を見つめていた耕平は、そのとき妙なことに気づいた。

車掌は、ひどくゆっくりと歩いている。その様子は、足音に気をつけているようにも見えた。そもそも、車内を確認して回るのなら、なぜ灯りをつけないんだ？

車掌が、現金輸送車へ通じる貫通路の扉の前に立った。手にした鍵の束から、その扉の鍵を探しているようだ。

耕平と早紀子は、音を立てぬようにして荷物車の車内へ足を踏み入れた。縄で床に固定された荷物の山に隠れ、様子をうかがう。

車掌は鍵を扉に挿す前に、耳を扉に当てる仕草をしていた。扉の向こうの気配を探っているらしい。横顔が見えないかと荷物の陰から目を凝らしたが、暗い上に制帽を深く被っているのでよくわからなかった。

もしかして――。

耕平は、あれが志郎なのではないかと思い始めていた。車掌服も鍵も、本物の車掌から奪ったのだとすれば、もう犯罪に手を染めてしまったことになる。言い逃れはできない。

ふいに、警笛が鳴った。

その直後、窓の外が闇に包まれ、車内もいっそう暗くなった。走行音が一段と大きく響き始める。ついに、列車は清水トンネルに入ったのだ。

車掌が、鍵を挿し込んで回したようだ。扉を開けている。

だめだ。これ以上罪を重くさせてはいけない。

耕平は荷物の陰から踏み出すと、車掌のところへ向かった。

03：24

ここはどこだ。

目の前に、闇が広がっている。ところどころで蠢く、幾何学的な模様。視線を向ければ、それは形を変えて別の場所へと移動してしまう。

——俺は、目を閉じているのか？

目を開けようにも、瞼が重かった。身体にも力が入らない。身体が横になっているのか、起き上がっているのかもよくわからなかった。

ただ、どこか遠くで、水がちろちろと細く流れているような音は聞こえていた。その音は小さくとも、絶えることがない。

ここはどこで、俺は何をしていたんだっけ。

——任務。俺は任務中だった。何の任務だ？　暗闇……トンネル……。

そうだ。

突然、重しが取り払われたように瞼が開いた。

だが、目を開けたはずなのに周囲は暗いままだ。少しの間じっと様子をうかがう。目が慣れてくるにつれ、垂木が渡された天井が識別できるようになってきた。取りつけられた裸電球は消えている。

ヨ２１００の車内？　自分はその床で、仰向けに寝ているのか。

まだ頭は多少ぼんやりしているものの、分散していた記憶が本来あるべき形に、パズルがはまるように収まっていく。

最上は首をゆっくりと動かし、周囲を見回した。

……向こうに、誰か寝ている。何人もいるな……米兵？　どうしてここに……待てよ……。

その瞬間、最上雄介三等陸佐はようやくすべてを思い出し、半身を起こした。

ここは、臨時貨物列車の車掌車。倒れているのはスレイトン大尉たち米兵。この列車で運んでいたのは、彼ら米軍の貨車――清水トンネル内に設置するという秘密指揮所の電子計算機を収めた貨車だ。

走行音や揺れは感じない。列車は、停まっているのだ。たしか、水上駅を出て……もう、目的地に着いているのか？　なんてことだ、眠ってしまったのか。

頭に残る霞（かすみ）を必死で振り払いつつ、横になっている米兵のほうへ、這うように近づいていった。彼らは、意識はないものの呼吸はしているようだ。全員の前にカップが落ち、コーヒーが床にこぼれていた。

――何が起きているんだ。

最上はなんとか立ち上がり、扉を開けた。入ってくるであろう冷たい空気に備え、身構える。しかし吹き込んできたのは、生ぬるささえ感じる風だった。

外は真っ暗だ。夜の暗さではない。すぐそこに、コンクリートの壁があった。壁は湾曲して頭上へ回り込んでいる。

列車は、小さなプラットホームに横づけしていた。

ヨ２１００車掌車のデッキから列車の後方を向いて右側に狭いホームがあり、左側には本線が通っている。

清水トンネルの中、茂倉信号場に違いない。トンネル内の温度は、夏も冬も摂氏十度前後でほとんど変化しないと聞いたことがあった。すれ違いのための待避線に到着したものの、車掌車の中にいた自分たちは意識を失ってしまっていたのだ。

まさか、コーヒーに薬でも？

自分はカップ半分しか飲まなかったし、水上駅で一度、眠気覚ましにデッキへ出てもいた。だから、早く目を覚ましたのか。

そういえば石原の姿が見えない。どこへ行ったんだ？

03：31

機関車の鳴らす警笛が聞こえた後、車窓を覆う闇が濃さを増した。列車の奏でる轟音もいっそう大きくなる。

——清水トンネルに入ったのか。来るなら、今かもしれんな。

牧は思った。

マニ34現金輸送車の車内、小さな車掌室。

荷物車との貫通路がある乗降デッキとは、壁一枚を隔てている。隔壁(かくへき)の中央には扉があり、その両脇に牧と菊地は立っていた。

天城も佐竹も、藤代早紀子も小野寺志郎も列車内で見つけることはできなかった。だが、この現金輸送車が襲われる可能性は残っている。ならばここで待ち受けるしかないと、専務車掌から通路の鍵を預かってきたのだ。

1号車から荷物車二両を通り抜け、このマニ34現金輸送車までの間の扉は、自分たちが通った後であらためて鍵を掛けてきている。それだけでも、襲う側にとっては十分なハードルになるだろう。

それに、マニ34には、最初から日銀職員の他に鉄道公安職員も二名乗り込んでいるのだ。自分たちも含めれば四名の武装公安職員で警備していることになる。

警備員室にいる二名の公安職員には現状を伝えられていないが、問題はない。そもそも1号車側からどうにか鍵を開けて来られたとしても、二名の近く、つまり現金のところまでは車両の構造上、絶対にたどり着けないのである。

相手は、車両の構造まで把握していなかったのかもしれない。

マニ34の車内は、後方の荷物車との連結部分から順にみて、乗降デッキ、いま牧たちがいる車掌室、後部荷物室、警備員室、前部荷物室という区画からなっている。そして、乗降デッキと車掌室の間を除いては、各区画間に扉は一切設置されていない。現金輸送に万全を期すため、現金を積んだ前部および後部の荷物室には、車体側面に設けられた扉からしか入れない構造になっているのだ。

側面扉の鍵は出発地と到着地の日銀職員が管理しており、車掌も、同乗している公安職員も持ってはいない。たとえ車掌であっても、たどり着けるのはこの小さな車掌室——非常ブレーキなど最低限の設備を置くための部屋までだ。

相手は、本当にやってくるだろうか？

この車掌室までなら、あり得る。専務車掌によれば、列車に乗り込んでいる四名の車掌は全員、通路の鍵を持っているということだった。8号車で専務車掌から鍵を預かった後、ここまで来る間に二名の車掌とはすれ違ったが、もう一名とは会えずじまいだった。もし、その車掌が鍵を奪われていたら。

だが、いずれにせよここで行き止まりだ。

飛んで火に入るなんとやらというやつだ。牧は口の端を小さく歪めた。

襲撃してくるなら、トンネルの通過中である可能性が高い。銃を使うなどしても、トンネル内に反響する音でごまかせるかもしれないからだ。

腰のホルスターの、留め金は外してあった。そこには、38口径のコルト・オフィシャルポリスが収められている。

ふいに牧は、専務車掌が言っていたもう一つの話を思い出した。

今夜は、上越線に自衛隊が臨時の貨物列車を走らせるらしい。その関係で昨日、上越線各列車の運行計画や編成について、防衛庁の担当者から車掌区へ照会があったのだという。

自衛隊の列車が走るにあたり、何か防諜上の理由などで確認しておきたかったのだろうか？

その時、扉の向こうに気配がした。

菊地と顔を見合わせ、腰のコルトを抜く。木製の銃把を握る手に、ずしりと重みが伝わってくる。

青黒い金属の銃身が、ぬらりと光った。

鉄道公安職員は皆、拳銃の取り扱い訓練を受けている。牧も何度となく警察で実弾射撃訓練を行い、優秀な成績を収めてきた。

しかし鉄道公安職員に拳銃の携帯が許されるようになって以来、現場において発砲した者はいない。

──俺が、最初の例になるのか。

扉の向こうから、鍵の束をいじるようながちゃがちゃという金属音が聞こえてくる。直後、機関車が再び警笛を響かせた。

03：32

車掌の格好をした男が、現金輸送車につながる貫通路の扉を開けた。

その背中越しに、現金輸送車のデッキらしき空間が見える。向こうには、もう一つ扉があるようだ。

もう、迷っている暇はない。

耕平は荷物車の車内を早足で進んでいった。窓の外を、トンネルの黒い壁面が流れていく。

あの男が志郎ならば、犯行に及ぶ前に止めなければ。

相手は、まだ耕平が近づいていることに気づいていない。

その時、ふと思った。

——志郎は、もう少し背が高かったような気もする。

志郎ではなく本物の車掌だったら、どうする。何かの事情で、現金輸送車に入ろうとしているところかもしれない。もしそうだったら、自分と早紀子がこの荷物車まで入り込んでいることを、どう言い訳すべきか。

いや、やはりあの行動を見れば本物の車掌とは思えない。

その一瞬の迷いに足を止めた時、機関車が突然警笛を鳴らした。

直後、視界の隅でとらえていた窓の外の風景が変わった。トンネルの壁だけが見えていた進行方向右側の窓を、他の列車らしき影が流れていく。単線のトンネルの中に、列車のすれ違いを行える場所があるようだ。

次の瞬間、きいいーっ、という悲鳴のような音が鳴り響いた。同時に、身体がぐっと前に押し出される。後ろから来ていた早紀子が、背中にしがみついてくるのがわかった。

急ブレーキだ。

窓の外、トンネルの壁がちかちかと瞬いている。線路の上で散る火花を照り返しているのだ。

早紀子がよろめく。

耕平は近くにあった荷物の山に身体を預け、彼女の身体を抱きとめた。

03：33

最上は、突然の警笛を聞いた。

ヨ２１００車掌車の車内から扉の外を見ると、トンネルの壁面が明るくなっている。灯りを反射しているのだ。それは次第に明るさを増し、ヘッドライトを点けた対向列車――この貨物列車の進行方向から向かってくる列車――が近づいていることを示している。

ふいに、ブレーキ音が響いた。ヒステリックな悲鳴のようなその音は、急速に大きくなっていく。

こちらは待避線にいるのだから、本線を走ってくる対向列車がぶつかる心配はないはずだ。

なのに、なぜ止まろうとしているんだ。

03：34

機関車が警笛を鳴らしている。

トンネルに入る直前に一度鳴らしたのは、規定通り、万が一トンネルの中に人がいた場合に警告するためである。それを再び、トンネル通過中に鳴らしたということは——。

牧が菊地と目を見合わせた時、甲高い(かんだか)ブレーキ音がし、身体が進行方向へ強い力で引っ張られた。

非常制動がかけられたのだ。

マニ34の車掌室、小さな窓の外が一瞬だけ火花で明るくなる。

牧はとっさに膝をついたが、そのまま荷物室側の壁に押しつけられた。

隣の乗降デッキにいた何者かが、どん、と身体を扉にぶつける音がした。

牧は叫んだ。

「誰だ！ そこにいるのは！」

相手は、慌てて扉から離れたようだ。

その頃には、急行『天の川』は止まりかけていた。牧は扉の鍵を開けると、デッキに飛び出した。

誰の姿もなかった。ブレーキの焦げた臭いが漂ってくる。デッキから車外へ出る扉が開いていた。

ここにいた何者かは、列車の外へ逃げていったらしい。

急いで扉から顔を出す。『天の川』の進行方向、機関車のほうには誰もいない。反対側を振り向くと、暗いトンネルの壁際を走り去る背中が見えた。闇に紛れかけているが、車掌の制服のようだ。

なぜ車掌なのか、考えている暇はない。

「待て！」

牧は、マニ34のデッキから線路に飛び降りた。

革靴の薄いゴム底に、コンクリートの地面から受けた衝撃が伝わる。トンネル内は保守をしやすくするため、線路の道床は通常の砂利ではなくコンクリート敷きになっていた。

軽く足首をひねってしまったが、不思議と痛みは感じなかった。

暖かいとさえ思える空気の中に、焦げた臭いが充満している。絶え間なく響く水音は、壁際を細く流れる谷川岳の湧き水か。

牧は、停車した『天の川』の車両脇を編成後方へ向けて走り出した。

若い頃に比べて体力は落ちたものの、それでも走り続けるうちに、車掌服を着た相手との距離は少しずつ詰まっていった。差は五十メートルほどか。ずっと後ろを菊地が追いかけてきているようだが、待ってはいられない。

やがて、トンネルの幅が広くなり、線路がポイントで分岐しているのが見えてきた。茂倉信号場だ。『天の川』は、非常ブレーキを作動させた結果、編成中央部の車両をポイントの上に載せたところで停車していた。

待避線に、他の列車が停車している。最後尾の車掌車が見えた。貨物列車のようだ。

あの列車が待避線にいるのを見て、『天の川』の機関士は警笛を鳴らしたのか。

貨物列車が停まっている待避線の脇に、小さなプラットホームがあった。逃げていく車掌服の人物は、そのホームを目指しているらしい。

トンネル内の光源は、『天の川』の車内から漏れる光だけだ。壁には一定の間隔で小さな照明灯が取りつけられているが、運転の妨げになるということで労働組合が点灯に反対しているため、普段は消灯している。

妙なことに、停車中の貨物列車はテールランプもヘッドライトも消していた。

待避線のホームの様子はよく見えなかったが、その上で何かが動いているのがわかった。人影だ。貨物列車の乗務員だろうか？

＊＊＊＊

永遠に続くかに思えた長いブレーキの音と、背にした荷物の山に身体が押しつけられる感覚が、ようやく止んだ。

列車は、停まったようだ。

胸の中で、早紀子が見上げてきている。耕平は彼女を抱きしめていた両腕を慌てて離した。

荷物車と現金輸送車をつなぐ貫通路の向こうから、「誰だ！　そこにいるのは！」というくぐもった声がした。

続けて、現金輸送車の乗降デッキで扉が開く音がした。誰かが線路に飛び降りたようだ。さらに別の扉が開く音の後、「待て！」と先ほどと同じ声が聞こえた。その人物も線路に飛び降りたらしい。

少ししてもう一人が出ていく気配がすると、途端に周囲は静かになった。

耕平は、早紀子に「ここで待ってて」と言うと、そっと現金輸送車への貫通路に近づいて確認した。誰もいない。

貫通路を通り抜け、現金輸送車の乗降デッキに出る。車外への扉は開いていた。頭だけを出し、外の様子を盗み見た。

空気は妙に暖かく、車体の下から焦げた臭いが漂ってくる。

『天の川』の編成後方へ顔を向けた。やや高い位置から見ているためか、わずかな光の中でも、向こうのほうでトンネルの幅が広がっているのがわかった。ポイントで線路が分岐している。すれ違い用の待避線があるのだ。闇の中、待避線には別の列車が停まっているように見える。

そして、そちらの方向へ走っていく三つの人影も見えた。

先頭を走っているのは車掌服の人物――おそらく志郎――らしい。追っているのは、鉄道公安官の二人だろうか。

志郎が追われている――。

＊＊＊＊

急ブレーキの金属音が、トンネルの中に鳴り響いている。

待避線に停まった貨物列車の隣、本線上を新潟方面からやってきた列車が、すさまじい轟音を立てつつスピードを落としていく。

その様子を最上はヨ２１００車掌車の中で、デッキへ出る扉につかまりながら見つめていた。

前面に分厚く雪をまとった補機のＥＦ16、そしてＥＦ58電気機関車の後、数両の客車が通り過ぎたところで、その列車は完全に停止した。列車の先頭は、上野方面から待避線へ分岐するポイントをかなり行き過ぎており、待避線にいる貨物列車の隣に数両の客車を残す形になっていた。それらの客車は、ヨ２１００の後部デッキで上野方面を向いている最上からは左側に見える。

視界の隅で、何かが動いていた。

待避線脇の小さなプラットホームに、誰かがいる。少し貫禄のある人影。石原だろうか。

影は、ホームの上野寄りの端へ向かっていた。

一方、停車した列車からは誰かが降りて、こちらへ走ってきているようだった。その誰かに、石原らしき人影は近づいていき——。

突然、ぱん、と乾いた破裂音がトンネルの壁に反響した。

わずかな間を置いて、人影が崩れ落ちる。

その向こうでは列車から漏れる光が、宙に漂う薄青い煙を浮かび上がらせていた。

03：37

車掌服の男が向かっていった待避線脇の狭いホームに、人影が現れた。止まれという仕草をしているようだ。

牧は安堵した。

おそらくあの貨物列車の乗務員だろう。これで、挟み撃ちだ。捕まえられる。そう思った時、予想もしていなかったことが起きた。

車掌服の男が、走りながら懐に手を入れたように見えた。立ち止まり、取り出したものを構える。その様はまるで――。

トンネルの壁が、一瞬光った。乾いた破裂音が反響する。

――馬鹿な。

ホーム上で、乗務員らしき人影がゆっくりと倒れ込む。車掌服の男が手にしたものから、薄青い煙が立ち昇っていた。発砲煙だ。

男は、すぐにまた走り出した。待避線の貨物列車左側にあるホームへ上ることはやめ、列車の右側、本線上の『天の川』との間を抜けていくつもりのようだ。

こうなればもう躊躇はできない。

牧の頭の中を、かつて暗記した法律の条文が流れていく。

――鉄道公安職員の職務に関する法律第八条。鉄道公安職員は、その職務を行うに当り、特に自己又は他人の生命又は身体の保護のため、やむを得ない必要があると認める相当の理由がある場合においては、その事態に応じ合理的に必要であると判断される限度において、武器を使用することができる――。

「止まれ！　止まらんと撃つ！」

牧はそう叫んで立ち止まると、腰のホルスターからコルト・オフィシャルポリスを抜いた。

走り出していた車掌服の男が振り返り、手に構えたものを向けてくる。

牧は、ためらうことなくトリガーを引いた。

03・38

マニ34の乗降扉から外の様子をうかがっていた耕平と早紀子は、短く乾いた音をたしかに聞いた。

それは、遠い昔に聞いたことがある音だ。大連の港、我先にと船へ押し寄せる群衆。彼らを前に、軍の士官が空へ向かって拳銃を放つのを幼い耕平は見たことがあった。その時嗅いだ硝煙(しょうえん)の臭いが、鼻の中によみがえる。

勝手に、身体が動いていた。耕平は早紀子を床に引き倒すと、その上に覆いかぶさった。

銃声は、もう一度聞こえた。

何が起きてるんだ。志郎が撃たれたのか？　それとも……撃ったのか？

「たいへん……！」

早紀子が、耕平を押しのけて立ち上がろうとした。

「早紀子！」

耕平は、とっさに彼女の名を呼んだ。「いま出たら危ない！」

「そんなこと言ってる場合じゃないの！」

驚いた耕平が少し力を緩めた隙に、早紀子は耕平の身体の下からすり抜けると、扉から車両の外へ飛び降りてしまった。

――なんてことを。

「待てよ！」

03：39

――外したか。

牧が撃った38スペシャル弾は、車掌服の男の向こう、トンネルの遠くの天井に当たって火花を散らした。トリガーを引き絞る瞬間、停車している車両には絶対に当ててはならないという意識が働き、狙いを逸（そ）らしてしまったのだ。

次は撃ち返してくるに違いない。急いでトンネルの壁際に身体を寄せた。同時に、相手の銃口から閃光がほとばしる。

足元のコンクリート道床が、ぴしりと音を立てた。宙に舞った破片が頬をかすめていく。

「大丈夫ですか？」

後ろから声がした。菊地だ。

「危ないぞ！　壁際に張りつけ！」

そう言いながら再びコルトを構えようとする。その隙に相手は貨物列車と『天の川』の車両の間を逃げていき、背中が闇に消えかかっていた。

これでは、車両に当ててしまうおそれがある。牧は発砲を諦めた。

撃たれた乗務員は心配だが、銃を持った相手が、数百人の乗客を乗せた列車の近くにいるのだ。相手の確保を優先させてもらうしかない。マニ34の警備員室にいる、他の公安職員を呼びに戻っている暇もなかった。それに彼らは彼らで、緊急停止した列車の点検に忙しいはずだ。早く列車を動かさなければ、後続の列車もやってくる。

「くそっ、とにかく追うぞ」

「はい！」

牧は、菊地を連れてまた走り出した。

03:40

「おい！　しっかりしろ！」

最上は、待避線のホームの端で倒れた人影のところに走り寄ると、助け起こした。

人影は、やはり石原だった。

朦朧としていた頭はもはや完全に覚醒しているが、いったい自分の周りで何が起きているのかについては、理解を超えていた。

貨物列車での輸送任務中に、米兵とともに意識を失ってしまった。一緒にいたはずの石原は車掌車の中にはおらず、いつの間にか到着していた茂倉信号場の待避線ホームに出ていた。そして彼は、なぜか突然急停車した対向列車から降りてきたらしい人物に撃たれ、今自分が助け起こしている……。

石原を撃った人物——車掌の姿に見えた——はそのまま列車と列車の間を走って逃げ、それを二人の男が追っていった。驚くべきことに、途中で銃撃戦を演じながら。

そちらにも注意する必要はあるが、とにかく石原を助けなければならない。

駆け寄ると、石原はうつ伏せに倒れていた。

その身体の下に、水たまりのようなものが見えた。かすかに鼻をつく、錆びた鉄にも似た臭い。コンクリートの上を広がっていく黒い染みが何かは、暗がりの中でもよくわかった。

「待ってろ！」

最上は急いでヨ2100車掌車の車内に戻ると、自分の装備の中から携行用の救急ポーチを取り出した。米兵たちは横たわったまま、身体をわずかに動かしてうめき声を上げている。こちらは、とりあえず大丈夫そうだ。

救急ポーチを手に、また石原のところへ走って戻った。

ポーチの中身は、止血帯と包帯のみである。一般の自衛隊員に支給されている救急品は、これだけだ。自衛隊の個人携行救急品は、衛生科の隊員が近くにいたり、設備の整った施設へ急いで運べたりすることを前提にしていた。

気道を確保しようと石原の身体を仰向けにすると、腹の傷が目に入った。

想像していたよりもひどい。拳銃弾は貫通せず、腹の中を滅茶苦茶にかき回して止まったようだ。

「しっかりしろ、必ず助かる」

最上はそう言いつつも、自衛官としての冷静な部分では、おそらく難しいだろうと思い始めていた。

「……無理に元気づけなくていい。俺だって元軍人だ。わかっている」

石原は苦しそうに、しかしかすかな笑みを浮かべて言った。「貴様まで眠らせて……悪かった」

「何をしたんだ。いや、いい。今はしゃべるな」

最上は救急ポーチから止血帯を取り出したが、こんな傷にはとても対応できるものではなかった。

――くそっ。いや、待てよ、すぐそこに旅客列車が停まっているじゃないか。あの列車に乗せてもらえれば。

ちょうどその時、線路上をやってくる人影があった。先ほど銃撃戦を交えていたのとは違う、若い男と女の二人組だ。男のほうは米軍のコートを着ているが、軍人には見えない。おそらく払い下げ品だろう。

あの列車から降りてきた乗客か。ともあれ、助かった。

最上が声をかける前に、女のほうが「大丈夫ですか！」と叫びながら駆け寄ってきた。男と一緒に、ホームへ上がってくる。

「君たち、お願いが……」

車掌を呼んできてくれと言いかけた最上をさえぎって、女が大きな声を出した。

「石原さん！」

──なぜ、石原を知っている？

最上は、呆気に取られてその女の顔を見た。

わけがわからない。さっきから、いったい何が起きているんだ。

「……ああ」

石原が、女の顔を見て頷いた。目を瞑り、長いため息をついてから言う。「失敗か」

「いえ。まだ決まったわけじゃありません」女が答えた。

「何の話だ」

最上はたまらず、割って入った。「とにかく、彼を助けないと。車掌を……」

「最上」

制止するように、石原が言った。じっと最上の目を見つめている。

もうしゃべるなという台詞を口にしかけていた最上だったが、それに反して石原の言葉の続きを待った。

「貴様には……謝らないといけない……すまなかった」

「石原さん！　だめです」

女がまた叫ぶ。しかし石原は女をちらりと見て、いいんだ、と小さく言い、苦しげに息を継ぎつつ話し始めた。

「……秘密指揮所も……積荷の電子計算機も……偽装だった……味方にも、嘘をつく必要があったんだ……」

最上は、その話は後からやってきた若い男女に聞かせてはまずいものだと察した。

「石原、もういい。わかった」

やめるように目配せする。意図は伝わったはずだが、石原は最上に向かって話を続けた。

「……あの急行列車を止めさせたのは……俺だ……わざと、ここで停車させた……」

驚いて言葉を失った最上の沈黙を、先を促すものと解釈したらしい石原は、虚空(こくう)を見つめて言葉を紡ぎ続けた。

「あの列車は……現金輸送車を連結している……俺は仕事で、裏の世界ともつながりがあった……そこで知ったんだ……俺を撃ったのは……輸送車を襲うために雇った奴だ……」

「えっ」

若い男女のうち、男のほうが驚いた声を出した。

男は、訝しげに隣の女の顔を見ている。女はそれに気づいていないようだ。

「本当の目的は、現金じゃない……この貨物列車のそばで止まってくれさえすればよかったんだ……雇った奴は……捕まってもいいと思っていたが……」

自嘲(じちょう)するような笑みを浮かべ、石原は続けた。

「そうだ……機関士の長谷川二曹を……助けてやってくれ……」と、ホームの新潟寄りにある小さな倉庫へ目だけを向ける。

「わかった。だが、なぜこんなことを」

「……米軍の計画を、政府は黙認するどころか推進した……俺は、愛想をつかしたのさ……どんな手を使ってでも……世の中に知らせなければと……だから……大勢の目が向けられるように……」

「米軍の計画って、なんだ」

「この貨物列車の……積荷さ……」

そうだ。石原はさっき、秘密指揮所のことも電子計算機のことも嘘だったと言っていた。ならば、本当は何を。

石原の口調はいよいよ苦しそうなものになっていた。もはや顔を歪め、黙り込むだけだ。

やがて、石原は最上をまっすぐに見つめて言った。

「……夕日は……ひとつで十分だ……」

「何のことだ？」

石原の息をする間隔が空いていく。石原の、命の灯が消えようとしているのだ。その中で、彼は何かを伝えたがっているようにも思えた。

「なあ……満州の夕日、覚えているか……」

石原はもう、穏やかな笑みを浮かべていた。

「覚えてるよ。覚えてるとも」

最上は激しく頷いて言った。石原の瞳の輝きが、急速に薄れていく。

「綺麗だったよな……」

「おい……おい！　石原！」

「ああ、夕日が見えるぞ。でかい……でかいな。綺麗な夕日だ……」

それを最後に、石原の胸は上下することを止めた。

03：51

耕平の目前で、石原という男は息を引き取った。

耕平は驚きよりも、ひどい混乱を覚えていた。何が起きているのか、さっぱりわからない。

車掌服の男が現金輸送車を襲う直前、列車は急ブレーキをかけて停まった。男は逃げ出すと、鉄道公安官に追われながらも、トンネル内の待避線ホームにいた石原をいきなり銃で撃った。

そして撃たれた石原は、今目の前にいる自衛隊の服を着た男に何かの話をして死んだ。その内容は、耕平の理解をはるかに超えたものだった。

――米軍の計画だって？

どうやら嘘ということはなさそうだ。何しろ、目の前で実際に人が死んだのだ。隣の早紀子もショックを受けたようで、茫然としている。石原の名前を知っていたことや、早紀子から聞いていた話と石原の話に矛盾があることについて訊ねたかったが、今はそんな雰囲気ではなかった。

その時、死んだ石原から最上と呼ばれていた自衛隊員が声をかけてきた。

「石原を撃った男と、追っていった連中は何者なんだ」

「追っていたのは鉄道公安官だと思います。逃げていたほうは……わかりません」

「そうか。なら、そちらは任せよう。君たちにはなんというか……きちんと説明をしなければならんが、取り急ぎ手伝ってほしいことがある」

よくわからないまま頷いた耕平を、最上という男は貨物列車の最後尾、貨車のところへ連れていった。早紀子には、石原の遺体のそばについていてもらった。

「貨車の中に、四人倒れている。米兵だ。外で寝かせるから、手伝ってほしい」

車内には、たしかに外国人の兵隊が横たわっていた。

最上と一緒に、全員を順にホームへ引きずり出す。そうしながら、耕平はおそるおそる訊ねた。

「あんな話、聞いてよかったんですか。俺たちはどうにかされてしまうんじゃ……」

「まさか」最上は首を振った。「君たちの安全は保障する。ただ……」

最上は何かを考えているようだったが、その答えを聞く前に米兵たちを運ぶ作業は終わった。

「ちょっと、この連中を見ていてくれ。機関士を助けてくる」

石原が言っていた、貨物列車の機関士のことだろう。

最上はホームを走り、小さな倉庫に入っていった。

一人にされた耕平は、周囲の様子をあらためてうかがった。今いるのは、待避線の小さなホーム。上野寄りには、石原の遺体が横たわり、その隣で早紀子がひざまずいている。

ホームに停まっているのは、自衛隊のものだという貨物列車だ。今しがた米兵たちを助け出した最後尾の車掌車の前に、それより大きめの貨車が二両連結されている。貨物列車の向こう側、本線には『天の川』が停車しており、窓から漏れる光がトンネルの壁面をうっすらと照らしていた。それほど明るくないのは、車内を減灯したままだからだろう。『天の川』の乗客や乗員には、何が起きたのかまだ伝わっていないようだ。

その時、ホームの新潟寄りから足音が聞こえた。最上かと思って振り向くと、誰かが闇の中を近づいてくる。

遠くてよくわからないが、うなだれた一人を、二人の男が両側から支えているようにも見えた。

逃げていった車掌服の男——志郎かもしれない男——を、あの鉄道公安官たちが捕らえて戻ってきたのだ。

耕平は、とっさに思った。

——まずい。

ホームの上野寄りにいる早紀子へ、小声で伝える。

「『天の川』の中に戻るんだ。早く」

動揺しているらしい彼女の状態が心配だし、訊きたいこともあるが、鉄道公安官たちが来る前に車内へ戻り、隠れてもらったほうがいい。

早紀子も、気配を察していたようだ。耕平に頷くと、静かにホームから立ち去っていった。

そうしているうちに、公安官たちの姿がはっきりと見えてきた。

やはり、以前に耕平を訪ねてきた牧と菊地という二人組だ。二人のほうでもホームに誰かいると気づいたようで、近づいてくる。耕平の顔を見て、ひどく驚いた様子だった。

なぜここにいると質問されるかと思ったが、先に別のことを訊いてきた。牧は、ホームの上野寄りを見つめている。

「あの撃たれた人は」

「亡くなりました」

耕平は、牧の視線を追って振り返りながら言った。そこには石原の遺体がある。

早紀子のことが心配だったが、見つかる前に無事『天の川』の車内へ戻ったようだ。自分の寝台に入り、カーテンを閉めればまず大丈夫だろう。

牧は撃たれた人物が死んだことにショックを受けたようだったが、すぐに冷静さを取り戻し、少し離れたところで横になっている四人についても訊いてきた。

「あの人たちは」

「米兵です」

「米兵？　何がなんだか分からんが……。菊地、念のため遺体を確認しろ。死んでいるなら、今はどうしようもない。『天の川』に戻って、他の公安職員と車掌に伝えるんだ。制服を取られた車掌も、どこかの鍵が掛かった車掌室か、給仕室にいるはずだ。助け出せ」

菊地は石原の遺体に駆け寄っていった。すぐに、首を振って牧に知らせてくる。そしてホームから線路へ飛び降りると、停車している『天の川』へ向かっていった。

耕平は、牧に訊ねた。

「その人は……」

手錠で牧とつながれた、車掌服姿の人物を指さす。暗い中でうつむいているため、顔が見えない。

「君も知っている男だ」牧が答えた。

——やはり。志郎だったのか。なんてことを。

耕平は心の中で嘆いた。

だが、牧が「黙ってないで何か言ったらどうだ」と、うなだれていた男の顎をつかんで持ち上げると、見えてきたのは耕平が予想もしていなかった顔だった。

捕らえられてもなお、にたりと薄笑いを浮かべる口。そこから覗く前歯は欠けていた。

かつて耕平にスリの片棒を担がせ、罪を一人で背負わせた男、佐竹だった。

喧嘩で折られたが、相手の歯も折ってやったとうそぶいていたその男は。

「こいつのことは、よく知っているだろう」

牧の言葉に、驚きつつも頷き返す。

牧は、耕平の顔をじっと観察しているようだった。佐竹の共犯と思われているのかもしれない。

否定しようとしかけたところで、佐竹が先に口を開いた。

「おう、誰かと思えば天城じゃねえか。……そうか、グルってわけだな。どいつもこいつも俺を騙しやがって。クソが」

佐竹は口汚く罵ってくる。何か誤解しているようでもあった。耕平は思わず、牧と顔を見合わせた。

「どういうことだ。言え」牧は、佐竹を小突いた。

「どうもこうもねえ。牧の旦那が待ち伏せてるなんて聞いてなかったぜ。俺をハメやがったな」

「ハメただと」牧が訊き返す。

「だから、現金輸送車からカネを持ち出すって話よ。何が警備はいないだ。ハジキを持ってきてよかったぜ。あの役人、俺を騙したんだ。撃たれてもしょうがねえよな」

そう言って、佐竹は下品に笑った。

石原が雇っていたのは、佐竹だったのだ。もともと捕まってもよい捨て駒のつもりで雇ったようだが、石原が想定していた以上に佐竹は粗暴だったということか。

また足音が聞こえ、耕平はそちらへ目を向けた。二人の人影が歩いてくる。最上と、半分眠ったような様子で肩を貸されているもう一人。この貨物列車の機関士だろう。倉庫から助け出したのだ。

最上は機関士をそっと壁際に座らせた後、牧に向かって敬礼した。

「陸上自衛隊第一〇一建設隊、最上三等陸佐です」

「国鉄上野鉄道公安室、牧です」

牧が慌てたように答礼した。

それから、牧と最上は二人して困惑の表情を浮かべた。それはそうだろう。耕平もあらかじめ早紀子から話を聞いていたとはいえ、理解が追いついていない。ただ、早紀子が言っていたことと石原の話は、ところどころで違いがあるようだが……。

「とにかく、関係部署に緊急連絡を入れます」

牧が言うと、最上は残念そうに首を振った。

「それが……いま機関士を助けに行った際に設備を確認したのですが、非常電話のケーブルが切断されていました」

「なんだって。誰の仕業だ……」

横でやりとりを聞いていた耕平は、不思議に思った。

佐竹に、その余裕はなかっただろう。石原だろうか？

しかし石原の意図は、この場で事件を起こし、貨物列車の存在を知らしめることだったはずだ。

牧が、最上に訊ねている。「自衛隊の列車に無線機は……」

「ありません。米軍が何かしら積み込んでいるかもしれませんが、そもそもトンネル内で無線機は使えない」

そうして、二人が思案顔になった時。

トンネルの奥から、何かの機械が作動する音が聞こえた。それは次第に大きく、甲高くなっていく。

少し間を置いて、音がした方向――新潟方面のトンネルの壁が、ぱっと白く輝いた。眩しさに、とっさに目を細める。

「EDが……なぜだ」最上が呟いた。

貨物列車を牽く電気機関車が、ヘッドライトをつけたのだった。最後尾の車掌車でも、テールランプとデッキの照明が灯っていた。

列車が走り出そうとしている。

しかし、機関士は先ほど最上が助け出したはずだ。実際、すぐそこでうずくまっているではないか。

機関車に、いったい誰が――。

耕平は一瞬で理解した。まだこの場に姿を現していない者。そして、こんな強引なことをやりかねない者といえば。

今度こそ、志郎か。

がちゃがちゃ、と連結器を震わせ、貨物列車がゆっくり動き始めた。その場にいる皆は、唐突な出来事に呆気にとられたのか固まったままだ。

耕平は、走り出した。

頭の中には、志郎を止めなければという思いしかなかった。怒った時のあいつは、何をするかわからない。それに、あの石原という人が言っていたことが本当なら、この列車の積荷は何か相当にまずいものらしい――。

貨物列車は、待避線から本線に戻るつもりのようだ。

『天の川』の車両は、本線と待避線を分岐するポイントのうち上野寄りを塞いでいるが、新潟寄りにはかかっていない。新潟寄りのポイントが切り替わっていれば、貨物列車は本線に出ることができる。

「おい!」と、背後から牧の声がした。牧は、佐竹を手錠で自らにつないでいるため動けないのだ。

「気をつけろ! 『天の川』の後続列車が来ているかもしれない!」

牧が叫んでいる。

そうか。ここは単線区間だ。後続の列車が向かってきたら。

でも、だからといって止まるわけにはいかない。耕平は走り続けた。

初めは人の歩く程度の速さで動き出した貨物列車だったが、徐々に速度を増している。最後尾の車掌車の、いちばん後ろの部分は開放式のデッキになっていた。窓ガラスのない展望室のような形で、両側面には乗車するためのステップ部分がある。全速力で駆けた耕平は、ステップ脇の手すりに掴まった。

車両の速さに合わせて、足を動かす。危うく引きずられかけたが、ぐっと腕に力を込め、身体をデッキに引き上げた。

乗り込んだ後、四つん這いになって荒い呼吸をしていると、最上もホーム上を追ってきているのが見えた。それなりの歳のようだが、さすがに自衛隊員だけあって走るのが速い。

とはいえ、早く乗らねばホームの端に達してしまう。

「急いで！」

耕平は左手でデッキの手すりに掴まると、ホームを走る最上へ右手を差し出した。

「危ない！　手を引っ込めろ！」

最上が叫ぶ。

ホームの端が近づいてきた。振り返って前方を見ると、先のほうでは待避線が本線に合流し、トンネルも急に狭くなっている。貨車の側面にぶら下がったとしても、車両と壁の間に余裕はなさそうだ。

機関車が、本線へのポイント部分に差し掛かった。がちゃがちゃとレールの連結部を車輪が渡る音が聞こえてくる。

「ここからじゃ乗れない！　無理です！」

だが最上はさらに足を速め、耕平が乗る最後尾の車掌車、そのデッキに手を伸ばした。それでも、側面のステップから乗り込むのではトンネルの壁が近づいてくるのに間に合わない。

耕平が見守る前で最上はホームを蹴り、飛び移ってきた。車両の側面ではなく、後面のデッキの支柱にしがみつく。テールランプの出っ張りに足をかけ、上体を持ち上げると、デッキの窓のない部分から転がり込んできた。

「大丈夫ですか」耕平は、おそるおそる訊ねた。

「ああ……。しかし、俺ももう……若くは……ないな」

横になったまま大きく息をしつつ、最上が答える。「君も、なかなか無茶をする……。どうするつもりだったんだ」

「夢中でした。とにかく、この列車を止めなきゃと思って。もしかしたら、運転しているのは……」

「心当たりがあるのか」

耕平は頷く前に、念のため確認した。

「誰も乗っていなくて、単にブレーキの故障で動き出したということはないですか」

できればそうであってほしい。実際、身体は進行方向への傾きを感じている。線路は下り坂になっているのだ。

最上は、あっさりと否定した。

「あり得ないな。機関車が動き出す音を聞いただろう。それに、今も傾斜にあわせてただ加速するのではなく、ブレーキをかけて速度を調整している。誰かが運転しているんだ」

やはり、そうか。耕平が抱いていた一縷の望みは潰えた。

トンネルの壁に響く走行音は次第に大きくなり、窓のない吹きさらしのデッキへと襲いかかってくる。

デッキから後方を望むと、もはや急行『天の川』は暗がりに呑み込まれていた。見えるのは、車掌車のテールランプが照らす線路だけだ。時にまっすぐ、時にはカーブしながら後方へ消えていく単線レールの鈍い光は、闇の中を水銀が二すじ流れていくようでもある。

最上が言った。

「誰が運転しているかは、後で聞こう。さしあたっての問題は、こちらへ向かってきているはずの『天の川』の後続列車だ」

――そうだ。そのことを牧も叫んでいた。

最上は防寒着のポケットから畳んだ紙を取り出した。広げた紙の上、細かな方眼にいくつもの直線が斜めに引かれている。それらは交差し、複雑な模様を描いていた。列車の運行を図で表したダイヤグラムだ。

最上は「車内へ入ろう」と扉を開けた。ベンチシートに腰掛け、小さな電球の下、ダイヤグラムの模様を指で追い始める。この先の単線区間をこちらへ向かってくる列車について確認しているのだ。

耕平は、気がついたことを訊ねた。

「非常電話は切られているという話でしたが、『天の川』の車掌が連絡してくれるんじゃないですか」

「連絡する方法がない。そもそも鉄道無線は、まだ開発が始まったばかりでどの列車にも積まれていない」

「じゃあ、信号機は」

「このあたりの路線は、連動閉塞式という仕組みになっている。区間ごとに走っている列車を軌道回路で検知し、もし列車がいれば、信号機を赤に切り替えてその区間に入れないようにするんだ。だが、非常電話を切断するくらいの相手だ。細工をしていないとは言い切れない。信号は当てにしないほうがいいだろう」

ダイヤグラムを見ながら答えた最上は、それから「くそっ」と呟いた。

やはり、急行『北陸』が向かってきているという。大雪の影響による遅れに、トンネル内での出来事にかかった時間も考慮して、あと二十分ほどの間に正面衝突すると最上は言った。

「もし、ぶつかったら……」

「この速度で衝突すれば、『北陸』の乗客乗員にもかなりの犠牲者が出るだろう。我々もまず助からん」

耕平は、新聞やテレビでさんざん見た、鶴見での列車事故を思い出した。

「運転しているのは誰か、心当たりがあるらしいね」

「はい。もしかしたら……」

耕平は、石原の話に出てこなかった志郎の存在について、最上へ簡潔に話した。裏の世界に通じた小野寺志郎という友人が『天の川』の現金輸送車を襲うらしいと聞いたため、自分は止めようとしていた、という点に絞って伝える。

「なるほど。石原は、仕事でそちらの世界にも関わっていたようだからな……そこで、その君の友人と知り合ったのかもしれん。それにしても、この列車をどうするつもりなんだ。君の友人は、やけを起こすような人物か」

「怒ると何をするかわからない時はありました」

耕平は、ふと思いついて言った。「石原さんは、この貨物列車に世の中の目を向けさせようとしていたんですよね」

「ああ。そうらしいな」

「志郎が、石原さんの遺志を継ぐつもりだったら……」

「この列車の存在を、世の中に知らせようとしていると？」

「はい。だから、志郎は何も列車をぶつけようとしているわけではないのかもしれません。もしそうなら、むしろこの列車を止める必要はないんじゃないですか。石原さんのためにも」

それを聞いた最上は、少しだけ黙り込んだ後で答えた。

「……私は自衛官だ。行動を私情に左右されてはならない」

「でも……」

「君の言うこともわからなくはないが、運転している者の意図は断定できない。石原の考えていた通りにするなら、あの場に留まっていてもよかったはずだ。すぐそこに、急行列車の乗員乗客が大勢いるんだ。なのにこの列車を奪って走り出したということは、やはり衝突させようとしているのかもしれない。それだけは絶対に阻止せねばならん。それに、もしかしたらこの列車の積荷は――」

最上は言いかけて、口をつぐんだ。

「積荷って、何なんですか」

「……それは、確かめる必要がある。とにかく、衝突を避けるには私たちがこの列車を止めるしかない。機関車まで行って、運転している奴を止めるんだ。民間人の君に頼むのは筋違いだとは思うが、緊急事態だ。手伝ってくれるか」

覚悟を決めたように言う最上に、耕平は答えた。

「もちろんです」

列車は清水トンネルを抜けたらしく、外から聞こえる音が変わった。トンネルの反響音ではなく、叩きつけるような風の音だ。開け放していた扉から、強烈な冷気と大粒の雪が吹き込んでくる。吹きさらしのデッキの床が、みるみるうちに白くなっていくのが見えた。デッキ越しに望む後方には、一面の白色にレールの黒い線二本だけが延びている。

最上は、壁の備品棚から軍手を二組取り出した。一組を耕平に渡し、もう一組を自分の手に嵌めると、入ってきたのと反対側の扉を開ける。車掌車は、進行方向が変わった時のために前部にもデッキがついているのだ。

「行こう」

前部デッキの手すりの向こうで、米軍の貨車が揺れていた。走る列車の側面を流れてきた雪が連結部に吹き込み、渦を巻いている。猛烈な風と雪のただ中に、耕平たちは足を踏み出した。

飛び去る雪越しに見る列車の周囲は、灯りが届く範囲のすべてが白い毛布に覆われているようだった。その先は、深い闇だ。森と、山の部分はそれぞれ黒色がわずかに違うことで識別できた。

列車が土樽駅を通過していく。小さな駅だ。駅員は、猛吹雪の中、ダイヤに存在しない短い編成の貨物列車が通り過ぎていったことに気づいただろうか。

この車掌車から機関車まで行くためには、間に挟まっている米軍の貨車二両の、車外に沿っていかねばならないという。

オリーブドラブ色の車体が、夜の闇に紛れて黒く見える。米軍の貨車にも手すりで囲われた狭いデッキがあり、梯子がついていた。それを登り、車両本体の屋根を伝っていくのだ。

車掌車と米軍の貨車の間では、二つの車両をつなぐ連結器ががちゃがちゃと音を立てている。連結器は雪にまみれ、白く凍りついていた。その下を、すさまじい勢いで線路が流れていく。向こうの車両との間隔は一メートルもないだろうが、それでも恐怖を覚える。

——これを飛び越えていくのか。

正直なところ、怖くて逃げ出したいほどだ。

だが、行かなければ。志郎が何を考えているにせよ、あいつを止めなければ大勢の人の命が危険にさらされることになる。

最上は車掌車のデッキの手すりに積もった雪を払うと、それをまたいでデッキの外側へ出た。片手で手すりを握ったまま、もう片方の手を向かい側にある米軍の貨車に伸ばす。

はらはらと見守る耕平の前で、最上が米軍の貨車の手すりを掴んだ。次に片方の足も向かい側のデッキにかけ、勢いをつけて一気に渡る。

手すりを乗り越えた最上は、こちらに手を差し出してきた。

「さあ」

耕平は頷いて、車掌車の手すりを跨いだ。

手すりを握る軍手に雪が浸みこむ。ひどく冷たかったが、手を離すのが怖ろしかった。車輪が線路のつなぎ目を越える時のガタンガタン、というジョイント音が、吹きすさぶ風音を打ち消すように足元から聞こえてくる。

自然と、線路の上を高速で回転する車輪を想像してしまう。

もし、ここから落ちれば――。

何かに魅入られてしまったように、視線を下へ向けかけた。

「下を見るな！」

向かい側で、最上が叫んだ。「大丈夫だ。さあ」

耕平は、車掌車の手すりを摑んでいた両手のうち、右手を引きはがすように離した。伸ばされた最上の手を握る。すぐに、片方の足を米軍の貨車に渡した。

「来い！」

飛びつくようにして、残していた手と足も向こう側へ渡す。腕を、米軍の貨車の手すりに絡みつけた。

吹雪の音にも、走行音にも負けぬほど、心臓の音がばくばくと響いて聞こえた。

「よくやった」

最上はそう言った後、そそり立つ壁のような貨車の車体へ向き直った。表面に何かを探しているようだ。最上の視線が、車体のある部分で止まる。

まったくの無地に見えた車体の隅に、小さな文字が書かれていた。いかにも軍用といった、ステンシル書体。オリーブドラブの地に黒い文字なのでひどく見づらいが、それを最上は読み上げた。

「MGM‐29B……まさか」

暗い中でも、最上の目が驚愕に見開かれているのがわかった。

どうしたんですか、と訊いた耕平に、最上はひどく慌てた様子で言った。

「時間がない。急ごう。次は、ここから屋根へ出るぞ」

最上が、車体に取りつけられた金属の梯子を登り始める。曲芸のような行動がまだ続くのかと思うとげんなりしたが、行くしかない。耕平も、梯子に取りついた。

箱型をした貨車の屋根には、車両の前方へ通じる幅五十センチほどのラインが敷かれていた。その部分だけ人が歩けるよう、滑り止めがついているのだ。姿勢を低く保ち、そこを歩いていく。

頭の上を、音を立てて架線が流れ去る。何かの拍子に、うっかり立ってしまったらどうなるのかはなるべく考えないようにした。

耕平は、先を行く最上に向かってもう一度訊ねた。

「さっきの、MGナントカって、何なんですか！」

返事が来るまでに、少しだけ間があった。答えるべきかどうか、迷っていたようだ。それでも最上は耕平を信用してくれたらしく、這うようにして進みながら大声で教えてくれた。

「MGM-29、通称『サージェント』。アメリカ陸軍のミサイルだよ」

「ミサイル？」

「ああ。おそらく、弾頭は通常弾頭ではない」

「通常じゃないって……」

耕平は、背筋を悪寒が走り抜けるのを感じた。

最上の説明によれば、MGM－29は最大射程およそ百四十キロの短距離弾道ミサイルだという。

そしてその弾頭は――W52熱核弾頭。つまり水爆である。

二百キロトンの核出力は、広島に投下された原爆の十倍以上に相当する。

「だが、サージェントの型式はMGM－29Aだったはず。B型は車載型なのか。……もしかして」

最上は、以前に聞いたという噂について話してくれた。

米軍は、発射機を組み込んだ鉄道車両から弾道ミサイルを直接発射する計画を持っているという。輸送起立発射機(TEL)と呼ばれる車両は二両一組で、一両に発射機とミサイル本体が収容され、もう一両は制御装置である。

「そのテストを鉄道網が発達した日本で行うということも、あり得なくはない」最上は言った。

耕平は、歩きながら貨車の屋根を見回した。言われてみれば、屋根の一部が扉のようになっている。そこが開いて、ミサイルが頭をもたげてくるのだろうか。核弾頭がすぐ足元にあると思えばひどく怖ろしかった。

「この列車が衝突したら、どうなりますか」

「運搬時に起爆装置はセットしないはずだから、核爆発までは至らないだろう。だが……脱線程度ならともかく、列車が衝突すれば損傷して放射性物質が撒き散らされる可能性がある。このあたり一帯は、しばらく人も住めない土地になってしまうだろうな。風向きによっては越後平野全体、それどころか東京まで影響が及ぶかもしれん」

最上はそう言ってから、付け足した。

「オリンピックどころじゃなくなるな」

車両の端まで行き、梯子を下りる。この貨車は二両でワンセットということだからか、下りた先のデッキと、隣の貨車のデッキが渡し板でつなげられていたのはありがたかった。手すりがないことに気をつけつつ、なんとか渡り切る。

零下の気温の中を吹きつける強風と雪で、顔中が痛んだ。雪は身体中にべっとりと貼りつき、水分を含んだコートは重くなっている。靴に入り込んだ雪のせいで濡れた足は冷え切り、少しずつ感覚がなくなってきた。

次の貨車の梯子を登りながら、最上は新たにわかった事実や石原の話をもとに自らの推測を話した。

――この貨車は、表向き指揮所として整備する、茂倉信号場の引き込み線に隠匿(いんとく)しておくつもりだったのだろう。トンネル内照明用のケーブルから電源を取れば、ミサイルの機能は維持できる。

万一有事となり、新潟に上陸したソ連軍を押しとどめることができなかった場合、三国山脈を越えての関東侵攻は絶対に阻止しなければならない。ミサイルは、その際の最終手段となったはずだ。

清水トンネルの出口から攻撃をかければ、越後平野全域を射程に収めることが可能だ。最終手段を取るほどの状況なのだから、最小限の行動で最大限の効果を得る必要がある。一撃で、越後平野に展開する敵を殲滅できるような。たとえ、住民を犠牲にするとしても。そのための核弾頭ということだ。

固体燃料式であるため短時間で発射できるこのミサイルを、あらかじめトンネル内に配備しておくということだろう――。

そうして、最上は忌々しげに吐き捨てた。

「持ち込ませないはずの核兵器を持ち込ませ、この国を実験場扱いにするとは」

「……それが本当なら、ひどすぎる」

耕平は言った。志郎も、そう思ったのだろうか。だから今――。

やがて、列車は再びトンネルに入った。

「松川ループトンネルだ！」

最上が、トンネルの壁に反響する走行音に負けまいと叫んだ。

「トンネルを走る間に、大きな円を描いて標高を下げていくんだ」

最上の説明の通り、線路が左へカーブしていくのが感じられた。レールと車輪がこすれる、キイーッという音が次第に大きくなっていく。

屋根の上を進んでいる途中で、列車は一度トンネルの外に出た。突然吹きつけてきた雪と風に危うくバランスを崩しかけたが、なんとか車体にしがみつく。

そのうちに、再びトンネルが始まった。左カーブは続いている。

最上が、前を向いたまま訊いてきた。

「ところで、なぜ君の友人は運転ができるんだ」

「志郎の父親は、満州で軽便鉄道の機関士をしていました。よく父親に、機関車の運転席に入れてもらっていましたから……。僕も乗せてもらったことがあります」

「君たちは、満州にいたのか？」

「はい」

そう答えると、最上は一瞬振り返り、耕平の顔を見つめてきた。

「何か？」

「いや……なんでもない。それより急ごう。ループトンネルを抜けて少しすると、越後中里駅だ。その先の急カーブが連続する区間が終わると、越後湯沢の街に入ってしまう」

今は誰も住むもののいない山中を走っているが、この先は人家も徐々に増えていく。そこで列車が衝突し、積荷が撒き散らされたら……。

耕平は、腕のセイコーへちらりと目を遣った。闇の中でうっすらと見える針は、清水トンネル内の待避線を出発してから既に十分近く経っていることを示している。

着実にこちらへ向かってきているはずの急行『北陸』が、どこを走っているかわからないのがもどかしかった。

機関車との連結部分に近づくと、耕平と最上は貨車の屋根に腹ばいになり、様子をうかがった。

凸型をしたED29電気機関車。そのボンネットの向こう、車体中央部には、不釣り合いなほど大きなパンタグラフを載せた運転席がある。窓に、人影が見えた。

「ED29は、前進と後退を一つの運転台で行えるようになっている。席が横を向いているんだ」

たしかに、運転している人物は横向きに座り、首だけを前に回しているようだ。

ヘッドライトの照り返しに運転席がぼんやり浮かび上がっているが、進行方向を向いた運転手の顔まではよくわからない。

——くそっ、もうちょっとで見えそうだが。

その時、パンタグラフと架線の間で小さなスパークが散った。トンネルの壁に反射した青白い閃光が運転席を照らす。一瞬、そこに座る人物の横顔がうかがえた。

やはり、思っていた通りの人物だった。

満州の軽便鉄道でのことを思い出す。まさか二十年後、こんなことになるとは。

耕平は、最上に言った。

「間違いありません。志郎です」

「そうか。君に来てもらってよかったようだ。説得できるか」

「はい。ただ……お願いがあります」

「お願いというと」

「あいつを死なせないでください」

「……私にできるだけのことはしよう。今は、それでいいか」

耕平は頷くと、もう一度運転席の様子をうかがった。志郎は変わらずに前を向いている。

ＥＤ29電気機関車の構造は、台枠に、ボンネットと運転席からなる凸型の車体が載った形だった。車体の幅が台枠よりわずかに細いため、台枠上には足を載せられるくらいの隙間がある。またボンネットには何ヵ所か整備用の開閉パネルがあり、それぞれ取っ手がついていた。

その取っ手につかまりながら車体と台枠の隙間を歩いていけば、凸型の中央の運転席までたどり着けそうだ。運転席には、車体の両側に扉がある。

耕平と最上は、車体の左と右に分かれて近づいていくことにした。運転席の志郎は進行方向左を向いて座っているため、左を行く耕平がまず扉を開け、説得を試みる。それが失敗した場合は、右側、つまり志郎の背中側の扉から入る最上が力ずくで取り押さえる計画だった。運転席の両側から、挟み撃ちをするのだ。

貨車の屋根から急いで梯子を降り、車端のデッキに立つ。

先に最上が、運転席から見えないよう身体を屈めつつ手すりを乗り越え、機関車の側に渡った。

耕平も覚悟を決め、その後に続く。

びちゃびちゃに濡れた軍手から、手すりの冷たさが伝わってくる。それでも、ないよりはましだ。とても素手では触れまい。

貨車の手すりを乗り越えた。

すぐ下を、二本のレールが流れていく。下り勾配のため抑え気味のスピードとはいえ、時速三、四十キロは出ているだろう。

先ほどと同じように、最上が左手を差し出してきた。最上の右手は、機関車のボンネットの取っ手を摑んでいる。

耕平は右手で貨車の手すりを握りしめたまま、左手を最上へ伸ばした。

もう少しというところで、列車がトンネルを抜けた。

突然、吹雪が襲いかかってくる。耕平は身体のバランスを崩した。

左手の指先にかすかな感触だけを残し、摑みそこねた最上の手が遠ざかる。手すりを握る右手に力を込めた。

「気をつけろ！」

最上が声を抑えつつ叫ぶ。

もう一度、左手を伸ばす。今度はしっかりと最上の手を握ることができた。

タイミングを計り、左足を機関車側に飛び移らせる。続けて、手すりから右手を離して最上の手を摑んだ。

最後に残っていた右足に力を入れた時、デッキの縁にこびりついた雪で滑ってしまった。

がくん、と視界が揺れる。

一瞬、何が起きたのかわからなかった。気づけば、機関車に掛けていたはずの左足も滑り落ち、両手だけで最上の左手にぶら下がる形になっていた。

冷たい汗が噴き出す。

支えるもののない両足は、機関車と貨車の間でぶらぶらと揺れている。数十センチ下を、線路が飛ぶように流れていた。

ひっきりなしに雪が叩きつけてくる。鼻も耳も口も、露出している部分はすべてじんじんと痛んだ。

「しっかり掴まれ！」

渦巻く風の音と走行音の中、最上の、ぬおお、という唸り声が聞こえた。渾身の力で引き上げられていく。

ようやく、片方の足が機関車の台枠に載った。ばたつかせていたもう片足も、なんとか引っかける。

最上にしがみついていた手を離し、自分でボンネットの取っ手を掴んだ。

車体にへばりつき、ぜいぜいと息をする。大きく吸い込んだ冷たい空気に、喉が痛む。吐いた息は白くなる間もなく吹き飛ばされていった。

隣では最上も車体にもたれかかり肩を激しく上下させていたが、さすがは自衛隊員である。すぐに呼吸を整えた後、耕平に声をかけてきた。

「いよいよだ。行けるか」

そうだ。一番の大仕事は、これからなのだ。

「行けます」

耕平は、機関車の左側面へ出た。

靴が半分載る程度の、車体と台枠の間の狭い隙間に足を引っかけ、ボンネットの取っ手に掴まりつつ運転席へにじり寄っていった。時折がくんと大きく車体が揺れ、振り落とされぬよう必死で取っ手を握りしめる。

架線を支えている柱が、次々に身体のすぐ横を通過していく。その度に吹きつける風の勢いがかすかに変わるのを、冷え切った肌で感じた。走行する車両と接触しないよう、架線柱は余裕を持って設置されているはずだ。まず身体に当たることはないとわかっていながらも、恐怖で身体が固くなる。

ボンネットの反対側でも、最上が同様の蟹歩きでじわじわ運転席へ向かっていた。運転席に近づくにつれ、窓から見られぬように首を縮め、姿勢を低くする。

運転席の扉は、もう、すぐそこだ――。

扉の脇の手すりに、左手を伸ばした。

右手は、ちょうどよい位置に取っ手がないため、車体の縁を摑んでいる。握力を失いかけた掌の筋肉が悲鳴を上げたが、気にしてはいられない。不安定な姿勢で、耕平は左手を伸ばし続けた。

ようやく手すりを摑んだ左手に、ぐっと力を込める。身体をひねり、扉の横へ飛び移った。運転席の窓のちょうど下だ。

この位置から、最上の姿は見えない。自分の判断で扉を開けるしかなかった。今さら躊躇している時間はない。

耕平は扉のノブを一気に引き、身体を運転室に滑り込ませた。同時に大声で叫ぶ。

「志郎！」

目の前に、志郎の顔があった。

そして、自らに向けられた銃口も。

志郎は左手を運転台のレバーに載せ、右手の拳銃で耕平の胸に狙いをつけていた。

大型の、自動拳銃だ。

「馬鹿野郎」

志郎は呟いた。「こんなところまで来るなんて。途中から見えていたよ」

扉の枠の上部へ、志郎が視線を送る。

そこには、バックミラーが取りつけられていた。

「手を上げてくれ。お前にこんなことはしたくなかったが」

耕平が仕方なく両手を上げると、志郎は叫んだ。

「そっちのもう一人も見えている！　おとなしく入ってくるんだ！　さもなければ彼を撃つ！」

そうして、志郎は耕平の目を見つめて言った。

「友達だからといって、容赦はしないよ」

反対側の扉を開け、最上が運転室に入ってきた。

志郎が、銃を向けて指図する。

「雪が吹き込む。扉を閉めたら、両手を上げて」

最上は指示に従いつつ、志郎の拳銃を見て言った。

「コルト・ガバメントか。どこでそれを」

その質問には答えず、志郎は最上にまた命じた。「こっちに来て、彼と一緒に立つんだ」

それから志郎は、拳銃を向けたまま耕平へ先ほどと同じことを言った。

「馬鹿野郎……どうしてここに」

「馬鹿はそっちだ。なんでこんなことをしてるんだ」

耕平は言い返しながら、志郎の表情をうかがった。志郎はどこか、耕平が来ることを見越していたようでもあった。

「早紀子から聞いたのか」

志郎の問いに、耕平は頷いてから訊ねた。

「石原さんが撃たれたのは、知っているのか」

「ああ」

「石原さんは、亡くなる前に話してくれた。だいたいのことはわかっている」

「そうか……」

表情を硬くした志郎が、最上に向き直る。「あなたは最上さんですね」

「なぜ私の名を……。石原か」

「ええ」

志郎は、耕平に確認してきた。「石原さんは、俺のことを何か言っていたか」

「いや、お前の名前は出していなかった」

「そうか……。罪を一人で被るつもりだったんだろうな……」

志郎は一瞬黙り込んだ後、話し始めた。

「俺の勤めている仁風社は、東梅会とつながりがあった。後ろ暗い仕事も、さんざんやらされてきた。その中には、大場という政治家が関係する仕事もあった」

最上が口を挟んだ。「与党の大物だな。親米保守の。我々自衛隊にも関係が深い」

志郎は頷いた。

「その大場の指示で、防衛庁絡みの仕事をしている時に、調整役をしていた石原さんと知り合った。正確に言えば、再会したというべきか」

「再会……?」

耕平が訊くと、志郎は最上のほうを向いて言った。

「俺の顔に、見覚えはありませんか。いや、俺たち——そこにいる彼の顔にも。耕平も、その人をよく見てみろ」

そう言われて、耕平は最上と顔を見合わせた。

最上は、自分よりもかなり背が高かった。今になって気づいたが、優しそうな目をしている。

『大丈夫。この後も汽車は来るんだ。終点でまた一緒になれるさ』

ふいに、声が聞こえたような気がした。

頭を撫でる、大きな手のひらの感触。遠い昔、遠いところでの出来事だが、それは耕平の記憶にはっきりと刻まれていた。

「もしかして……」

耕平と同時に、最上も気づいたようだ。「君は……」

「わかったか」

志郎が言った。「俺たちの間には、大場を介して妙な縁があるみたいだな。再会した俺のことを、石原さんは何かと気にかけてくれた。俺たちの親や、村のみんなを救えなかったことを、ずっと気に病んでいたそうだ」

最上が、ああ、と小さく唸った。

志郎によれば、その後も石原と二人で、大場に関係する汚れ仕事をいくつかこなしたらしい。防衛庁の内部には大場を告発しようとした者もいたが、ことごとくもみ消された上、左遷（させん）されたり、退職させられたりしたという。

「……中には、自殺した奴もいた。そうするように追い込むのを、俺と石原さんは手伝わされた」

絶句した耕平に、志郎は続けた。

「そうやって、意に沿わぬ相手の口を封じることがまかり通るのが、民主国家となったこの国の実情だよ。大場はオリンピックも盛んに推進しているが、それも結局は自分の利益のためだ。戦時中と何も変わらない。戦争は終わっていないんだ」

そんなある日、石原は志郎に、米軍の核ミサイルを清水トンネルに隠匿する計画を打ち明けたのだという。

大場は、その計画を日本側で推進する中心人物だった。防衛庁の施設課長として計画を担当することになった石原には、大場が国家防衛という大義名分のもとでアメリカに恩を売り、さらなる利権を得ようとしていることはわかっていた。

そこに至り、志郎と石原の我慢は限界に達したのだ。

「人を死なせて金をもらうなんて、もうまっぴらだ。これ以上あんな奴の言うことなど聞きたくはない。それに、大場のような人間はこの先もきっと現れるだろう。だからこそ、今ここで潰さなければならないんだ。そのために、俺と石原さんは計画を立てた」

志郎の静かな口調には、怒りがこもっている。彼の怒りは、耕平にも理解できた。

自分たちから親を奪い、あげくにまっとうに生きられない原因をつくった国。そして、その国を動かす人々。

彼らは、多くの国民にあれほどの経験をさせた後でさえ、体裁を変えただけで同じようなことを続けている。皆、忘れてしまったのか。それとも忘れさせられたのか――。

「俺たちは、計画を暴露しようと考えた。だが、新聞社に知らせる程度では簡単に隠蔽されてしまうだろう。だから、隠しようがないほど大きな事件を起こすことにしたんだ。大勢の目が、ミサイルにも向けられるほど近くで」

「だったら、あのままトンネルの中にいてもよかったじゃないか。『天の川』の乗客に証言してもらえばいい」

「いや……一般の乗客の証言では、やはり隠蔽されるおそれがある。だから、石原さんの知り合いの記者を呼ぶことにしていたんだ。それが、大雪で列車に間に合わなかった」

いくつか空いていた寝台の一つが、その分だったのか。

「ツイてない時は、重なるもんだ。列車の止まるタイミングも、計画とずれてしまった。実際には現金輸送車は襲われていないから、『天の川』はそのうち出発してしまうだろう。そうなれば、トンネルの中の出来事なんていくらでも言い訳がきく」

「お前が表に出て、説明すればいいじゃないか。俺も手伝う」

「甘いよ。隠蔽されると言ったろう？　だいたい、ヤクザ者が何を言ったところで信じてはもらえない。お前だって、こう言っちゃなんだが一介の工員だ。世の中の連中が信じてくれると思うか？　強引にでも知らせるしかない」

「この列車を『北陸』に衝突させるつもりか」最上が訊いた。

話をしている間に、越後中里駅を通り過ぎていた。ここからは、いくつか急カーブを経て越後湯沢の街だ。

「いや、そのつもりはありません。越後湯沢駅で停車します。そうすれば、こっちへ向かってくる列車は駅員が待避線へ通すでしょう。ただし、投降はしません。核ミサイルを使って人質を取ります」

「人質？」

「オリンピックだよ」

そうして、志郎は静かに笑って言った。

「大場を脅迫してやるんだ。オリンピックだからって何をしてもいいわけじゃないと、教えてやる。もともと、最終手段として考えていたことだ。石原さんが運転する予定だったけどな」

「お前の気持ちはわかるよ。……でも、やっぱり止めよう。そんなにうまく行くはずがない」

耕平がそう呼びかけながら一歩近づこうとすると、志郎は「近寄るな！」と叫び銃口を向け直した。

「お前には、わからない」

志郎はきっぱりと拒絶した後で、なあ耕平、といくぶん穏やかな口調で語りかけてきた。

「これは、将来のためにやらなければいけないことなんだ。俺にとって、あの戦争はまだ終わっていないんだよ」

「……お前がしているのは、また違う戦争を起こすことじゃないのか」

そう訴えた耕平を志郎が睨んでくる。だが、耕平は説得を続けた。

「たとえば、佐竹のことだ。そりゃあ俺だってあいつは嫌いだよ。昔、俺に罪をなすりつけた。でも、だからといっていいように利用して使い捨てるのは、あいつが俺にしたのと同じことだ。悪いことに悪いことで返していったら、またそこから始まっちまうんじゃないかな。将来のためにこそ、変な繰り返しは止めなくちゃいけない。ここで終わりにしよう。な？　俺も、できるだけのことはする」

「……お前は甘いよ」

志郎は頑なに態度を変えない。だがその口調からは、少し力が失われているようにも思えた。

志郎はしばし黙り込んだ後、ふいに訊いてきた。

「早紀子は、無事か」

「ああ。早紀子を、どうして巻き込んだ。それに、早紀子から聞いた話は、石原さんが言っていたこととだいぶ違っていた」

「俺が、計画のことを話してしまったんだ。そうしたら、早紀子のほうから手伝うと言い出した。仕方ないから、すべては伝えずにちょっとだけ嘘をついた。……とにかく、早紀子が無事ならよかった」

志郎が束の間、遠くを見るような目つきをする。耕平はもう一度、「志郎、お願いだ」と呼びかけた。

だが、志郎は結局首を振った。

「やっぱり、駄目だ。俺の手はもう、汚れている……。越後湯沢駅で止まるから、二人はそこで降りるんだ」

志郎は拳銃を構えたまま、ブレーキハンドルに手をかけた。減速操作に入ろうとしているのだ。

「志郎……」

諦めきれずに呼びかける耕平の頭に、ふと疑問が浮かんだ。

――志郎は早紀子に嘘をついたという。でも、たしか早紀子は自分自身の借金のために、と言っていた。何か妙ではないか？

そのことをあらためて確認しようとしたが、志郎はブレーキハンドルをがちゃがちゃと動かしながら、まごついた表情を浮かべている。

「どうした？」最上が訊いた。

「ブレーキが……利かない」

ひどく切迫した声で、志郎は答えた。動揺しているのか、銃口はいつの間にか下がっている。

最上が、志郎を押しのけるようにして運転台へ飛びついた。何をするんだ、と拳銃を向けかけた志郎を、最上は一喝した。

「それどころじゃない！」

やがて一瞬ブレーキが利いた感覚があり、最上は「行けるか？」と小さく呟いたが、すぐにまた速度が上がり始めた。

「……駄目か」

最上は絶望的な声で言った。「ブレーキ故障だ」

最上によればもともとこの機関車は旧式で、耐寒耐雪仕様ではないのに無理をかけていたところへ、さらに凍結と解凍を繰り返したことで故障してしまったらしい。

ブレーキは時々復活するそぶりを見せたが、下り勾配を走る列車を抑えつけるほどの力はなく、徐々にスピードは増していった。

列車は、今や本当に暴走していた。

渦を巻きながら向かってくる吹雪を、ヘッドライトが照らしている。線路際の樹々が、すさまじい速さで過ぎ去っていく。

線路が、左へカーブし始めた。

ここから線路は左へ百八十度回り、その後右へ九十度曲がるという。カーブする線路の向こう、ヘッドライトの光の中に、いつ対向列車——急行『北陸』が飛び込んでくるかわからない。ゆっくりと走らせて越後湯沢駅で止まれば衝突の危険はなかったはずだが、もはや越後湯沢で停車することも期待できなかった。

車輪とレールがこすれ合う金属音が、床下から響いてくる。通常のカーブで聞こえる音よりもかなり大きい。オーバースピード気味なのだ。

がくがくと車体が揺れ、耕平は窓枠を握りしめた。志郎も拳銃を腰のベルトに挟み、手すりに摑まっている。

最上はまだ操作を粘っているが、その顔は厳しいままだ。

遠い日の、満州でのことが頭に浮かんでくる。軽便鉄道の運転席に乗せてもらった思い出。志郎の父親は、自分たちに列車の運転の話をしてくれた。カーブを走る時は、あまりスピードを出し過ぎないようにしなくちゃいけない。さもないと、脱線してしまうからね——。

「左カーブから右カーブへ移るところで、少し勾配が緩やかになるはずだ」

最上が言った。「そこでブレーキが一時的にでも復活すれば、減速できるかもしれない」

「止まれますか」

「それは無理だ。ただ、スピードは今より落ちるだろう。君たちは飛び降りろ」

「最上さんは」

「私は、この貨物列車の運行について責任がある」

「衝突するかもしれませんよ」

「越後湯沢はそれなりに大きな駅だ。通過する際、駅員が気づく可能性が高い。最悪でも、その次の石打(いしうち)駅には峠越えの補機を連結する要員が控えている。『北陸』より先にそこまで行けば、対向列車に待避線へ入るよう警告を出してくれるだろう。そうすれば、こっちが走り続けてもぶつかることはない」

「越後湯沢か石打に着く前に、『北陸』が来てしまったら――」

その耕平の質問に、最上は答えなかった。

やがて、最上の言っていた通り、左へのカーブは終わりにさしかかった。下りの勾配も、緩やかになっていく。

最上は必死でブレーキを操作していた。速度計の針が、徐々に下がり始める。時速二十キロを割った。

「準備するんだ！」最上が叫んだ。

線路沿いは分厚い雪で覆われている。この区間では、架線柱は線路の左側に並んでいた。右側に向かって飛び降りれば、なんとかなりそうだ。

運転室右側の扉を開ける。雪と風が、一気に吹き込んできた。

前方で線路が右カーブを描いているのが見える。

耕平は、急にあることを思い出した。

「手紙、お前が出したのか」志郎に訊ねる。

「何のことだ」

「レーテーとかいう差出人の手紙だよ。あれを出して、どうするつもりだったんだ」

志郎は、何も答えない。

その時、最上が絶望的な声で言った。

「遠くに光が見える……。『北陸』のヘッドライトだろう。越後湯沢の駅を通過してきたんだ」

運転席の窓から見て、進行方向右。他に目印がないのでよくはわからないが、おそらく標高を少し下げたところに、ひときわ明るい光が一つと、その後にぼんやりした光の点が続いていた。列車の灯りだ。

右への急カーブが終わったあたりにいるようだ。越後湯沢駅は、その先である。

「警笛を鳴らして、危険を伝えられませんか」

「やってみるが……聞こえるだろうか」

最上が紐を引くと、ピイーッという警笛が鳴り響いた。吹雪の中でどこまで届くだろう。

「もうじき右カーブだ。その前に君たちは飛び降りろ」

「最上さんは！」

返事はない。

耕平は、隣の志郎の顔を見た。妙に落ち着いた表情をしている。

どうした、と言いかけると、志郎はぽつりと呟いた。

「レーテーの河だ」

「え？」

「この国のみんなが、河の水を飲もうとしている。お前はどうする」

「どういうことだよ。レーテーって何だったんだ」

「たまには本を読めよ」

志郎は笑って言うと、ふいに腰から拳銃を抜き、最上に突きつけた。

「代わってください」

「志郎、お前なにを……」

「耕平、黙って言うことを聞いてくれ。二人とも、早く飛び降りるんだ」

「そんなことが……」

最上が言い終わる前に、志郎は拳銃を運転席前部の窓ガラスに向けて発砲した。暗い運転室内に、一瞬の閃光が走る。短く乾いた銃声。窓ガラスに、蜘蛛(くも)の巣にも似た模様が入った。

薬莢(やっきょう)の落ちる音とともに、硝煙の臭いを耕平は嗅いだ。しかし、それはすぐに扉から吹き込む風が散らしてしまった。

「次は本当にお前たちを撃つ。早く降りろ！」

銃を突きつけられた最上が、耕平と並んだ。後ろにはもう開いている扉がある。

「志郎……」

「いいから降りろ！」

銃口を向けたまま、志郎は耕平たちに近づいてきた。銃を持っていないほうの手で、扉へと押しやられる。

列車の揺れも、志郎に味方した。バランスを崩した耕平と最上は、吸い込まれるように扉から車外へ放り出された。

扉から外に倒れ込む刹那、志郎は耕平の目を見てにこりと笑い、言った。風にかき消されかけながらもかろうじて耳に届いたその台詞は、「早紀子を頼む」と耕平には聞こえた。

雪の中に落ちるまでに要したのは、実際には一秒にも満たない時間だったが、それは永遠にも感じられる一秒だった。

宙に浮かんだまま静止したかと思えた身体は、次の瞬間には分厚く積もった雪面に叩きつけられていた。

痛みを感じた直後、身体が雪にめり込んだ。口だけでなく、耳や鼻の穴にまで雪が入り込んでくる。冷たさよりも息苦しさを覚えた。慌てて手足をばたつかせるが、何も摑まるものがなく、どちらを向いているのかもわからない。足がもつれてうまく走れない悪夢のようだった。

「大丈夫か」

近くに落ちた最上が、助けにきてくれた。がっしりと腕を摑まれ、ようやく天地の方向がわかった。

「ああ……大丈夫……です」

痛みは残っているが、両手両足はついているようだ。頭を打たずに済んだのは、運がよかった。

軍手を嵌めたままの手で、顔中にまとわりついた雪を払う。軍手からは、鉄と油の臭いがした。

激しい吹雪は相変わらずだ。街灯はなく、もちろん月も星もない。それでも、周囲の様子がだんだんと見えてきた。

耕平と最上が落ちたのは、単線の線路から数メートル離れたところだった。風の音の合間に、警笛と走行音が聞こえる。立ち上がると、思っていたよりも遠くで動くヘッドライトの灯りが見えた。志郎の運転する貨物列車が、急カーブの下り勾配を走っているのだ。近づいているはずの『北陸』は森の陰にでも入っているのか、どこにも見当たらない。

貨物列車のヘッドライトは、かなりの速さで動いていた。

「やはり、加速している。俺がしようとしていたことをしているんだ」

最上が茫然と呟いた。「あの急カーブに、あんな速度で進入すれば……」

その時、それまでの走行音とは異なる、がきん、という金属音が聞こえてきた。規則的な走行音とは違う、不連続の、固いもの同士が絡みあうような音。

がん、という大きな音がすると、ヘッドライトの光が急に揺れ始めた。その振れ幅は大きくなっていき、次の瞬間、貨物列車の編成の真ん中あたりで火花が散った。

そこからは、実際に目にしたわけではない。だが耕平には、巨大な雪煙に包まれて斜面を転がり落ちるＥＤ29電気機関車と、それに引きずられていく貨車の短い編成がたしかに見えたような気がした。

続けて響いてきた重量感のある轟音は、すぐに収まっていった。

爆発も、火災もない。

やがて、今しがた貨物列車の去っていったレールが銀色に輝いた。眩い光と轟音が近づいてくる。

補機のEF16電気機関車を先頭に立てた、上野行き急行『北陸』だ。

客車の窓から漏れる灯りが、夜の雪原に四角い光の列をつくっている。その列が近づき、そして通り過ぎていくのを前に、耕平と最上は立ち尽くしていた。

赤いテールランプが消えた後、再び戻ってきた闇の中では、ただ唸りを上げる風に雪が舞うだけだった。

# 終章

昭和三十九年（一九六四年）

十月九日　金曜日

窓を叩く雨音で、耕平は目を覚ました。

時計を見る。ああ、そろそろ起きて仕事に行かないと。

一、二分ほど目を閉じていたが、意を決してそっと布団を抜け出した。隣で寝ている早紀子を起こさぬように。

静かにパンを齧（かじ）りつつ、服を着替える。

平和な朝だ。九ヵ月前に起きたことは、案外夢だったのではないかと思える。

だが、それはゆるぎない現実だ。

耕平と早紀子が、子どもの頃からずっと一緒だった小野寺志郎は、もういない。それどころか彼がこの世界に存在していた形跡は、ほとんど残っていなかった。

事件は、秘密裏に処理された。

年が明けて間もない一月四日未明からの数時間、上越線が不通になったことは、まったく報道されなかった。さすがに駅頭では列車が遅れているとの説明はあったが、大雪によるものと伝えられた。

清水トンネル内で長時間にわたり停車した急行『天の川』の乗客に対しては、車両故障という説明がなされた。切符が払い戻されてしまえば、それ以上文句を言う者はいなかった。銃声のような音を聞いたという客もいたが、機器の作動音がトンネル内で反響したものとされた。

そしてなぜかその日、国鉄立川駅で停車中の青梅線電車に米軍の貨車が衝突、炎上する事故が起きると、報道機関の関心はそちらに向けられてしまった。

吹雪の中で脱線し、斜面を転落していった貨物列車のことや、防衛庁の石原という職員が死んだことを、世の多くの人は知らない。防衛庁の職員ですらそうした扱いなのだから、志郎の名など、もちろんどこにも出てくることはなかった。

耕平や早紀子が何ごともなかったかのように普通に暮らせているのは、最上三佐が何らかの方法でかばってくれたからかもしれない。

もっとも、秘密を守ることを約束させられた最上三佐が、防衛庁、自衛隊という組織の中でできたのはそこまでだったのだろう。石原や志郎が望んでいた事実の公表がなされることは、ついになかった。ミサイルがその後どうなったのかもわからない。

今、耕平と早紀子は一緒に暮らしている。アパートは常磐線の金町(かなまち)駅近くに借りた。耕平は工場勤めを続けているが、正社員にはまだ当分なれないらしい。早紀子は夜の仕事には戻らず、とある会社の事務員になった。いつも、職場が遠い耕平のほうが先に家を出ていた。

経済的に満たされているとはいえない。だが平穏な毎日を送るうちに、正直なところもういいかという気持ちにもなっている。今が幸せなのだから、嫌なことは忘れてしまえばいい。志郎への供養は、自分たちが幸せであることだ。

志郎たちを手伝った本当の理由について、今さら早紀子に訊くつもりはなかった。彼女のほうからその話が出ることもない。

今ではもう、志郎の名も、事件のことも、二人の話題に上ることはなかった。ただ、最近月賦で買ったばかりのテレビを見ていて、ニュースに大場議員が映し出されると、早紀子は急に表情をこわばらせ押し黙ってしまうことがあった。無理もない。しかしオリンピックが終わればこんなことも少なくなり、やがては忘れるだろう。そうなることを、耕平は密かに願っていた。

布団がもぞもぞと動き、早紀子が訊いてきた。

「おはよう……朝ご飯食べた？」

「パン食べたよ。今日は仕事の後、用事があるんだっけ」

「うん。耕平くん、夕飯は適当に何か食べてきてもらっていい？」

「わかった。明日は楽しみだな」

「うん。楽しみだね」

「じゃあ、行ってきます」

「行ってらっしゃい」

二人がようやく手に入れた、平和な日々であった。

その日の仕事帰り、耕平は常磐線に乗り換える上野駅で久しぶりの顔と出会った。

白髪交じりの鉄道公安官、牧だった。

人々の行き交う中央改札の脇で、牧は以前と同じハンチング帽をかぶり柱にもたれていた。

話しかけようか迷っていると、牧のほうでも気づいたらしく、向こうから近づいてきた。

「よう」

「ごぶさたしています。あれ以来ですね」

「そうだな。あの時は、疑って悪かった」

「いえ……」

事件の場にいた二人の鉄道公安官、牧と菊地に対しては、佐竹と石原による現金輸送車襲撃未遂として説明がなされたと、耕平は最上から聞いていた。石原は、仲間割れで撃たれたという話になったらしい。少なくとも、耕平に対する嫌疑はなくなっているはずだ。

牧は耕平の目をじっと見て、元気そうで何よりだ、と言った。

「そちらもお元気そうで」

「いやあ、さすがにあの件ではこたえたよ。俺も歳だ」

「菊地さんでしたっけ、もう一人の方はお元気ですか」

「あいつこそ、元気過ぎて異動したよ。本社へ大出世だ。おかげで現場は人手不足、俺もまだまだ引退できないというわけだ。あんたは今、どうしてるんだ」

「前と変わらずです」

「たしか、工員だったな」

「相変わらず見習いですが……」

そう耕平が答えた時、構内アナウンスが流れてきた。

『――明日からオリンピック競技大会が開催されます。開会式においでの方は国鉄千駄ケ谷駅をご利用ください――』

　二人とも、何とはなしにスピーカーを見上げた。

「さて、明日からはスリの連中にとってもオリンピックってとこか」

「ああ、お忙しい時に引き留めちゃいけませんね」

「いや、あんたに会えてよかったよ。オリンピックは誰かと見るのかい？　あの、幼馴染みの彼女とか。なんて言ったっけ……」

「早紀子です」

　その呼び方に薄々察したらしい牧が、笑みを見せる。それから牧は言った。

「そういえばその人のことを調べさせてもらってた時、足立区の婆さんのところを訪ねたよ。ほら、彼女の親戚で、昔働いていたっていう」

　――そうか。おばあさんは、先に鉄道公安官が聞き込みに来たと言っていたっけ。

「その時に聞いたんだが、彼女、だいぶオリンピックを恨んでたみたいだな。オリンピックだからって何をしてもいいわけじゃない、なんて婆さんに話してたそうだ」

「まあ、その工事でいろいろありましたから」

　耕平はそう答えながら、いま牧が口にした台詞に聞き覚えがあることに気づいた。

同じ台詞を、どこかで聞いた――。

「こっちこそ引き留めて悪かった。明日、なんだかんだ言っても晴れるといいな」

「そうですね」

じゃあな、と一度去りかけた牧は、振り向くと声を潜めて言った。「最上さんからは、いろいろ聞いた」

何も答えられずにいる耕平に、牧は「仁風社が横流ししたのは自動拳銃二丁だが、佐竹が持っていたのは、それとは違うリボルバーだった。二丁のうち、もう一丁のほう、まさか持っていないよな」とふいに真剣な調子で訊いてきた。

耕平の戸惑う顔をしばらく見つめた後で、牧は表情を崩した。

「すまん、妙な話をした」

牧は、話題を変えた。「そういや前に思ったんだが、あんた、案外この仕事に向いてるかもしれんな」

「え？」

「これからどんどん世の中のお行儀がよくなっていって、生きるためにスリをするしかない時代があったなんてことは、みんな忘れちまうかもしれない。でも、そんな時代にだって仕方なくスリをする奴はいるだろう。あんたみたいなのが、そういう時に必要な気がするよ。……いや、つまらん話をしたな。彼女によろしく」

そうして、牧は片手を上げると雑踏の中へ去っていった。

アパートに早紀子が帰ってきたのは、その夜も遅くなってからだった。

「ごめんね、遅くなっちゃって。耕平くん、ご飯は？」

「外で食べてきたよ」

「あ、お酒も飲んだでしょ」

上野駅で牧と会った後で感じた、漠然とした不安。それを忘れようと、普段より多めに酒を飲んできた。

「わかるかな」

「匂いでわかる」

早紀子は笑った。「もうちょっと飲む？」

「じゃあ、少しだけ」

酔いが回っているのはわかっていたが、まだ足りないような気がした。

二人とも、翌日の土曜日は休みを取っていた。何しろ、オリンピックの開会式なのだ。チケットなど当然持っていないが、雰囲気だけでも味わいに出かけるつもりだった。土曜日でもともと半ドンとはいえ、耕平の工場も、早紀子の会社も、休みを取っている者が多い。明日は日本中の多くの会社で仕事にならないことだろう。

早紀子は二人分の酒と乾き物を用意してくると、ちゃぶ台の上に並べた。彼女は、開会式の乾杯した後、明日は何時頃に出ようか、と早紀子が訊いてきた。

次の日から始まる女子バレーボールが楽しみだという。その話をしながら、耕平は机の引き出しに仕舞ってあるものをいつ渡すべきか考えた。安物ではあるが、小さな箱に入った指輪。やはり、明日がいいだろうか。

それから早紀子は、勤め先の親切な同僚や、嫌な上司のことを話した。耕平も、工場での失敗談を面白おかしく話して聞かせ、楽しい時間は過ぎていった。

——少し、飲み過ぎたみたいだな。

耕平は、朦朧としてきたのを自覚した。部屋がぐるぐると回り始めている。

「大丈夫？」早紀子は心配そうだ。

「うん……ちょっと横にならせて」

畳の上に、ごろりと寝転がる。

早紀子が立ち上がり、毛布を取ってきてかけてくれた。耕平の頭の近くで正座すると、目を覗き込んでくる。

「ねえ、耕平くん」

早紀子は、凛とした表情になって言った。「あなたに、謝らなくちゃいけないことがあるの」

「……どうしたの、急に」

そう言いながら耕平は、ああ、綺麗な瞳だなと、あまり関係のないことを思った。

「わたし、嘘をついてたの」

「嘘？」

「あの日——わたしは、志郎くんを手伝っていたって言ったでしょう」

あれ以来初めて、事件のことを早紀子は口にした。

それならもういいよ、と耕平は自分も起き上がろうとしたが、さらに酔いが回ってしまったのか、力が入らない。横になったまま、早紀子の話の続きを聞いた。

「手伝いじゃなかったの」

「どういう……こと？」

「わたしから持ちかけたのよ。計画を立てたのは、わたしなの」

何も言えずにいる耕平に、早紀子は長い話を始めた。

「『ローズ』に勤め始めた頃、志郎くんが、知らない人を何人か接待で連れてきたことがあったの——」

連れてきたのは誰だったのか後で志郎に訊いてみたところ、ある政治家絡みの仕事相手だと、言いにくそうに答えたという。それは大場の裏仕事をするための、役人とヤクザの会合だったのだ。

その時に来ていた一人が、石原だった。

彼らはその後も何度となく訪れた。大場本人が店にやってきたこともあった。大場の相手をしたのは、勤め始めたばかりの早紀子にいちばん親切にしてくれた、秋田から出てきたという同僚だった。彼女はやがて店に来なくなり、しばらくして大場のところにいるという噂が流れた。

その後志郎と石原だけが来店した時、早紀子は彼女の行方を聞き出した。二人は、彼女が大場に気に入られ、囲われているということをそっと教えてくれた。

彼女が元気にしているか気になった早紀子はそれからも時々、志郎と石原から話を聞こうとした。そうする中で、大場が防衛庁施設の建設利権に絡んで好き放題していることを知ったのだ。大場は、金のためなら人の命を奪うことすらいとわなかった。志郎たちは、明言しなかったがそのことにも関わっているようだった。

志郎は、オリンピック関連の裏仕事も担当させられていた。大場にとっては防衛庁の施設だろうが、オリンピックの施設だろうが、金になるものなら何でもよかったのだ。テレビカメラの前で語っているオリンピックの理念など、大場は少しも信じていなかった。

それでも、生きていくためには仕方ないと自らを偽り、従い続ける志郎と石原に、早紀子はひどく怒ったという。オリンピックのために店を失った老夫婦のことを思えば、それも当然だったろう。

そのようにして早紀子と志郎、石原は、次第に秘密を共有するようになった。核ミサイル計画のことすらも。

同じ頃、早紀子はキャバレー・ローズに通っていた鹿島が、現金輸送車担当の立場を悪用し古札を着服していることを知った。そして、彼を利用する計画を思いついたのである。ミサイルを積んだ貨物列車の運行とタイミングを合わせ、現金輸送車を偽装襲撃する。まるで彼女の好きな推理小説のような計画だ。

「……利用するだなんて、よくないよね。でも、そんな風に思ってしまったのが、本当のわたし」

早紀子は、横になった耕平の目を見つめながら、話を続けた。

彼女の背を押したのは、世話になっていた老夫婦のおじいさんが亡くなったという知らせ、そして立て続けに聞かされた、秋田出身の彼女が遺体で発見されたという話だった。その時、彼女を支えていた何かは永遠に失われてしまった。

それは、仇討ち(あだうち)でもあった。おじいさんや、秋田の彼女だけではない。父と母、さらにはあの村の皆の仇討ちだった。

志郎と石原が迷いつつも計画に賛同してくれると、早紀子はまず、鹿島から現金輸送車の資料を持ち歩いていることを聞き出した。

鞄から資料を抜き取るのと、実際に現金輸送車を襲撃させる役には、出所したばかりの佐竹を使うことにした。早紀子と志郎は上野駅で暮らしていた頃に顔を知られているため、佐竹には石原から声をかけ、鞄の中の資料があれば現金輸送車の金が手に入ると吹き込んだ。

計画の当日、早紀子は鹿島をつけて上野駅に行くと、志郎が仁風社の仕事で接点のある西松に尾行を引き継いだ。西松からさらに引き継いだのは、資料を抜き取る実行犯の佐竹だった。

だが、佐竹に任せたことが想定外の結果を招いてしまった。佐竹は鹿島から鞄を奪うだけでなく、列車から転落させ殺してしまったのだ。

とはいえ、この段階で佐竹を計画から外すことはできなかった。

鹿島の資料と、石原が入手した核ミサイル輸送の日程をもとに、早紀子はさらに計画を練った。

ミサイルを積んだ貨物列車と『天の川』の間で連絡を取りあうことは難しいと予想された。貨物列車に乗った石原のほうから、停車駅で電話をかけるくらいしかできない。そのため計画変更に備えるのと、警察の手が及んだ際に全員が捕まらないよう、志郎、佐竹、早紀子の三人は別々に、途中の駅から乗車することとした。それぞれ駅近くの宿で、石原からの電話に出られるように待機するのだ。

実行の日。初めは、計画通りに進んだ。

長岡駅で乗車した志郎は、車掌がデッキで一人になったところを襲い、給仕室に閉じ込めた。そして奪い取った車掌服と鍵を、小千谷駅で乗り込み1号車の寝台に入った佐竹へカーテン越しに渡したのである。

当初の予定では、『天の川』が清水トンネルを通過した後で現金輸送車を佐竹に襲わせ、緊急停止させることになっていた。

そのタイミングで全線の列車が止まれば、ミサイル搭載の貨物列車は単線区間上で後続列車と『天の川』に挟まれて立ち往生を余儀なくされる。ちょうどそれは人目につきやすい水上駅付近となる見込みで、救援のためやってくる国鉄や警察の関係者、さらには報道関係者に、貨物列車の存在は知られたはずだ。

なぜか武装した米兵を乗せた、素性のわからない奇妙な列車。そうなるように、石原に貨物列車のダイヤを調整してもらったのだ。

雪の影響で『天の川』が遅延することも、早紀子は想定していた。その場合、まず貨物列車の運行を石原ができるだけ遅らせる。それでも間に合わない時は、米兵を眠らせ、貨物列車を清水トンネルに到着させた上で『天の川』をその隣に停車させる手はずだった。

茂倉信号場のポイントを塞ぐ形で『天の川』を緊急停車させれば、貨物列車を待避線に閉じ込めることができる。そこを乗客たちに目撃させるというプランは、早紀子が小説『点と線』から思いついたものだった。

『点と線』の作中では、東京駅13番線から目撃したものが鍵になる。耕平が早紀子から借りた『点と線』に挟まっていた、「東京駅13番線」と書かれたメモ。それは駆け落ちの待ち合わせ場所などではなく、着想のきっかけを書きとめておいたものだったのだ。

遅延時の計画では、『天の川』の停車するタイミングが重要である。しかし佐竹には本来の目的である貨物列車の存在は伝えられないため、トンネルに入ってすぐに襲撃を実行するようにとしか指示できない。そのため、緊急停車の位置がずれて乗客にうまく目撃させられなかった場合の最終手段として、貨物列車を石原が運転して越後湯沢駅へ向かうことまで計画していた。

だが、念のため呼んでいた石原の知人の記者が大雪で『天の川』に乗り遅れたあたりから、早紀子が予想していなかったことが起こっていった。

次の想定外は、耕平が突然現れたことだった。現金輸送車へ向かおうとする耕平に早紀子は従うしかなく、それに気づいたらしい志郎も、二人の後をついてきた。

今では推測になってしまうが、志郎はおそらく、荷物車の車掌室に非常ブレーキを見つけたのだろう。志郎は佐竹の襲撃が間に合わないと判断し、非常ブレーキを操作したのだ。

しかしその操作も、少しだけ遅れてしまった。『天の川』は新潟寄りのポイントを通り過ぎて停まり、車外へ逃げ出した佐竹に石原は撃たれることになった。そして最終的に志郎は貨物列車を乗っ取って走り出すことになったのである。

一つひとつは、小さな綻び（ほころ）だった。だがそれらが積み重なったことで、計画を失敗に向かわせてしまったのだ。

結局早紀子の望んでいた仇討ちはできず、志郎も石原も死んでしまった。ミサイルの秘密は守られ、大場は何食わぬ顔で生きている。

「大場はね……。戦時中は満州で、特務機関の機関長を務めていたの。O機関といって、満州に住む人たちに、政府や関東軍の言うことを信じさせるための宣伝工作を行っていたそうよ」

昭和二十年八月十日、満州北部の国境近くから、O機関の貨車を連結した関東軍の列車が南へ向かった。その際に二人の青年士官は、駅前に詰めかけた民間人を列車に乗せるよう上官に訴えたが、意見具申は通らなかった。却下した人物こそ、その列車に乗っていた大場だったのだ。民間人を乗せる代わりに日本へ大事に持ち帰った荷物は、O機関が満州で人々を騙してかき集めた財宝だった。

戦時中、反米思想を盛んに喧伝していた大場は、敗戦が濃厚になると一転、戦後を見越し自分の利益を優先する行動に走った。連合国に接触し、情報や財宝の一部を渡す見返りとして安全に日本へ帰れるよう確約を取ったのだ。だから、石原や最上、それに耕平や早紀子たちも乗っていた大連からの船は、攻撃を受けることもなく日本へたどり着けたのである。大場のおかげで無事に日本に帰れたともいえるのは、なんとも皮肉なことだった。

戦後、アメリカにすり寄った大場は戦犯になることも免れ、残った財宝を政治資金に地位を築いた。同時に持ち帰ったO機関の資料を参考に、報道機関へ偽情報を流布するなどの宣伝工作が今でも行われているという。

ごく一部の者が民衆を騙し、利益を吸い上げる構図は、変わることなく続いているのだ。民衆の多くは、騙されていたことにすら気づいていない。何か怒りを覚えることが起きたとしても、また別の餌を与えられれば忘れてしまう。そうしていつの間にか、悪夢は良い思い出にすり替えられる。夢や希望に満ち、必死で生きていたすばらしい時代だったという思い出だけが残っていく。

たしかに、そういう面もあっただろう。だがそれは、すり替えられた記憶だ。

「なあ……」

耕平は、自分を静かに見下ろしている早紀子へ呼びかけた。酔いはさらに回ったらしく、口を開くのも億劫だが、訊かずにはいられない。

「……早紀子が計画を立てたってのは、わかった。俺は責めたりはしないよ……。むしろ、声をかけてくれれば……」

「あなたを、危ないことに巻き込みたくなかった」

早紀子は、じっと耕平の目を見て言った。

「だから、『天の川』の寝台にいるあなたを見つけた時、本当にびっくりした。でも、すぐにわかったわ。あなたを呼んだのは、志郎くん」

――やはり、あの切符入りの手紙は志郎からのものだったのか。

「志郎くんは、あなただけじゃなく、わたしも関わらせたくなかったの。ずっと、大場の話をしたことを後悔していたみたい。わたしが『天の川』に乗ることにも反対してた。この先は自分たちだけでやるから、って。もしうまく行かずに捕まったりしたら、もう忘れて……耕平と幸せになれ、って。だから『天の川』の切符を送ってあなたを呼び、わたしが乗ってくる時間に1号車で待たせようとした。わたしと会って話を聞けば、きっとあなたが止めてくれると考えたんでしょうね。手紙に具体的なことが書かれてなかったのは、実行前にあなたが通報しないようにするためだと思う」

耕平は、志郎の真意が分かったような気がした。

志郎は、早紀子のことが好きだったのだ。

だからこそ、彼女の思いを遂げさせてやりたい一方で、犯罪者にはせぬよう、俺を迎えに来させたのだ。彼女を、俺に託すため。

「でも、志郎くんの思ったようにはならなかった」

——俺が『天の川』に乗ったことが、まわりまわって計画を失敗へと導いてしまったのか。

「俺は、ああするしかなかったんだ……。君や、志郎を助けたかった。それだけだったんだ……」

「わかってる」

小さく微笑む早紀子の言葉は、ひどく遠くから聞こえるような気がした。

「でも、志郎くんには申し訳ないけど……これは、わたしが考えたことだもの。残されたわたしが、けじめをつけなくちゃ」

耕平は、どういう意味、と訊ねようとしたが、もう口が動かなかった。瞼も重い。意識が朦朧とする中、降り続く雨の音だけが妙に大きく聞こえた。

「ごめんなさい。お酒に、眠くなるお薬を入れたの。石原さんが米兵を眠らせたのと同じもの。明日はお休みだから、大丈夫よね。……原宿でスパゲッティ食べたの、楽しかった。あなたとつつましく暮らしていければ、それだけでよかったんだけどな」

早紀子が、顔を近づけてくるのがわかった。どこか、不安をかき立てる匂いがした。いつもの香水の匂いではない。これは遠い昔、混乱する大連の港で嗅いだ……そしてつい最近、あの機関車の中で……。

だが、耕平はもう口を開くこともできなかった。何か熱いものが頬に落ちてきた後、唇に何かがそっと重なったことだけを感じた。

晴れやかに言う早紀子の声を聞きながら、耕平の意識は闇に呑み込まれていった。

「オリンピック、わたしの分も見ておいてね――」


長い、長い夢を見た。

しかし、それは見るそばから煙のように消えていき、目を覚ました時には何ひとつ頭に残ってはいなかった。

カーテンの隙間から射す光が、畳の上に白い線を描いているのが見えた。

掛けられていた毛布を払いのけ、耕平は身体を起こした。

早紀子の姿は、どこにもない。胸騒ぎを覚える一方で、奇妙なほどに落ち着いているのが自分でも不思議だった。

カーテンを開ける。

隣の屋根の上には、眩いばかりの青空が広がっていた。

ふと気づくと、綺麗に片づけられたちゃぶ台に一冊だけ本が置かれていた。耕平は読んだことがなかったが、本棚に差さっていた早紀子の本だ。

『文藝』という雑誌の、昨年の三月号だった。たしか、以前に志郎が早紀子から借りていたものだ。

志郎も読書好きというのは、本当だったのかな、と思った。

もしかしたら、俺と同じように早紀子の前で格好をつけていただけじゃないのか、

なあ志郎、と耕平は心の中で呼びかけた。

ぱらぱらとめくった雑誌に、栞が挟まっていた。

そのページは、小説の冒頭部分だった。福永武彦『忘却の河』とある。物語が始まる前に、ギリシャ神話からの引用があった。

レーテー、という活字が目に飛び込んでくる。

『レーテー。「忘却」の意。エリスの娘。タナトス（死）とヒュプノス（眠り）の姉妹。また、冥府の河の名前で、死者はこの水を飲んで現世の記憶を忘れるという』

——志郎は、ここから取った「レーテー」という名で手紙を送ってきたのだ。

なぜ、この名を使ったのか。志郎との、最後の会話を思い出す。

『レーテーの河だ』

『え？』

『この国のみんなが、河の水を飲もうとしている。お前はどうする』

——レーテーの河……忘却の河？　どういうことだろう。

空腹を覚え、耕平は時計を見た。もう、十時だ。

とりあえず身支度をととのえ、アパートを出た。引き出しの中の小箱は、迷った末

に上着のポケットに入れていった。

本来なら今日は、早紀子と一緒に国立競技場の近くまで行ってみる予定だった。

部屋は片づけられていたとはいえ、早紀子の持ち物はそのままだった。だから胸騒ぎを覚えつつも、彼女とどこかで会えるという望みにすがり、自分に嘘をつくようにして予定通りに部屋を出たのだ。

駅前の食堂で蕎麦をかき込んでから、電車に乗った。食堂で流れていたテレビも、車内の人々の会話も、オリンピック一色だった。

街中が、浮かれ立って見えた。

昨日の雨が嘘のような雲一つない青空が、東京の街の上に広がっている。

電車のドアの脇に立ち、白く光る街並みを眺めているうちに、ぼんやり思っていたことが確信に変わっていった。

早紀子は、彼女自身の責任を果たすつもりなのだ。

耕平は、テレビで臨時ニュースが流れる様子を想像した。アナウンサーがどこか緊迫した口調で読み上げる、本日、大場滋議員が……という速報。

しかし、そんなニュースが流れることはあるまい。今日も明日も、変わらぬ日々が続いていくだけだ。たったひとりの決意は、これまでと同じように巨大な力で封じられ、葬られてしまう。

――早紀子は、もう戻っては来ないだろう。

早紀子を助けられるのなら、もちろん助けたい。だが、彼女がどこで、何をしようとしているのかもわからない。

いくら調べたところで、後を追わせるような痕跡など残していないことには確信があった。彼女を止めることは、もうできないのだ。

――なあ、志郎。

流れ去る架線越しの青空を見上げ、ポケットの小箱を握りしめながら、耕平は心の中で呼びかけた。

俺は、早紀子をつなぎとめておくことができなかったよ。やっぱり、早紀子はお前を選んだのかな。結局こうなると知っていれば、あの時お前はどうしただろうな――。

乾いた気分のまま電車を乗り継ぎ、千駄ケ谷の駅で降りると、駅前は人波であふれていた。開会式のチケットはなくとも、競技場の近くで雰囲気を味わいたいという人は大勢いるのだった。

駅前には、巨大な国立競技場のスタンドがそびえている。

人波に押されながら、神宮外苑のほうへゆっくりと歩いていく。やがて、競技場から大歓声が聞こえてきた。チケットを入手できた幸運な七万五千人が上げる歓声だ。いよいよ、開会式が始まるらしい。

街頭に設置されたテレビから、中継の声が聞こえてくる。

『世界中の青空を全部東京に持ってきてしまったような、素晴らしい秋日和でございます――』

奇跡のごとき復興を果たしたこの国にとって、今日は最も晴れやかな、誇らしい日となるであろうことは、耕平にもよくわかった。詰めかけた人々は、この日のことをずっと語り継いでいくに違いない。祭りの熱気と高揚感の中で、日本が新たな時代へ踏み出そうとしている日のことを。

混雑した競技場の近くを離れ、耕平は駅から遠ざかる方向へと歩き出した。人混みを縫ってしばらく歩けば、綺麗に整備された通りの裏に、薄汚れた古い建物が並んでいるのがわかる。煙草の臭いに混じり、ほのかにドブの臭いも漂ってきた。

これから、日本はますます発展していくのだろう。時が経てば、この景色も臭いも、多くの人々の記憶から消えてしまうはずだ。

そういうものだと耕平も思う。人は、美しい思い出だけを覚えているものだ。自分だって、この時代のことをいつか誇らしく思い出すのかもしれない。

でも、本当にそれだけでいいのだろうか。

この日を迎えるために流された血や涙、怒りや悲しみは、美しかるべき時代を汚す不都合なものになってしまうのだろうか？　なかったものとして、忘却の彼方に追いやられてしまうのだろうか？

耕平は、志郎の言っていたことがわかったような気がした。

この国の皆が今、レーテーの大河の辺に立ち、その水を掬おうとしているのだ。

——なあ、志郎。この国のすべての人が河の水を飲んだとしても、俺だけは飲まないよ。

時代に忘れられる者がいるのなら、俺はその側に立つ。

そういえば牧さんが何か言っていたと思い出しかけた時、ふいに空から爆音が響いてきた。

道行く人々が立ち止まり、空を見上げる。誰かが指さした先に目を遣ると、五機の白いジェット機が通り過ぎていくところだった。

機体に引かれた青いラインも鮮やかな、F-86セイバー戦闘機。航空自衛隊の『ブルーインパルス』だ。

五機の戦闘機は散開すると、大きな輪を描き始めた。それぞれの機体後部から、スモークを曳いている。青、黄、黒、緑、赤の五色。空に浮かんだ五輪のマークに、そこかしこで歓声が上がる。

興奮した人々が再び歩き出した後も、耕平はずっとその五つの輪を見上げていた。スモークはやがてふわりふわりと薄く広がり、青い空に溶けていった。

## 主要参考文献

『忘却の河』福永武彦著（新潮社）
『点と線』松本清張著（新潮社）

『ソ連が満洲に侵攻した夏』半藤一利著（文藝春秋）
『歴史群像　2020年12月号』（ワン・パブリッシング）
『大日本帝国の海外鉄道』小牟田哲彦著（東京堂出版）
『写真に見る満洲鉄道』髙木宏之著（光人社）
『本当にあった陸自鉄道部隊　知られざる第101建設隊の活躍』伊藤東作著（光人社）
『鉄道公安官と呼ばれた男たち　スリ、キセルと戦った〝国鉄のお巡りさん〟』濵田研吾著（交通新聞社）
『国鉄　上野駅24時間記』荒川好夫著（グラフィック社）
『鉄道の基礎知識　増補改訂版』所澤秀樹著（創元社）
『時刻表　完全復刻版　1964年9月号』（JTBパブリッシング）
『全線全駅鉄道の旅6　中央・上信越2100キロ』宮脇俊三・原田勝正編（小学館）
『鉄道ピクトリアル　アーカイブスセレクション35　国鉄幹線の記録　上越・信越線』（鉄道図書刊行会）

『鉄道ピクトリアル　アーカイブスセレクション44　国鉄急行列車変遷史　上信越・高崎線』（鉄道図書刊行会）
『現金輸送車物語　タブーとなったマニ34・30形』和田洋著（ネコ・パブリッシング）
『東京懐かし写真帖』秋山武雄著、読売新聞都内版編集室編（中央公論新社）
『１９６４　東京ブラックホール』貴志謙介著（ＮＨＫ出版）
『昭和　二万日の全記録　第12巻　安保と高度成長　昭和35年—38年』（講談社）
『昭和　二万日の全記録　第13巻　東京オリンピックと新幹線　昭和39年—42年』（講談社）

# 解説

南陀楼綾繁（ライター・編集者）

斉藤詠一は、過去と現在が交錯する作品を得意とする作家だ。

江戸川乱歩賞を受賞したデビュー作『到達不能極』では、第二次世界大戦中のある極秘任務と、現在、南極で発生する事件が交互に描かれる。『クメールの瞳』では、不思議な力を持つペンダントをめぐる一八六六年のインドシナ半島から一九九四年のアメリカまでの物語と、現在の物語がやはり交互に描かれる。『一千億のｉｆ』は、主人公の大学生が戦争から帰った曾祖父とその弟の謎を追うものだ。

そして、著者の第三作の本書『レーテーの大河』でも、過去の出来事が、現在を生きる登場人物たちに大きな影響を及ぼしている。

物語上の「現在」は、一九六三年（昭和三十八）の東京。翌年に東京オリンピックの開催を控え、世間は盛り上がっている。

二十八歳の天城耕平は、オリンピックのメインスタジアムの工事現場で働いている。同世代には最新のスポーツカーに乗る者もいるが、耕平には高嶺の花だ。彼の楽しみは、幼馴染の藤代早紀子と小野寺志郎に会うことぐらいだ。

陸上自衛隊の三等陸佐・最上雄介は、自衛隊で唯一の鉄道部隊である第一〇一建設隊に属している。彼は以前の同僚で、いまは防衛庁の幕僚となった石原信彦から、機密扱いの任務を命じられる。

牧省吾の職業は、鉄道公安官。スリの摘発から恐喝、傷害など、国鉄敷地内の犯罪行為に対応する。多くのスリを検挙してきたベテランである。

この三人の接点は、十八年前の満州にあった。

一九三一年（昭和六）の満州事変により、日本は中国東北部を占領、翌年に満州国を建国した。「五族協和」（日本民族・満州民族・漢民族・モンゴル民族・朝鮮民族）による「王道楽土」の建設をスローガンに掲げたが、実態は日本の傀儡国家だった。平山周吉『満洲国グランドホテル』（芸術新聞社）によると、関東大震災で大杉栄を殺害した甘粕正彦をはじめ、大陸浪人、左翼、犯罪者など多様な人々がこの国に乗り込んでいる。

この「偽国家」を舞台にした作品には、小説では船戸与一『満州国演義』全九巻（新潮文庫）、漫画では安彦良和『虹色のトロツキー』全八巻（中公文庫）、映画ではベルナルド・ベルトルッチ監督『ラストエンペラー』など傑作が多い。

日本政府は、一九三六年（昭和十一）に発表した「開拓国策二十年百万戸計画」により、満州に多くの国民を開拓団として送り込んだ。希望に燃えて移住した彼らは、政府の甘言とはあまりにも異なる現実に打ちのめされるが、それでも一生懸命、土地を耕して生き抜こうとする。耕平、早紀子、志郎の家族も、開拓団の一員だった。

しかし、一九四五年（昭和二十）八月八日、ソ連軍が対日参戦を表明。翌日、国境を突破して、満州に侵攻する。関東軍は総崩れとなり、撤退する。このとき、多くの開拓団は見捨てられる。あるデータによると、約二十七万人のうち約八万人が亡くなったという。

陸軍中尉の最上と石原は、哈爾浜（ハルビン）の北の駅から臨時列車の運行する際、避難民を乗せるなと命令される。民衆の命よりも、「O機関」なる部隊の資材の運搬が重要だというのだ。そこに、両親とはぐれた耕平ら三人が紛れ込む。最上と石原は子どもたちだけを乗せて出発する。

その頃、牧も満州にいた。満州鉄道の職員だったが、ソ連によってシベリアに送られた。収容所で辛酸をなめたのちに、やっと帰国したのだ。

耕平も最上も牧も、満州という影を背負って、戦後を生きてきた。だから、現在の高度成長の風潮に、どこか空々しいものを感じている。

耕平ら三人は、日本に帰ってきた後、上野駅の地下での暮らしを経て、孤児院で育つ。志郎はヤクザが関わる会社に勤め、羽振りのいい生活をしている。早紀子は銀座のキャバレーでホステスとして働く。その早紀子に耕平はほのかな恋心を抱いている。

ある日、早紀子と志郎が姿を消す。必死に捜す耕平のもとに、鉄道公安官の牧がやって来る。牧が捜査しているのは、東北本線を走る列車からの転落事故。死亡した鹿島(かしま)は、日本銀行に勤務し、鉄道による現金輸送を担当していた。鹿島はキャバレーで早紀子を贔屓(ひいき)にしていたという。その線から耕平にたどり着いたのだ。

その後、耕平は「レーテー」と名乗る正体不明の者からの手紙に導かれ、新潟発の上野行き夜行急行「天の川」に乗り込む。そして列車内で、思いがけない人物と再会する。その後を追って、牧も途中からこの列車に乗る。

一方、陸上自衛隊の最上は、鉄道で米軍の荷物を輸送する任務を命じられる。防衛庁の石原もそれに立ち会う。上越線の清水トンネルの内部にある茂倉信号場の近くに、日米共同の施設を築くのが目的らしい。

新潟方面から向かう列車と、上野方面から向かう列車は、清水トンネルの中ですれ違うことになる。そして、暗闇の中で物語はクライマックスへと向かう。

清水トンネルは、群馬と新潟をつなぐ鉄道トンネル。川端康成の『雪国』は、「国境の長いトンネルを抜けると雪国であった」から始まるが、まさにそのトンネルだ。川端は越後湯沢の旅館に滞在し、この作品を執筆した。

上越線が開通した一九三一年（昭和六）は、満州国建国のきっかけとなった満州事変が起きた年でもある。耕平、最上、牧が一堂に会する場として、作者が清水トンネルを選んだのはこのためだろうか？　トンネルは、過去と現在をつなぐ回路でもあるのかもしれない。

なお、上越線の土合（どあい）駅と湯檜曽（ゆびそ）駅は、新清水トンネル内にホームがある、いわゆる「モグラ駅」だ。新清水トンネルは一九六七年完成なので作中には出てこないが、暗闇が間近にあるホームに立つと、物語の世界にひたれそうだ。

『到達不能極』の飛行機や雪上車、『クメールの瞳』『環境省武装機動隊ＥＤＲＡ』の船、『一千億のｉｆ』の飛行機と、これまでの作品でも多くの乗り物が出てくる。それぞれのディテールも書き込まれており、作者の乗り物愛が感じられる。

本作では、開拓団の軽便鉄道、満州の輸送列車、牧がスリを摘発する山手線、上越線を走る夜行急行、自衛隊の特別列車と、まさに鉄道のオンパレードだ。

最上が乗り込むのが蒸気機関車ではなく電気機関車である理由や、勾配（こうばい）緩和のためのループ線が緊迫感のある場面で登場するのも、鉄道好きの読者にはたまらないだろう。

鉄道アクション映画を思わせる描写もあり、著者の映画好きが窺える。

作者は「ｎｏｔｅ」の記事で、自身が東京の下町に生まれ、上野駅に親しみがあると書いている。本作でも、耕平らは「駅の子」としてこの駅の地下に住みつくし、牧が耕平を追うのも上野駅の雑踏だ。

鉄道との関連で云えば、松本清張の『点と線』が出てくるのも、清張ファンとして嬉しい。同作の重要なモチーフをちょっとずらして使っているのが心憎い。

鉄道への愛を垣間見せつつ、作者はこの巨大な乗り物が容易に権力と結びつくことを忘れてはいない。そういえば、東京オリンピック開幕前に開通した東海道新幹線も、国家の要請の名のもとに強引に進められた。

オリンピックも同様だ。早紀子が働いていた洋食屋は、道路拡張のために閉店に追い込まれる。田舎から出稼ぎにきた男は、全財産をスリに盗まれる。上野駅ではクリーン作戦と称し、浮浪者が一掃される。

そうやって、社会全体が一つの方向に向かう風潮に、耕平や牧は、戦時中の日本と似たものを感じる。

「ごく一部の者が民衆を騙し、利益を吸い上げる構図は、変わることなく続いているのだ。民衆の多くは、騙されていたことにすら気づいていない。何か怒りを覚えることが起きたとしても、また別の餌を与えられれば忘れてしまう。そうしていつの間にか、悪夢は良い思い出にすり替えられる。夢や希望に満ち、必死で生きていたすばらしい時代だったという思い出だけが残っていく」

自分たちはいつの間にか「新しい聖戦」に巻き込まれているのではないか、と牧は思う。その問いは、この物語の約六十年後を生きる私たちにも突きつけられているのではないか。

耕平をトンネルに導いた「レーテー」は、ギリシャ神話に出てくる、黄泉（よみ）の国の川のこと。エピグラフに使われた福永武彦の『忘却の河』には、「死者がそこを渡り、その水を飲み、生きていた頃の記憶をすべて忘れ去る」と説明されている。

だが、そうやって過去を忘れ去ってしまっていいのだろうか？

過去の光り輝く面だけではなく、影の面に向き合うことから、未来への可能性が見えてくるのではないか。登場人物に託して、作者はそう語りかけている。

『クメールの瞳』でも、過去への執着が、ラストで未来への希望へとつながった。

来年（二〇二五年）は、「昭和百年」と「戦後八十年」という大きな節目を迎える。本作を読むことで、歴史を振り返るきっかけになればいいと願う。

『到達不能極』の文庫版に収録された短編「間氷期」の主人公は、「コラテラル・ダメージ」（やむを得ない犠牲）という言葉に強く反発する。

「そうだ、俺たちはただの駒でしかない。だが、駒にだってそれぞれ信じる正義はある」

作者の根底には、小さなもの、弱いものへの共感があるのだろう。そういう姿勢が、胸を熱くする物語を生み出しているのだ。

最近でも、作者の快進撃は続いている。

昨年には『環境省武装機動隊EDRA』と『パスファインダー・カイト』を発表。両作のテーマは異なるが、自然保護NGOで働いた体験が生きているようだ。後者はシリーズ化も想定しているというから、楽しみだ。

本書は小社より二〇二二年五月に刊行されました。

|著者| 斉藤詠一　1973年、東京都生まれ。千葉大学理学部物理学科卒業。2018年、『到達不能極』で第64回江戸川乱歩賞を受賞しデビュー。近著に『パスファインダー・カイト』『環境省武装機動隊EDRA』『一千億のif』などがある。

レーテーの大河（たいが）

斉藤詠一（さいとうえいいち）



講談社文庫
定価はカバーに
表示してあります

2024年7月12日第1刷発行

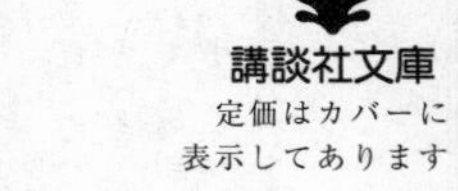

発行者——森田浩章
発行所——株式会社　講談社
東京都文京区音羽2-12-21　〒112-8001
電話　出版　(03) 5395-3510
　　　販売　(03) 5395-5817
　　　業務　(03) 5395-3615

デザイン—菊地信義
本文データ制作—講談社デジタル製作
印刷———株式会社KPSプロダクツ
製本———株式会社国宝社

Printed in Japan



ISBN978-4-06-536369-0

# 講談社文庫刊行の辞

二十一世紀の到来を目睫に望みながら、われわれはいま、人類史上かつて例を見ない巨大な転換期をむかえようとしている。

世界も、日本も、激動の予兆に対する期待とおののきを内に蔵して、未知の時代に歩み入ろうとしている。このときにあたり、創業の人野間清治の「ナショナル・エデュケイター」への志を現代に甦らせようと意図して、われわれはここに古今の文芸作品はいうまでもなく、ひろく人文・社会・自然の諸科学から東西の名著を網羅する、新しい綜合文庫の発刊を決意した。

激動の転換期はまた断絶の時代である。われわれは戦後二十五年間の出版文化のありかたへの深い反省をこめて、この断絶の時代にあえて人間的な持続を求めようとする。いたずらに浮薄な商業主義のあだ花を追い求めることなく、長期にわたって良書に生命をあたえようとつとめるところにしか、今後の出版文化の真の繁栄はあり得ないと信じるからである。

同時にわれわれはこの綜合文庫の刊行を通じて、人文・社会・自然の諸科学が、結局人間の学にほかならないことを立証しようと願っている。かつて知識とは、「汝自身を知る」ことにつきていた。現代社会の瑣末な情報の氾濫のなかから、力強い知識の源泉を掘り起し、技術文明のただなかに、生きた人間の姿を復活させること。それこそわれわれの切なる希求である。

われわれは権威に盲従せず、俗流に媚びることなく、渾然一体となって日本の「草の根」をかたちづくる若く新しい世代の人々に、心をこめてこの新しい綜合文庫をおくり届けたい。それは知識の泉であるとともに感受性のふるさとであり、もっとも有機的に組織され、社会に開かれた万人のための大学をめざしている。大方の支援と協力を衷心より切望してやまない。

一九七一年七月

野間省一